AF174446

la copa menos pensada

LIZA NS

BOOKISS, 2025
Publicado por Ediciones Kiwi S.L.

BOKISS

Primera edición, octubre 2025
IMPRESO EN LA UE

ISBN: 978-84-10479-59-3
Depósito Legal: CS 760-2025
© del texto, Liza NS
© de la cubierta, Borja Puig
© de la foto de cubierta, shutterstock
Corrección, Ana Mª Benítez

Copyright © 2025 Ediciones Kiwi S.L.
www.grupoedicioneskiwi.com

NOTA DEL EDITOR
Tienes en tus manos una obra de ficción. Los nombres, personajes, lugares y
acontecimientos recogidos son producto de la imaginación del autor y ficticios.
Cualquier parecido con personas reales, vivas o muertas, negocios, eventos o
locales es mera coincidencia.

A todas las Marías, Beths, Lauras y Cristinas que han vivido sus historias de amor y, cómo no, a las que quedan por venir.

El amor está en todos los rincones; solo tenemos que dejar que nos toque para vivir y sentir su magia.

@LizaNS_escritora

Capítulo 1

Hola a todos. Me presento, soy Cristina. En estas páginas os voy a ir descubriendo mi historia.

Primero, para los que no me conozcáis, supongo que querréis saber cómo soy. Pues aquí os lo dejo.

Soy una chica alta, de metro setenta y ocho, que se enfunda en una talla treinta y ocho y la talla de mi sujetador es más que generosa.

Tengo una melena larga de color castaño claro, que ahora la llevo con unos reflejos dorados que resaltan mis ojos azules. En mi época de juventud, había llevado mi cabello de todos los colores del arcoíris. Pero finalmente creo que he encontrado el color que me gusta más, el mío, aunque no descarto volverlo a cambiar.

Me gusta ir a la moda y con mis *outfits* lo demuestro; soy una persona *trendy*.

Con el género masculino, soy implacable. Mis amigas dicen que soy un hombre encerrado en un cuerpo de mujer porque hago con ellos lo que quiero. Primero los disfruto y difícilmente repito; eso del amor no va conmigo.

Mi hombre ideal es Chris Hemsworth, pero, si delante tengo a un hombre guapo, moreno, pelirrojo o calvo, tampoco haremos distinciones porque no se parezca a él.

Pero, bueno, basta de hablar de mí. Porque, aunque me

encante hacerlo, ya me iréis conociendo. Vamos a lo que os interesa: mi historia.

Sant Sadurní d'Anoia, enero de 2019

Miro el reloj. Llego tarde, para variar, pero es que hoy se me ha ido la castaña. Me he liado a terminar mi maleta y me va a caer el típico sermón de mis amigas. Parece que las esté escuchando: «Tendríamos que engañarte y decirte que la hora de quedar es una hora antes». De verdad que lo intento, pero es superior a mí; no puedo llegar puntual a los sitios.

Al mirar la maleta, dudo mucho que pueda cerrarla; tendré que sentarme encima como mínimo. Pero es que todo lo que llevo es imprescindible y no puedo sacar ni una sola pieza de ropa; si no, no podré completar mis modelitos en Cuba.

En lo que se refiere a biquinis, es de vida o muerte llevar uno diferente para cada día y dos para los días que esté en Varadero.

Cuando entro en el local donde hemos quedado, María, Beth y Laura se giran hacia mí. Seis ojos se cruzan con los míos y les conozco sus miradas, me están diciendo sin palabras: «Por fin se ha dignado a aparecer, ya está aquí».

—Hola a todas. Disculpad mi tardanza, estaba haciendo la maleta.

—Hoy tienes una buena excusa, nos lo imaginábamos —me dice María.

—Yo aún estaría decidiendo qué ponerme —suelta Beth.

—No la llenes del todo, porque tienes que hacerme un hueco para que pueda meterme dentro —me dice Laura.

Es que son las mejores. Yo pensando que me pegarían bronca, y encima van y me dicen estas cosas.

—Laura, me temo que, aunque seas la más menuda de todas, no vas a caber. Si os soy sincera, creo que necesitaré algo muy pesado para poder cerrarla, porque lo he intentado y no hay manera.

—El martes vamos las tres a tu casa y te ayudamos. Vuelas a primera hora del miércoles, ¿no? —se ofrece Beth.

—El martes es mío, ya lo sabéis. No os preocupéis, que de alguna manera la cerraré —les digo yo.

—Desde que tengo uso de razón, los martes han sido sagrados para ti. Aún me tiene intrigada lo que haces, pero ya estamos acostumbradas, ¿verdad, chicas? —pregunta Laura.

—Yo, que soy la última en llegar, también me hago la misma pregunta —dice María.

—Ya os lo he repetido infinidad de veces: es mi día, bueno, tarde porque tengo que trabajar. Y me la dedico a mí y es innegociable —afirmo segura.

—Lo sabemos. Por eso hemos quedado hoy y no el martes —dice Beth.

—Mañana tenemos la reunión de la agencia para presentarnos el *fam trip* de todos los hoteles que tendremos que visitar en La Habana y Varadero, un verdadero estrés.

—¡Tendrás morro! Una semana con todos los gastos pagados, con todo incluido e ir yendo de hotel a hotel visitando las *suites*, ¿consideras que es un estrés? —me dice Laura.

—Parece muy bonito sobre el papel, pero ni es una semana. Son cinco días y solo nos dejan libres las noches.

Todo lo demás, incluidas las visitas, lo tendremos programado —me explico yo.

—Sí, pero con las noches te basta para dejar Cuba patas arriba —se mofa Beth.

—En eso tienes razón. Preparaos, cubanos, que aquí llega Cristina —se ríe María.

Yo me levanto de la mesa y digo solemnemente, con una mano en el corazón:

—Juro solemnemente que cada día voy a probar a un cubano diferente para poder dar fe de eso que dicen: «busca, compara y, si encuentras algo mejor, tíratelo».

—¡Serás burra! —se ríe Beth.

—Cristina, el día que pierdas la cabeza por algún tío, te vas a comer tus palabras. Si no, mírame a mí —me dice Laura.

—Eso está muy lejos; yo seré la eterna solterona de las cuatro amigas.

—Nunca digas «de esta agua, no beberé» —dice María.

—No tengo sed —afirmo yo.

Ya quedan pocas horas para volar, pero aún estamos a lunes, y primero tengo que pasar por el trámite de la reunión de la agencia que organiza el *tour* y así conocer también a mis compañeros de viaje.

La reunión es en Barcelona, concretamente en el hotel W. Y, aunque no es la primera vez que tenemos reuniones allí, siempre es un placer ir a las playas de la Barceloneta. Aunque sea enero y haga un frío que pela.

Llego quince minutos antes de la hora prevista. Una cosa es llegar tarde en el ocio y otra, muy diferente, en mi faena. Trabajo en una agencia de viajes. ¿Qué pasaría si a unos clientes los dejara esperando una hora en el aeropuerto hasta que los recogiera? Imperdonable.

La mandamás de la agencia es Lucía, una madrileña que es una loba con piel de corderita. He salido de fiesta con ella y no veas cómo se transforma. Ahora la veo aquí, con traje chaqueta, muy seria y recatada, pero aún la recuerdo el último día que nos fuimos de fiesta juntas con su vestido lencero y sus tacones de aguja de diez centímetros... Pero, bueno, ahora no toca recordar eso, ahora estamos trabajando.

Seremos catorce en el *tour*, nos tenemos que dividir en parejas y lo tengo claro: mi compañera de habitación será Marisa. Hemos coincidido en otros eventos anteriores y no tiene manías raras ni ronca por las noches. Cuando Lucía habla del tema de las parejas, las dos nos miramos y con un gesto nos entendemos. Menos mal, ya que el chulito del grupo, uno al que no conozco, ya se acerca a probar suerte. Pero en este viaje no, chico. Donde esté un cubano, que se quite lo nacional. No por nada, si es para variar un poco; lo nacional lo puedo tener cada fin de semana.

Una vez puestos en materia y con el *fam trip* en la mano, hago una foto a la primera página del dosier para enviársela a las chicas y vean que en solo tres días en La Habana visitaré un total de catorce hoteles. Aunque, por suerte, las tres noches las haremos en el mismo hotel; eso me ahorrará tener que hacer las maletas cada día antes del desayuno para cargarlas de un hotel a otro hasta que vayamos a Varadero. Y esas dos noches también estaremos en el mismo y tendremos las tardes libres para poder disfrutar de las preciosas playas del Caribe, la pequeña recompensa de este duro viaje.

Es martes y tengo que pasar por mi agencia a cerrar un par de viajes de grupos que se van la semana que viene; prefiero dejarlo atado antes de irme.

Inma, la becaria que trabaja en nuestra agencia, no para de decirme las ganas que tiene ella de ir a Cuba también. Y, aunque le digo como a mis amigas que es muy cansado ir de un hotel a otro solo para ver las habitaciones y restaurantes, pararse en los más populares para comer o cenar, nadie me cree. A veces, no es tan idílico como parece.

Luego, el tema de las noches ya es otra cosa. Ese dosier ya lo tengo hecho en mi móvil, no pueden faltar la Bodeguita del Medio y el Floridita, ni tampoco el Cabaret Parisien ni el Tropicana. Si es que me van a faltar noches con tanto que hacer en Cuba.

El mapa de La Habana lo tengo bastante memorizado en mi cabeza. Cuando voy a descubrir un lugar nuevo, me gusta ubicarme; la sensación de que no sé dónde estoy no me gusta mucho, me hace sentir insegura y eso no va conmigo.

Antes de irme de la agencia, compruebo que el *check-in* del vuelo esté correcto. Cuando ayer nos dieron los datos definitivos, Marisa y yo nos encargamos de pillarnos los asientos juntos. Salimos a las seis de la mañana y llegaremos más o menos al mediodía; hora de Cuba con el cambio horario, ya que hay un desfase de seis horas.

Una vez tengo todo listo, me voy a casa a intentar cerrar mi maleta.

Faltan cinco minutos para las ocho y ya oigo cómo se acerca por la terraza. Reconocería sus pisadas en cualquier rincón del ancho mundo: ni fuertes ni ligeras, ni rápidas ni lentas, simplemente su manera de andar.

Siempre da tres golpecitos en la cristalera antes de entrar. Dice que es para avisar, pero yo ya sé cuándo llega.

Cuando entra, me encuentra sentada encima de mi maleta, intentando una misión imposible: cerrarla.

—¿Pero qué estás haciendo? —me dice, carcajeándose desde la puerta de la terraza.

—¡¿No lo ves?! Intentando cerrar esto, las hacen demasiado pequeñas.

—Si solo te vas cinco días, ni cuando me fui a Londres a vivir tres meses llevaba una tan grande.

—Tú eres tú y yo soy yo —le respondo.

—Sí, claramente —me dice, tranquilo.

—Tú, con unos tejanos, una camiseta negra y un polo del mismo color, eres feliz. Yo no.

—Esto no cierra. O sacas algo de dentro, o te quedas aquí, tú misma.

—¡No puedo sacar nada! Lo necesito todo —lloriqueo como una niña pequeña.

—Te vas cinco días; cinco puestas y dos son de playa. Con un pareo y unas chanclas estarás estupenda...

—Cinco días con sus cinco noches: diez mudas y en la

13

playa… Ya sabes que no soporto ir con el biquini mojado; no puedo ir con solo uno.

Él cierra los ojos y niega con la cabeza, siempre lo hace cuando no me entiende y sabe que tiene la batalla perdida.

Empieza a buscar en su teléfono y, finalmente, me lo enseña.

—Vamos a probar este método de enrollar la ropa.

Miro el vídeo que me enseña y arrugo la frente.

—¿Quieres decir que enrollando la ropa no se me va a arrugar? —pregunto.

—Según esta chica, no. Probemos.

—No puedo deshacer la maleta, mira qué hora es.

—A ver, Cristina, no cierra. O sacas algo, o lo probamos. Mira que eres cabezota.

—¿Me ayudas?

—Yo enrollo tus tangas —me dice el muy canalla.

—A ver si se te va a poner dura —le contesto en el mismo tono.

—Pues, cuando vuelva a mi casa, me alivio y listo.

—¡Serás guarro! —le digo.

—Has empezado tú —me contesta.

Nos ponemos manos a la obra. Vamos enrollando todas las prendas y, aunque con dificultad, ahora sí que puedo cerrar mi maleta.

—¿Ves como no tenía que sacar ninguna pieza de ropa?

—Has tenido suerte que he venido; si no, mañana no te vas.

—Creo que hubiera tenido que facturar otra maleta —le contesto.

—Pues, con lo que te he ahorrado, me traes un recuerdo de Cuba.

—No sé dónde lo voy a meter, pero te aseguro que te traigo algo.

Oigo a mi madre decir que ya ha llegado nuestra cena. Los martes siempre pedimos comida para llevar y nos la comemos en mi cuarto, si es invierno; y en la terraza, si es verano. Cuando llegamos a la pubertad, decidí unilateralmente dejar de ir a su cuarto, porque era una leonera y olía a pies.

Mientras cenamos, le cuento el *planning* del viaje.

—De todos los viajes organizados por la agencia, ¿hay alguno en el que hayas visitado menos de diez hoteles? —me pregunta.

Hago memoria y, repasando mentalmente la cantidad de viajes organizados con el fin de promocionar las diferentes zonas del mundo, afirmo:

—Sí, los que son de un día.

—Yo creo que al final vería todos los hoteles iguales.

Él siempre me entiende.

—No, para nada son iguales. Cada uno tiene su personalidad como edificio, y la verdad es que también el personal que trabaja en él le da un matiz a la hora de hablar de hospitalidad. Eso me encanta, ya que así, cuando tengo al cliente delante y le pregunto qué busca en su viaje, lo tengo más fácil para reservarle un hotel u otro.

—Ya, pero el noventa y cinco por ciento de tus clientes sabes que van a querer el más lujoso y caro de la ciudad.

—Dependiendo del destino, sí. Incluso entre los más lujosos hay diferencias. Pero hay algún cliente que busca lugares característicos de la zona, o bien los mejores restaurantes. O tiene alguna petición peculiar que, conociendo el lugar en persona, es más fácil de organizar su viaje.

—Ya sabemos que la gente con dinero tiene gustos raros —me dice.

—Sí, mira que me han llegado a pedir experiencias rocambolescas. ¿Te acuerdas de aquel matrimonio que quería sobrevolar la sabana africana en globo? Me costó tres días encontrar una agencia que me pudiera garantizar la seguridad y el viaje en globo de la pareja.

—Con lo bien que se está con los pies en la tierra y lo que le gusta a la gente arriesgarse tontamente —me dice él, que las alturas no son lo suyo.

—Bueno, y ahora, con lo de los viajes espaciales, ya hay gente que empieza a preguntar.

—¡Pero si valen una fortuna! La gente no sabe cómo gastarse su dinero, que me lo den a mí.

—No te quejes, tu empresa no te va nada mal.

—Si no me quejo, pero, aunque tuviera ese dinero, no creo que me planteara comprar un pasaje.

—No descartes tener que huir de este planeta, ¡que nos lo estamos cargando! —le digo yo.

—Pero, hasta que no llegue el momento, me quedo aquí, en la Tierra.

—Con lo que me gusta a mí viajar y a ti tan poco. ¡Qué diferentes somos! —me río yo.

—Por eso siempre nos hemos entendido. Pero a mí sí que me gusta viajar, no digas que no. Pero, si puedo ir en coche, tren o barco, mejor. El avión sería mi último recurso.

—Lo sé. Aún recuerdo cuando fuiste a París un fin de semana, preferiste hacer más de siete horas en tren para ir y volver que coger el avión.

—Si no hay más remedio, iré en avión; con la ayuda de

16

alguna pastilla de tu amiga Beth. Pero, si hay alternativa, lo prefiero.

Miro la hora, son casi las once; cuando estoy con él, siempre se me pasa el rato volando.

—Ya es hora de que me vaya. ¿A qué hora pasa el autobús a buscarte?

—A las cuatro, pero no te preocupes, que ya dormiré en el avión.

—Pero no es lo mismo. Descansa para poder estar a tope con los cubanos —me dice, guiñándome el ojo.

—Por eso no te preocupes, que cuando llega la noche me transformo, ya me conoces.

—No te olvides de mi recuerdo.

—No lo haré, pero será pequeño. Porque, si no, no me entrará en la maleta —le digo riendo.

—Con un imán de nevera me conformo, ya lo sabes.

—Nunca te he traído uno de esos, yo soy más original.

—Lo digo por el espacio.

—Ya me las apañaré.

Nos despedimos desde la puerta de mi terraza hasta el martes que viene.

Me suena el despertador y no me cuesta nada levantarme; Cuba me espera.

Ya en el avión, hablo con Marisa de mis planes nocturnos y ella se apunta a todos. Ya tengo compañera para compartir los cubalibres, mojitos y los daiquiris. ¡Genial!

Me coloco mi cojín cervical hinchable para no levantarme

con tortícolis y me vuelvo a dormir, porque, si no, las más de doce horas de viaje se me harán eternas.

Por suerte, el vuelo ha sido tranquilo y sin sobresaltos. Son casi las dos del mediodía, hora local, y ya estamos entrando en el hotel Habana, donde pasaremos las tres noches.

Dejamos las maletas, aviso a mis padres y a mis amigas de que he llegado bien y me cambio en un periquete. Para mi primer día he escogido un vestido corto naranja con sandalias a juego, ya que los veintiocho grados que tenemos aquí y la humedad invitan a ir con poca ropa.

Comemos en el mismo hotel y a la hora de los cafés ya celebramos la primera reunión con el comercial de la cadena y relaciones públicas del hotel para concretar horarios y rutas. Directamente nos montamos en un autobús destino Hotel Florida, Hotel Parque Central, Hotel Telégrafo, Hotel Tejadillo, Hotel O'Farril y Hotel Sevilla, en el que pararemos a cenar.

¿Veis como tengo razón? Solo en la primera tarde ya nos presentarán seis hoteles diferentes, sin contar el que estamos hospedados, una locura.

Estoy deseando llegar al hotel donde cenaremos, porque mis pies empiezan a dar signos de cansancio. Este hotel está ubicado muy cerca de la playa y las habitaciones, muy dignas de un cuatro estrellas. Pero lo que más me ha gustado sin duda y lo que voy a recomendar es el restaurante. Al entrar en este salón enorme, lo que más me ha llamado la atención son sus vistas. Al estar situado en la planta superior, le permite alardear de un mirador con vistas a La Habana y su playa que ya les gustaría a muchos. Sinceramente, de los vistos hoy, me quedo con este restaurante. Ahora falta probar sus platos para acabar de decidirme.

Como no podía ser de otra manera, el primer plato es un moros y cristianos, seguido del no menos típico ropa vieja. Ya tengo mi dosis de hidratos y proteína para no cansarme con el baileteo de esta noche.

En la mesa todos coincidimos en lo buena que es la gastronomía cubana y, aunque el plato «moros y cristianos» lleva arroz, nada que ver con el típico arroz a la cubana, que ellos no saben qué es. Curioso el tema de los nombres de los platos, gastronómicamente hablando.

Hago fotos de cada uno de ellos, hasta que Marisa se me acerca.

—Espero que la noche que nos tienes preparada sirva para quemar todas las calorías que estamos comiendo —me dice ella.

—No te preocupes, que eso está hecho. Hoy lo vamos a dar todo. Empezaremos por la Floridita, la cuna del daiquiri, donde quiero hacerme una foto con la figura de Hemingway.

—¿Pero cómo sabes tantas cosas? —me pregunta.

—Me gusta documentarme bien sobre los sitios donde viajo para no perderme nada típico y no típico, porque, casi siempre, las mejores cosas no salen en los catálogos.

—¡Pues me muero de ganas de probar ese daiquiri! —me dice Marisa mientras veo que por detrás se nos acerca el chulito del grupo, Fran.

—¿Dónde os vais a tomar ese daiquiri, señoritas? —nos pregunta el susodicho.

Pero, antes de que meta la pata Marisa, respondo yo:

—Iremos dando un paseo por el Malecón y a ver qué encontramos, sobre la marcha —le respondo yo con cara de niña que no ha roto un plato en su vida, y llevo unas cuantas vajillas destrozadas.

Marisa me mira con cara de no entender nada, pero me sigue la corriente.

—Pues seguro que nos encontramos por allí. —Y se va guiñándome un ojo, con ese aire de superioridad que no me gusta nada.

Cuando ya lo tenemos lo suficientemente lejos, me giro hacia Marisa.

—Norma número uno para salir por la noche: conocidos o gente a la que no quieres conocer, bien lejos. No puedes decirle a dónde vas, porque, si no, no te los quitas de encima en toda la noche. ¿Entendido?

—Entendido, yo solo quiero pasármelo bien. Por cierto, sobre las doce de la noche recuérdame que tengo que llamar a mi marido, que ya habrá llegado de su trabajo.

Miro la hora: las once.

—Llámalo ahora, porque ya nos vamos y no te prometo nada a partir de ahora. Llamo a un taxi y quedamos en la puerta.

Ella me mira y, resignada, responde:

—Sí, será lo mejor.

En el taxi, hablo con ella para dejarle algunos puntos claros. Tenerla como compañera me va a venir bien, ya que así tendré la excusa perfecta para echar al cubano que me voy a tirar esta noche de la habitación. Le diré que mi amiga está en el bar esperando para subir y listo; así no tendré que aguantar sus caramelizadas despedidas.

Así que, con las cosas claras, entramos en la Floridita,

pedimos dos daiquiris y nos hacemos la foto junto a la estatua de Hemingway. La música de ambiente nos invita a bailar y a Marisa parece que le está empezando a subir la bebida que tiene en la mano, ya que se desmelena y empieza a contonear sus caderas al ritmo sugerente de la música.

Me doy cuenta de que somos centro de bastantes miradas, pero a mí no me importa y creo que Marisa no se está dando mucha cuenta.

Solo hemos pagado el primer daiquiri, porque los que le han seguido han sido gentileza de los cubanos que nos estaban observando.

Poco a poco se han ido poniendo un poco pesados y no hemos tenido más remedio que cambiar de local para poder seguir disfrutando de la noche. No había ninguno que llamara mi atención, qué desilusión.

Muy cerca de allí nos metemos en un bar porque la música nos gusta; ese no lo tenía agendado. Está lleno, pero se puede bailar y nos acercamos a la barra a pedir.

No puedo no darme cuenta de que en la barra todos los camareros y camareras son guapísimos, y en especial hay un morenazo con ojos verdes que quita el hipo. Lleva el pelo recogido en una coleta, que me gustaría poder quitársela para ver cómo le queda la melena.

Qué suerte la nuestra, que veo que se acerca a nosotras para que le pidamos.

—¿Qué es lo típico del local, guapetón? —le suelto yo sin ningún apuro.

—El mojito no se nos da nada mal, hermosura.

Ay, Dios mío, es que con ese acento es normal que se tiren a las que quieran. Creo que ya me estoy poniendo tontorrona con solo oírlo hablar.

—¿Te parece bien, Marisa, dos mojitos?

No obtengo respuesta. Miro hacia mi compañera de viaje y está totalmente colorada, sin poder apartar la vista de este adonis que nos ha tocado de camarero. Nunca la había visto así por un hombre, ni por su marido.

—¿Qué vas a tomar, mi bebé? —le pregunta directamente él.

Pero ella sigue sin responder por unos segundos, hasta que le pellizco suavemente en el brazo y finalmente baja de la nube en la que estaba subida. La cara de apuro que me lleva al darse cuenta de cómo se lo ha quedado mirando hace que me apiade de ella y le eche un cable.

—Dos mojitos, servidos con todo el salero que te permita ese cuerpo serrano tuyo, por favor.

Él sigue mirándola con esos ojos como mares y ella solo es capaz de asentir con la cabeza.

Nos sirve los mojitos y, mirando directamente a Marisa, se le acerca por encima de la barra y le susurra:

—A esta primera ronda invita la casa.

Ella es incapaz de moverse, se ha quedado petrificada en el taburete de la barra, así que decido coger los mojitos. Y, como puedo, tiro de ella hacia la improvisada pista de baile que está en el centro del local.

Le pongo la bebida en los morros para que beba y que por fin rompa el contacto visual con el camarero. Parece que funciona y se gira hacia mí.

—¿Estás bien? Pensaba que te había abducido el camarero —le digo, riendo, yo.

—Perdona, Cristina, no sé qué me ha pasado. No lo entiendo, ha sido ver a ese chico y literalmente he perdido el mundo de vista.

—No me extraña, es muy guapo.

—Sí, claro. Evidentemente que es guapo, pero me he perdido en sus ojos y a voluntad. No quería salir de allí; me sentía bien, como en casa.

—Uy, uy, uy… Pero qué fuerte te ha dado. Bebe.   Y le vuelvo a colocar el vaso en los labios.

—No te gires —le digo yo—. Pero sigue sin quitarte la vista de encima.

—¿Qué? ¿En serio? ¿Qué hago?

La cojo del brazo y noto cómo empieza a temblar. Esta es una reacción que pocas veces he visto; quizá la única vez fue cuando María se encontró por primera vez con Martín. No entiendo muy bien cómo funciona esto del flechazo, pero es evidente que, cuando Cupido dispara y acierta, estás perdido.

Yo, en el amor, no soy una experta, pero en el arte de la seducción puedo darle unas cuantas clases magistrales, y vamos a ver hacia dónde nos lleva esta noche. Me parece divertido echarle un cable.

—Tú simplemente déjate llevar por la música, como cuando estábamos en la Floridita. No lo mires directamente, yo ya lo haré por ti, y mueve esa cadera como sabes hacerlo.

—Pero es que no sé qué me pasa por dentro, que no puedo moverme —me dice.

—¿Quieres que nos vayamos?

—¡No! —Obtengo por respuesta.

—Pues mueve ese culito para que vea lo que se pierde.

—Pero es que no va a conseguir nada. ¡Estoy casada!

—Marisa, no pienses en esto ahora. Solo baila y pásalo bien.

Capítulo 2

Con tanto baile, las copas se nos han vaciado y toca llenarlas.

—¿Te atreves a ir a la barra? —le pregunto a Marisa.

—No, no, no. Cuando lo tengo cerca, me paralizo y necesito alcohol por mis venas para calmar mis nervios. Si mi marido supiera lo que pasa por mi cabeza, me pide el divorcio en el momento.

—A ver, no empecemos con el bajón, que es temprano. Voy a por otra y quítate a tu marido de la cabeza. Aquí estamos tú, yo y nadie más. Bueno, sí, el camarero, pero lo que pasa en Cuba se queda en Cuba.

—No va a pasar nada. ¡Estoy casada!

—Vale, lo que tú digas. Ya vengo.

Me acerco a la barra y ya tengo al buenorro que no le quita los ojos de encima a mi amiga preparado para que le pida.

—Dos mojitos más.

—Marchando.

Saco mi monedero para pagar, pero él me dice que no con la cabeza.

—Vuelve con tu amiga, yo os los llevo.

Caray con mi amiga, pues resulta que al camarero también le ha dado fuerte.

Cuando llego a la pista sin las bebidas, Marisa me mira extrañada.

—Tu camarero particular te traerá la bebida personalmente.

—¡No! —grita ella.

—¡Sí! —me río yo.

—¿Y qué le digo yo?

—Se me ocurren unas cuantas maneras para que se lo puedas agradecer. Es un detalle que salga de detrás de la barra para servirte, especialmente a ti, tu bebida.

—También trae la tuya.

—A mí no me metas en esto, que de momento con este culebrón ni me he fijado en el personal que hay en el bar. Pero tranquila, que me lo estoy pasando en grande. Por cierto, ya viene.

—Tierra, trágame.

—De eso ni hablar.

Tiro de la camiseta de Marisa hacia abajo para que su escote, medio discreto, se haga más visible. Cojo mi mojito de las manos del camarero, porque ya veo que sobro en esta escena, y me aparto.

—Creo que este mojito es para ti, princesa.

Dios mío, pero mira que saben camelar estos cubanos. Como siga así, mi amiga se deshace aquí, en medio de la pista.

—Gracias por traerlo hasta aquí —le dice, cortada, ella.

—Es un placer.

Si las miradas quemasen, estos dos estarían ardiendo en llamas en esos momentos.

—Me llamo Marisa —se atreve a decir, vergonzosa.

—Yo soy Rubén.

Y, como no podía pasar de otra manera, él se le acerca

para darle dos besos mientras la coge de las caderas para acercarla más a él.

Si hasta yo me estoy poniendo tontorrona por ser testigo de tanta tensión sexual en el ambiente.

Sin soltarse desde que él la ha agarrado para darle los besos, empiezan a bailar la salsa que suena en el local y se pierden el uno en la mirada del otro. No les importa nada de lo que hay a su alrededor.

Yo discretamente me separo y me pongo a bailar con otros camareros, que han salido de detrás de la barra para unirse a la fiesta. Esto quiere decir que queda poco para que cierren el local, pero, mientras, lo aprovecharemos.

Uno de los camareros se me arrima moviendo sus caderas al ritmo de la música; no está nada mal y se mueve genial. Como veo que Marisa está muy bien atendida, decido darle vida a mi cuerpo y seguirle la corriente a este rubio la mar de salsero.

Una cosa lleva a la otra y, casi sin darme cuenta pero queriendo, estamos en el cuarto de las bebidas bailando y cada vez con menos ropa. No veas cómo está el chaval.

Sin mediar muchas palabras, ahora mismo nos sobran, damos rienda suelta a nuestra excitación y tenemos sexo desenfrenado pero seguro, entre las cajas de ron y *whisky*. No ha sido muy cómodo, pero ha aliviado mi deseo de forma más que aceptable y nada empalagosa.

Volvemos a la pista de baile como si nada hubiera pasado. Marisa ni se ha dado cuenta de que he faltado un rato; mejor, menos explicaciones. Pero ahora sí que es la hora de cerrar.

Como un galán, Rubén nos acompaña al hotel. Quedamos en tomar la última en el bar de allí, pero, cuando entramos, están tomando algo parte de nuestros acompañantes en el viaje. Y, cómo no, cuando Fran nos localiza, viene directamente hacia nosotros.

—¿Dónde os habéis metido, que no os hemos visto por el Malecón? —dice él con un tono un poco molesto, que no entiendo por qué.

—Pues hemos estado de bar en bar por allí toda la noche.

Veo cómo Rubén mira a Marisa y ella le cuchichea algo en el oído, pero ahora ella mantiene las distancias que hace un rato no mantenía. No esperaba encontrarse al grupo aquí, así que decido unilateralmente pasar de la última y coger a los dos tortolitos, dirección a la recepción.

Por la hora que es, necesito dormir algo para estar presentable por la mañana, así que pido en recepción otra habitación individual para mí y les dejo vía libre a los dos para que se conozcan mejor o lo que surja. A mí me matan los pies y quiero irme a dormir; mañana será otro día.

A las nueve en punto, estamos en la sala de reuniones para desayunar y que nos pongan al día con el *planning* de hoy.

Me ha sorprendido el mensaje de Marisa a las ocho de la mañana diciéndome que ya podía ir a la habitación, que Rubén tenía que irse a trabajar. Por lo visto, tiene tres empleos. A mí me ha ido de lujo, porque, si no, ¿cómo explico que voy con la misma ropa que el día anterior? Esto es impensable.

Ya desayunadas (Marisa lleva tres cafés, ya que no ha pegado ojo en toda la noche), el guía del grupo nos presenta al gerente del hotel e hijo del dueño, un cuarentón de muy bien ver al que le queda el traje como un guante. Se hace mirar y, cuando sonríe, se le marcan dos hoyuelos que me recuerdan a alguien al instante.

No me importaría tener a solas una reunión con el señor gerente, que se llama Ernesto, pero, por desgracia, somos muchos en esta sala y por el momento no podrá ser.

El *planning* de hoy no se queda atrás. Nos toca visitar el hotel Miramar, el Comodoro, el Nacional, el Cohíba (donde comeremos) y, por la tarde, el Riviera, Panorama, y visita y cena en La Maison con espectáculo. Aquí sí que tengo ganas de ir para ver lo último de la moda en Cuba y poder comprar algún trapito, aunque no sé dónde lo voy a meter. Creo que le pediré a Marisa que me preste una parte de su maleta.

En diez minutos salimos y, cuando nos dirigimos hacia la salida, Ernesto nos para en la entrada.

—Señorita Cristina, ¿podría hablar un momento con usted? —me pregunta muy educadamente.

—Por supuesto, usted dirá.

—Me han comentado en recepción que ha solicitado una habitación individual. ¿Hay algún problema con la que le hemos asignado?

Veo cómo a Marisa le cambia la cara, está muerta de la vergüenza, pero ya me he encontrado con esta situación antes. Y, aunque saben lo que pasa, no les gusta saber que entra gente que no está hospedada en el hotel.

—No se preocupe, todo está más que correcto, pero algo de la cena me sentó mal anoche y no quería molestar a mi compañera con mis idas y venidas al baño. Hoy nos espera un día duro de visitas y pensé que sería lo mejor. No dude de que abonaré el importe de esta antes de marcharnos.

Le pongo mi carita de gata con botas y noto cómo surte efecto, porque vuelvo a ver esos hoyuelos que me vuelven loca en un hombre.

Después de nuestro tonteo con la mirada, me da su tarjeta de visita por si necesito alguna cosa mientras esté hospedada en su hotel. Todo un gesto por su parte y que luego, más tarde, pensaré si necesito de sus servicios, ya que no me importaría nada.

Ya en el autobús que nos llevará al primer hotel, noto a Marisa más callada de lo normal. No le doy importancia porque no ha dormido y debe estar cansada, pero al cabo de un momento la escucho llorar. Esto ya no es de estar agotada.

—Marisa, ¿por qué lloras? ¿Te encuentras mal? —le pregunto, angustiada.

No me puede contestar porque está inmersa en un mar de lágrimas que no puede controlar. Espero unos minutos a que se calme, que se me hacen eternos; no me gusta ver llorar a nadie. Finalmente, parece que esa cortina de lágrimas cesa un poco, y sin mirarme a los ojos empieza a hablar:

—Soy lo peor, Cristina, he engañado a mi marido.

—Eso de los remordimientos no va conmigo. Pasó porque tenía que pasar, no le des más vueltas.

—¿Cómo quieres que no le dé vueltas? Le he puesto los

cuernos a mi marido y encima no me he acordado de él hasta ahora. ¿Qué le voy a decir hoy cuando lo llame?

—A ver, para el carro. No sé qué le vas a decir, pero no creo que sea una conversación que tendría yo por teléfono.

—Tienes razón; ha sido una locura de una noche que no volveré a repetir.

—Lo que pasa en Cuba se queda en Cuba —le digo para animarla.

En ese momento suena su móvil: es él. Marisa me enseña la pantalla.

> **Rubén:**
> Un amigo me hace un cambio de turno esta noche. Libro a las diez; ¿te puedo pasar a buscar por el hotel?

Marisa no se da cuenta, pero le ha cambiado la cara en un segundo. La chica mustia y llorona que tenía a mi lado se ha convertido en una con esperanza y felicidad.

—¿Qué le digo?

—A esa hora ya habremos terminado de cenar e iremos hacia el hotel para cambiarnos. Tú decides.

—Mi cabeza va a explotar, estoy hecha un lío.

—Los cuernos ya están puestos en su sitio. Qué más da un poquito más o un poquito menos, porque seguirán puestos. Aprovecha lo que te queda aquí, porque, cuando te des cuenta, volvemos a estar en Barcelona.

—¡Pero qué burra eres!

—Seré todo lo burra que quieras, pero tengo razón.

—Un poco sí. Voy a quedar con él y nos vamos los tres de fiesta por La Habana.

—Eso sí que no. Yo tengo mi ruta preparada y no la

quiero cambiar. Por mí no te preocupes, que no necesito a nadie para pasármelo bien.

—¿Estás segura, Cristina?

—Segurísima.

El día va pasando de hotel en hotel y entre mensajes de Rubén a Marisa y viceversa. Realmente, lo que les ha pasado a estos dos es muy fuerte.

La llamada a su marido la ha pospuesto para mañana enviándole un mensaje, excusándose con no sé qué problema de cobertura. Me dice que, si lo llama, se derrumbará y se lo soltará todo. Así que, desde hoy, hay mala cobertura donde estemos.

El día pasa rápido, y sin duda lo que más me ha gustado es la visita a La Maison. Su desfile de moda vespertino mientras hemos comido algo ha sido una revelación para mí. He comprado cuatro camisetas iguales superbonitas para mis amigas, unos puros para mi padre y un sombrero de yarey para mi madre. Por suerte, ya tengo todos los *souvenirs* comprados menos uno: el regalo de Pol. Con él no me vale algo típico, o sí. No lo sé, aún no he encontrado nada. Tema aparte es negociar con Marisa para que me alquile una parte de su maleta, ya que, en la mía, imposible.

Cuando vamos camino del hotel, veo una tienda de *souvenirs*. Me falta un regalo y tengo que comprarlo, pero todo lo que veo no me gusta. Sigo buscando hasta que encuentro algo que me llama la atención: una moneda.

En la moneda sale la imagen del Che con la inscripción «Patria o muerte» y, debajo, nuestro año de nacimiento: 1987. Algo tiene esta moneda que ha llamado mi atención. Le pregunto al chico si la tiene en llavero, pero me contesta que no. Pero mi cabeza ya tiene el regalo en la cabeza, así que compro un llavero cualquiera y la moneda. El resto ya lo termino en casa.

A las diez y cinco estamos, cambiadas, en el *hall* del hotel. Rubén espera a Marisa y me invitan a ir con ellos, pero evidentemente yo me niego; he venido a Cuba a pasármelo bien, no a aguantar la vela de nadie. Y, cuando nos despedimos en la entrada, me dirijo a recepción para que me pidan un taxi.

Cuál es mi sorpresa que alguien me llama.

—Señorita Cristina, ¿cómo se encuentra hoy? —me pregunta Ernesto, el gerente.

—Hoy estupendamente, gracias. No necesitaré pedir otra habitación.

Se lo digo porque Marisa ya me ha dicho que se quedará en casa de Rubén.

—¿La puedo invitar a una copa en el bar del hotel?

Bueno, bueno, parece que mis planes para esta noche van cambiando por momentos. Vamos a ver qué pasa.

Mientras tomamos esta copa, descubro a un Ernesto serio en apariencia, pero con un gran sentido del humor. Eso es de las muchas cosas que me gustan en un hombre. Cuando se ha desabrochado los dos botones superiores de la camisa, ya me han entrado ganas de quitársela, pero la noche es joven y quiero mover mi esqueleto.

—Tenía pensado ir a tomar algo al Cabaret Parisien y después al Tropicana. Pero, tú que eres de aquí, ¿me recomiendas algún otro bar más clandestino?

Y lo digo con toda la intención. Hay lugares que no salen en ninguna guía, que solo son conocidos por los lugareños con cierto poder adquisitivo, y Ernesto cuadra con este perfil.

—¿Prefieres algún local con música en directo o una discoteca?

—Cuando visito ciudades tan emblemáticas como La Habana, me gusta investigar y encontrar sitios que no son los típicos. Pero sé que en esos sitios se necesita que alguien te consiga entrar, y no siempre lo consigo.

—Dudo mucho que tú no consigas lo que te propongas —me dice, mirándome fijamente a los ojos.

Vuelvo a ponerle mi cara de niña buena con toda la intención.

—Si me dejas, puedo acompañarte a clubs a los que solo se puede entrar con invitaciones especiales o si eres socio. ¿Te apetece ir conmigo?

—La compañía es muy grata, así que no veo por qué no.

Dicho esto, le hace una señal al camarero y nos marchamos dirección al *parking* del hotel para dirigirnos al club.

—Te pongo sobre aviso de que lo que verás ahora es bastante exclusivo y confidencial. No están permitidas las fotos ni ningún tipo de grabación —me explica.

—Me gusta esto que me cuentas —le digo.

—Ya me he dado cuenta de que no te asustas fácilmente.

—No sé lo que voy a encontrarme, pero el *glamour* y el lujo, en el mundo donde hay dinero, a veces no es tan bonito como aparenta.

—Veo que entiendes por dónde voy. Primero tomaremos una copa en el *tabaco lounge* del hotel y subiremos un rato a la sala de fiestas para que veas una parte de Cuba que todo el mundo sabe que existe, pero que pocos conocen.

Dicho esto, dejamos el coche en el *parking* y entramos por un ascensor que no es el del hotel y en el que, para acceder a él, Ernesto ha introducido una llave. Solo hay tres botones en el panel: uno para el *lounge*, otro para la discoteca y otro para las habitaciones. A las que, aunque están en el mismo hotel, no se puede acceder por la entrada principal habitual.

Cuando salimos de la cabina, un señor con pinganillo y traje le pide las credenciales a mi acompañante, y así podemos entrar.

Aunque cuando entro hago como si no me importara lo que veo, por dentro se me remueve todo. La imagen es dantesca y, por lo que veo, no disimulo lo suficientemente bien porque Ernesto me coge de la mano, cosa que le agradezco. Ver a esos viejos ricachones con todos esos billetes en la mano, rodeados de mujeres cubanas, hace rebelarse una parte de mi feminismo que en este viaje todavía no me había salido.

—Sé que es duro lo que ves, pero es una parte de Cuba que existe.

—Lo había oído, por supuesto. Muchos solterones de España vienen aquí a Cuba a encontrar mujeres, y las encuentran.

—A ver, en cualquier bar puedes encontrar mujeres que solo quieren una vida mejor que la que llevan aquí. Esto solo es un sitio más exclusivo donde se mueve mucho dinero y se quiere confidencialidad.

—Que sí, que con dinero se consiguen cosas. Porque ya me gustaría ver a mí a ese viejo que está allí, sentado con esas dos morenazas, si no sostuviera en la mano ese fajote de billetes. Estaría más solo que la una.

—Pues eso, la mayoría de estas mujeres mantienen a sus familias con ese dinero.

Me lo quedo mirando para entender lo que me está diciendo, y por eso me lo aclara:

—Muchas de ellas tienen familia o alguna cuenta pendiente por pagar, y por eso lo hacen. Otras, las más jovencitas, vienen con la esperanza de que algún ricachón se las lleve para vivir mejor que aquí.

—¡Qué triste! —le digo.

—Sí, puede parecerlo, pero es el modo de vida que han escogido. Porque, fuera del barrio de Miramar, la vida no es fácil. Esto que ves aquí, con mucho dinero de por medio, ocurre también en barrios más humildes, pero con pocas libras o a cambio de comida.

Mientras tomamos algo en la barra del *lounge*, Ernesto me mete en la realidad de Cuba.

—Intentamos que la gran mayoría de nuestros empleados sean cubanos, pero, claro, La Habana es muy grande y no podemos contratarlos a todos. Aparte, una cosa: hay a quien no le gusta trabajar, como en todos los sitios.

—La sensación que me ha dado en el transporte de hotel a hotel es que la cosa mejora. Hay supermercados, tiendas…

—Sí, pero, si mañana tienes tiempo, entra en uno de estos supermercados que dices. No verás a ningún cubano comprando, solo extranjeros.

—No he tenido tiempo, pero mañana lo haré.

—Verás que no hay por dos motivos: uno es que no les dejan entrar; y el otro, porque no podrían comprar nada de lo que hay dentro. El precio del pollo, por ejemplo, es más alto de lo que la mayoría cobra en un mes.

—Esto en España sería inconcebible —le digo yo.

—Creo que en la postguerra se vivió algo similar a lo que ocurre aquí y ahora.

—¡Pero estamos en el siglo veintiuno!

—Aquí en La Habana es como si nos hubiéramos quedado congelados en el tiempo. Y, aunque a pequeños pasos se va adelantando algo, todo cuesta mucho.

Entre confesiones, subimos a la zona de la sala de baile. Aquí ya es otro ambiente, aunque hay reservados donde puedes deducir qué está pasando allí. La edad media ha bajado considerablemente y la gente tiene ganas de pasárselo bien y bailar.

Los dos empezamos a mover nuestro esqueleto al compás de la música salsera que está sonando y nos dejamos llevar por su ritmo sensual.

No veas cómo mueve las caderas Ernesto; me está dejando sin palabras y cada vez con más ganas de que me baile una salsa a mí sola en un pase privado. Ha resultado ser un excelente compañero de fiesta, pero ahora ya quiero otro tipo de baile con él.

—¿Qué te parece si nos tomamos la última en tu hotel? —le susurro en la oreja.

—Magnífica idea.

Cuando entramos en el hotel, me dirige directamente a los ascensores. Presiona el botón de la última planta y entramos en su *suite*.

—¿Qué te apetece tomar?

Me acerco a él sin ningún tipo de duda, le voy desabrochando los botones de su camisa sin ninguna forma de resistencia y jugueteo con su pezón.

—Me apetece esto.

Miro hacia su cara y veo cómo cierra sus ojos. Ya lo tengo, es mío. Bajo mi mano suavemente hacia su entrepierna y noto cómo está preparado, porque le gusta lo que le hago.

Así que termino de quitarle la camisa para observarlo mejor, y me gusta lo que veo; se cuida y eso se nota.

Me coge en volandas, separándome las piernas alrededor de su cadera y apretándome contra su duro miembro. Los dos estamos muy excitados, pues tanto roce con el baile cubano nos ha puesto a mil. Por lo menos a mí, y necesito saciar mi sed de él. Estoy entre sus manos; me mantiene presionada contra él mientras nos dirige a la estancia donde está la cama.

Con suavidad, me deja sobre ella mientras con destreza le desabrocho el botón del pantalón y libero de su prisión lo que tengo ganas de disfrutar. Su miembro es generoso, así que esta noche me lo voy a pasar bien.

Aunque hemos empezado con caricias y un poco de preliminares, lo que nos interesa a los dos es disfrutar del momento, sin ataduras. Y ya tengo su dura verga en mi interior, moviéndose sin prisa pero sin pausa dentro de mí.

Sus embestidas son certeras y estamos los dos al borde del abismo. Unas estocadas más y llego al clímax en esta vorágine de movimientos, y él no tarda mucho más en sucumbir al placer.

Se quita el preservativo y me invita a compartir una ducha con él.

—¿Te apetece una ducha afrodisíaca? —me pregunta Ernesto.

Miro el reloj, son las tres de la madrugada.

—Me apetecería mucho, pero mañana a las ocho tengo que estar en pie y mi compañera seguro que se está preguntando dónde estoy.

Mentira, ya que Marisa debe estar con Rubén disfrutando el uno del otro. Pero es que yo ya he tenido bastante.

Quería un poco de diversión para el cuerpo y ya lo he conseguido, así que ahora quiero irme a dormir.

Los dos somos adultos y sabemos lo que hay, así que nos despedimos y cada uno continúa con su vida. Al menos yo sí.

No sé qué me pasa últimamente, que ya no me lo paso tan bien conociendo a hombres. Ya no me siento satisfecha, aunque no puedo negar que Ernesto ha sido un gran anfitrión y me ha hecho disfrutar del sexo. Pero noto que me falta algo y aún no he detectado qué es.

Pero, bueno, basta de divagar. A ver si en Varadero encuentro a otro cubano con su miembro aún más grande, y entonces sí que me dejará más satisfecha. Seguro.

Capítulo 3

En el desayuno, justo antes de empezar la reunión para concretar las visitas de hoy, aparece Marisa con una cara de felicidad que no se la aguanta. Aunque también lleva unas ojeras de no haber dormido mucho, pero una tapa a la otra.

—Tú, perdida, ¿cómo te ha ido tu segunda noche en Cuba? —le pregunto.

—Estuvimos bailando en diferentes locales hasta altas horas de la noche, y después me ha llevado a su casa para hacerme el amor hasta hace bien poco —suspira ella.

—¿Hacer el amor? Marisa, ten cuidado, que estos cubanos enganchan y tú eres novata en esto de las aventuras fuera del matrimonio.

—Tranquila, esta noche trabaja y no creo que nos veamos. Mañana ya nos vamos a Varadero; o sea que... fin de mi aventura.

—¿Estás segura de eso?

—Segurísima —me dice con palabras, pero no con su mirada.

Escuchamos lo que nos tienen que contar del día de hoy. Haremos unos cuantos kilómetros para ir al Valle de Viñales, famoso por el cultivo de tabaco, y aprovecharemos para ver unas pinturas rupestres y la Cueva del Indio, donde pasearemos en bote por sus ríos subterráneos. Más visitas a plantaciones después de la comida, para terminar en el hotel con la cena de gala.

A la salida, nos encontramos con Ernesto.

—Buenos días, señoritas, ¿está siendo de su agrado su visita a Cuba y su estancia en el hotel?

—Estoy descubriendo una Cuba inesperada —le suelta Marisa, y yo me río para mis adentros.

—La estancia en el hotel, más que agradable —le digo yo, guiñándole un ojo.

—Pues esta noche nos despedimos en la cena de gala —me dice, mirándome intensamente a los ojos.

—Será un placer —le contesto yo.

Nos alejamos en dirección a la salida y Marisa se me queda mirando.

—¿Qué? —le digo.

—¿Cómo que qué? ¿Tienes algo que contarme? —me pregunta ella.

—Pues claro que sí, pero, como no estás por aquí, no te enteras —le digo con guasa.

—¿Te has ligado al gerente?

—Ligado y tirado. No veas cómo están los cubanos, pero, bueno, nada que tú no sepas.

—Tienen ese algo que hace que pierdas la cabeza —me dice.

—A ver... Perder la cabeza, no, pero querer más salsa en el cuerpo... Eso no te lo puedo negar.

—Yo sí que he perdido la cabeza —me dice Marisa, ya en el autocar y con lágrimas en los ojos.

—Anda, duérmete, que son casi tres horas en autobús. Y, cuando te despiertes, lo verás todo diferente.

—¡Cristina, es lo que es!

—Duérmete y hablamos luego.

Para la cena de gala, me he puesto un vestido de gasa azul con encaje, que es más corto de delante y más largo por detrás. La verdad es que el truco de Pol ha funcionado y casi no está arrugado. Aparte, yo al llegar colgué toda mi maleta para que no estuviera arrugada.

Marisa ha escogido un vestido negro de cuello *halter* y largo, que le queda como un guante. Cuando estamos las dos preparadas, bajamos al *hall* del hotel, donde hemos quedado todos para la cena.

Somos las últimas en llegar y, cuando nos ven, nos dirigimos hacia el restaurante principal del hotel. Cuando entramos, las mesas están vestidas con la mantelería de fiesta, y en cada una hay unos jarrones de flores naturales muy coloridas que hacen juego con la cubertería dorada. Lo que le da un toque más elegante, si cabe, a la mesa.

Ernesto ya está en la sala, acabando de ultimar los detalles con el maître, y la verdad es que el traje no le queda nada mal.

Cuando nos ve entrar, se acerca a saludar.

—Buenas noches, señoritas, permítanme decirles que esta noche están espectaculares.

Nos coge a ambas de la mano y nos la besa como un auténtico galán.

—Gracias por tus cumplidos. La sala también está muy bonita —respondo yo.

—Solo es para intentar estar a la altura de vuestras bellezas.

El maître se acerca por detrás y le comenta que está todo listo.

—Vamos a empezar con la cena. Vengan conmigo, que les he reservado un sitio a mi lado.

—Estupendo, no podemos tener mejor compañía —le respondo.

La cena va transcurriendo entre aperitivos y platos principales. Todo está delicioso, y ya llegamos al postre, con su típico flan de calabaza.

La guía del *tour* nos anuncia que habrá un bingo para amenizar el café, con regalos sorpresa para nosotros. Puede ser divertido, pero yo quiero irme de fiesta por La Habana, ya que es nuestra última noche antes de irnos a Varadero.

—¿Cuáles son sus planes esta noche? —nos pregunta Ernesto.

Y responde Marisa:

—El tema de la fiesta lo organiza Cristina. ¿Hoy dónde toca? —Y me mira, esperando una respuesta.

—Había pensado en el Cabaret Parisien o el Tropicana; son los más conocidos que nos faltan por visitar. Cuando terminemos con el bingo, nos marchamos.

—Los dos están bien. El Tropicana es quizá más vistoso, pero en el Parisien se puede bailar después, y la fiesta la tenéis en el mismo local sin moveros.

—No está mal el dos por uno, casi me has convencido. ¿Nos acompañarás? —le pregunto, mimosa.

—Me parece que esta noche será imposible, pues en una hora tengo que salir hacia Santa Clara y no lo puedo aplazar.

—Qué lástima no disfrutar de tu compañía una noche más.

Ernesto mira el reloj y me mira intensamente.

—El bingo acaba de empezar y yo no me voy hasta dentro de una hora, así que nos podemos tomar la última en mi habitación como ayer.

—Excelente idea.

De su bolsillo saca una copia de la llave de su habitación y me la deposita en la mano. Marisa se ríe entre dientes por lo descarados que estamos siendo, delante de todo el mundo y sin que se den cuenta de nuestras conversaciones subidas de tono. Él se despide de la guía por motivos de trabajo y yo, como si fuera una colegiala, le doy mis cartones del bingo a Marisa y me dirijo a su habitación.

Cuando entro, ya nos tiene preparados dos mojitos, y hacemos un brindis.

—Por las despedidas —digo yo.

—Por el bingo, que me permite ahora mismo disfrutar de ti un poquito más.

Sus prendas de ropa empiezan a saltar por los aires, y mis bragas ya no sé ni dónde las tengo. El reloj va contando y no podemos perder mucho tiempo.

El vestido se me está arrugando más ahora que en todo el viaje en la maleta, así que finalmente me lo quito. Y los dos nos quedamos expuestos uno frente al otro, con las mismas ganas que ayer y con el morbo de habernos escapado de la cena.

Hoy no hace falta tantear al otro. Ya sabemos lo que nos gusta y tenemos claro que lo que queremos es disfrutar del momento y nada más, sin ataduras de ningún tipo.

Me coloca de espaldas a él y comprueba con sus expertos dedos que estoy mojada y preparada para él. Masajea mi zona erógena de una manera tan magistral que, si sigue por este camino, llegaré rápido al final, demasiado. Pero, como el experto que es, para en el justo momento para introducir su virilidad dentro de mí y hacerme vibrar con sus embestidas.

Apoyo mis manos en el colchón para facilitar la entrada y que sus estocadas sean más profundas. Estoy al borde del éxtasis y, por sus gruñidos, creo que él también. Con unos empujes más, llegamos al final de la carrera satisfechos.

No hay mejor despedida que un buen polvo rápido y sin complicaciones.

—Me doy una ducha rápida y me marcho. A ver si puedo pillar la última ronda del bingo.

—Si no tuviera que irme, te aseguro que a esa ronda no llegas —me dice, señalándome el baño.

Lo que más me gusta del sexo sin compromiso es que, cuando acabas, cada uno sigue con su vida. No tienes que esperar a ver qué quiere la otra persona, o quedarte a dormir y despertar junto a alguien que no conoces lo suficiente. Una vez que los cuerpos han disfrutado, a lo siguiente.

Nos despedimos sin ataduras, con un «hasta siempre». Y bajo al bingo con el vestido un poco más arrugado que antes, pero creo que no se nota.

Marisa me recibe con una sonrisa.

—¿Hemos ganado algún bingo? —le pregunto.

—Ni bingo ni línea. Hoy no tenemos suerte.

—Eso lo dirás por ti, que yo esta noche ya he ganado.

—Ja, ja, ja. Me encanta tu desparpajo.

—Por cierto, ¿cuándo has quedado con Rubén?

—Hoy le he dicho que teníamos planes y me he despedido de él por teléfono.

—Me extraña esto de ti; no eres así. Si fuera yo, lo entendería, ¿pero tú?

—Soy una cobarde, ya puedes decirlo. Pero creo que lo mejor es esto. He bloqueado su número, porque, si no, sé que le voy a decir dónde estamos si me lo pregunta. Y, antes de subir al avión, lo borraré del teléfono y de mi vida.

—Esa es mi chica, tomando decisiones para seguir adelante. ¿Y cuál es nuestro lema? Lo que pasa en Cuba se queda en Cuba.

—No lo tengo tan claro yo eso. Lo que he hecho está mal y ya me remueve la conciencia.

—Marisa, tranquila, que nadie se ha dado cuenta y sabes que de mí no saldrá ni una palabra. Mañana en Varadero disfrutaremos de la playa y los mojitos, y lo verás todo con otros ojos.

—Eso espero, Cristina, porque ahora mismo me siento como una traidora.

—Eso lo arreglamos esta noche en el Parisien. ¿Cuánto le queda a este juego?

Oímos a una del grupo que canta «¡Bingo!».

—Perfecto, es el momento de irnos —le digo a Marisa, cogiéndola de la mano antes de que cambie de opinión.

El espectáculo de cabaret es muy recomendable; por momentos he pensado que estaba en el Moulin Rouge de París, ya que las chicas cubanas se mueven espectacularmente bien. Y, unos daiquiris después, nos vamos al hotel, que las dos estamos notando la falta de horas de sueño y mañana tenemos que despertarnos temprano para poner rumbo a Varadero.

El *planning* del día, por suerte, nos lo hacen en el autobús de la compañía, que gracias a Dios tiene aire acondicionado. El mundo del coche en Cuba es bastante curioso, ya que, una vez que pones los pies en la isla, es como si regresaras al pasado. Y los típicos coches que veías en las películas en blanco y negro, de repente, cogen color y presencia por las calles cubanas.

Sin dejar las maletas en el hotel, realizamos las visitas al hotel Solymar, Villa Cuba y el almuerzo en el Varadero, que es donde nos alojaremos. Por suerte, tenemos la tarde libre para disfrutar de estas playas con arena blanca y aguas cristalinas.

Estamos en la habitación del hotel, poniéndonos el bañador, y Marisa está muy callada.

—¿Qué te pasa? —le pregunto.

—Pues qué quieres que me pase. Poco a poco soy consciente de lo que he hecho y, sinceramente, no sé cómo voy a afrontarlo.

—No te castigues tanto. A veces, por razones de la vida, pasan estas cosas y punto, así que no le des más vueltas.

—Claro que se las tengo que dar, porque yo no soy así. He hecho mil viajes de empresa y nunca, jamás, había engañado a mi marido. Cuando lo llame hoy, ¿qué le voy a decir?

—Creo que, de la manera en que estás, es mejor que por teléfono no le digas nada. Di que entre la cobertura y el *jet lag* te está costando adaptarte, ¿no?

La intento animar, pero ya noto en su cara que no lo consigo. Está tremendamente agobiada.

—Bajemos a la playa; las aguas del Caribe te harán ver las cosas de otra manera. Como mínimo, nos tomaremos un daiquiri y dejaremos que el sol de Cuba nos dore nuestra piel, que no podemos volver más blancas de lo que hemos venido. Eso sí que no.

Por lo menos, le puedo sacar una sonrisa y que aparque su agobio durante unos momentos.

Nuestra tranquilidad en las tumbonas dura poco. Cuando nos hemos acabado de poner la crema solar, le suena el teléfono a Marisa y, por la cara que pone, es su marido. Ella contesta y, para darle intimidad, yo me acerco al chiringuito de la playa a tomar otro daiquiri.

Aprovecho para hacer unas fotos de este paraíso y mandárselas a mis amigas, y no tardan las tres en contestar. Y, al ver que están en línea, hago una videollamada en grupo, que contestan al momento.

—Buenas tardes, chicas, ¿cómo va por Sant Sadurní?

Aprovecho para hacerles un video en directo de la panorámica de la playa de aguas transparentes con sus palmeras, y voy dando la vuelta hasta mi cóctel, con paraguas de color rosa incluido.

—*¡Qué envidia nos das!* —me dice Beth.

—*¡Yo quiero estar allí contigo ahora mismo!* —dice María, haciendo pucheros.

—Lo siento, amigas mías, pero la teletransportación aún no se ha inventado —me carcajeo yo.

—*¿Cuándo vuelves?* —me pregunta Laura.

—A ver, salimos de aquí el domingo por la noche. Pero, con el desfase horario y contando que todo vaya sin retraso, sobre las cinco llegaré a Barcelona y sobre las seis apareceré en el pueblo. Por suerte, el vuelo de regreso es directo.

—*¿Estarás muy cansada para hacer una cena de amigas?*

—Uy, uy, uy. Últimamente, cuando una se va de viaje, siempre se encuentra con sorpresas a la vuelta. ¿Qué ha pasado ahora?

—*Si te lo contara, no sería una sorpresa, ¿no?* —dice ella, dejándome con la intriga.

Nos reímos las tres y veo cómo se acerca Marisa con lágrimas en los ojos. Esto pinta a tragedia.

—Chicas, lo siento, pero he de colgar. El lunes nos vemos. Ya me decís dónde, besos.

Con un adiós grupal nos despedimos.

Marisa llega donde estoy yo y, mediante gestos, le pide lo mismo que yo al camarero. Con tanta charla, ni un sorbo le he dado, así que se lo cedo a ella, que se lo bebe del tirón. Me ha dejado pasmada.

Las lágrimas no paran de resbalar por su rostro y veo que necesita unos momentos para poder hablar conmigo. El camarero le trae el daiquiri y ella, sin pensárselo dos veces, se bebe el segundo de una sola vez. Y él, divertido, le dice:

—Muchacha, si sigue bebiendo así, no llegará a la fiesta de la noche… No se preocupe, que aquí en Cuba los problemas se ven de otra manera.

El camarero, un chico joven con la mirada alegre y unos ojos verdes muy bonitos, intenta consolar a Marisa cuando la ve con esas lágrimas.

—Precisamente es Cuba la que me ha traído problemas —le contesta ella.

—Pues con unos bailecitos esta noche se puede arreglar todo.

—No me hables de bailes porque no tengo el cuerpo para nada —le contesta ella entre sollozos, cada vez más intensos.

—Si consigo convencerla, bajaremos un rato a la fiesta y quiero que me reserves un baile —le digo al camarero.

—Eso está hecho, señorita…

—Cristina, mi nombre es Cristina.

Pero Marisa sigue con sus llantos.

El camarero me mira y yo levanto los hombros en señal de que poco se puede hacer, aunque yo unos bailecitos con él sí que me pegaría esta noche. Pero, viendo el plan que tengo, no creo que pueda dejarla sola mucho rato.

Esto lo tengo que parar, porque, si no, no llegamos a la habitación.

—¿Cómo ha ido la conversación con tu marido?

Intento hablar con ella, pero mi pregunta hace que su llanto se intensifique. Tengo que cambiar de táctica.

—Acabo de hablar con mis amigas, les ha encantado esto. Para darles envidia, les he hecho videollamada y todas querían estar aquí.

—No me extraña, esto es el paraíso —me contesta.

Bueno, por lo menos, ya he conseguido que salga del bucle de llanto donde estaba metida.

—Lo que pasa es que últimamente, cuando una de nosotras se va de viaje, pasan cosas. Y, cuando llegue el lunes, ya hemos quedado para vernos.

—Qué bonito tener unas amigas así. Yo, cuando llegue el lunes, tendré una conversación más que seria con mi marido.

—¿Le has dicho algo? —le pregunto, intrigada.

—No, creo que no se merece que se lo diga por teléfono, pero no puedo engañarlo más.

—Te prometo que por mí no sabrá nada.

—Gracias por decirlo, pero es que ya me conoces, yo no soy así. No sé qué me ha pasado, pero no podría vivir con este engaño y acostarme con él cada noche sabiendo que lo he engañado y no se lo he dicho... Me va a atormentar cada día.

—Bueno, ya sabes que si lo necesitas puedes hablar conmigo. ¿Un bañito bajo el sol del Caribe?

Ella me dice que sí aún con los ojos rojos de llorar. La cojo de la mano y la arrastro hacia el agua del océano, a ver si así las olas se llevan sus remordimientos.

El domingo que nos espera en este paraíso es todo menos relajado.

Visitamos los hoteles Sol Sirenas, Sol Palmeras y Paradisus V, y desde allí nos embarcamos en el barco donde almorzaremos y nos bañaremos entre delfines. La experiencia es muy bonita y, aunque tener un delfín delante impone mucho, cuando te tocan con sus morros húmedos y hacen ese ruidito, es una experiencia única.

Pero, como no puede ser de otra manera, todo lo bueno llega a su fin y a estos dos días en Varadero ya les queda poco. Esta tarde podremos hacer un último chapuzón en la playa o piscina del hotel, y ya nos dirigiremos al aeropuerto destino a casa.

A ver qué me tienen que contar mis amigas, que por la experiencia que llevamos… seguro que otra boda asoma por el horizonte.

María ya tiene fecha; Beth no, pero el anillo es el preludio de una fecha anunciada; y seguro que ahora es Laura la que entra a formar parte de ese club. Qué manía les ha entrado a mis amigas con casarse. Con lo bien que se está sin pareja fija y sin compromiso, viviendo la vida sin tener que depender de nadie.

No acabo de entenderlas, pero la verdad es que, cuando están con sus futuros maridos, las caras de enamoradas que se les ponen son dignas de una novela romántica. Suerte que a mí no me van los romances de película y… En ese momento me viene a la cabeza un momento de mi infancia, de cuando tenía diez años, que me saca una sonrisa por ese tierno recuerdo que tenía guardado en un rinconcito de mi corazón.

Capítulo 4

Estoy llegando a Sant Sadurní. A Marisa la he despedido en la anterior parada del autobús, con unos remordimientos tales que no tengo muy claro cómo va a terminar la cosa con su marido. En un par de días la llamo para ver cómo está.

Son casi las siete de la tarde. El vuelo se ha retrasado un poco, pero ya estoy llegando. Me he camelado al conductor para que me deje en la puerta con mis tres maletas: las dos mías y una que me ha dejado Marisa para poder cerrar la mía.

Ya he avisado a mis padres de que dejo las maletas y me voy a cenar con mis amigas. Están más que acostumbrados a que no pare en casa, así que les doy los *souvenirs* que les he comprado y me despido. Tampoco voy a llegar muy tarde, porque el *jet lag* de regreso sí que lo estoy notando.

Hemos quedado en casa de Laura y, aunque andando no está muy lejos, porque el pueblo no es de grandes distancias, Beth pasa a recogerme.

—¡¿Qué tal por Cuba?! ¿Dónde tienes escondido al cubano? —me saluda, entre risas, Beth.

—No te pienses. Me he portado demasiado bien, porque no he podido hacer todo lo que me apetecía en Cuba.

—¿Y eso?

—Prometí no decírselo a nadie, pero sé que vosotras guardaréis el secreto, y además no la conocéis. Marisa, mi compañera de habitación y juergas en Cuba, la primera noche conoció a un camarero cubano, que por cierto está muy buenorro, y se ha liado con él.

—¿Pero ella no estaba casada? —me pregunta Beth.

—Sí, y la verdad es que nunca, en todos los viajes que hemos coincidido, se había interesado por ningún hombre, ni flirteado. Pero es que Rubén es un pedazo de cubano digno de telenovela.

—Pero, bueno, no digo que esté bien en absoluto, pero a veces un desliz puede pasar.

—Sí, pero ella ha pasado dos noches muy intensas con él. Y creo que se ha enamorado de ese cubano, aunque ella aún no lo sepa.

—¡Qué dices! No será para tanto.

—Tendrías que haber visto su cara cuando estaban juntos. Me recordaba tanto a las que ponéis María, Laura y tú que, cuando los vi mirarse en el primer momento que saltó el flechazo, supe que Marisa tendría problemas.

—¿Y ahora qué? —me pregunta Beth.

—Pues no lo sé. Ella me ha dicho que hablará con su marido, así que dentro de dos días la llamaré a ver cómo va la cosa.

—Complicado.

—Sí, porque los remordimientos la estaban matando en Cuba, y por eso no podía dejarla sola mucho rato y no he podido terminar de disfrutar de los cubanos.

—Pero alguno habrá caído, digo yo.

—Hombre, claro, eso no lo dudes. Ahora os cuento.

Llegamos a casa de Laura y, con la ayuda de María, ya

tienen la mesa puesta con una merienda cena. Con su jamoncito ibérico y su pan con tomate, que siempre que me voy fuera de Cataluña echo tanto en falta.

Les entrego las camisetas que les he comprado en La Maison de La Habana y, como cuatro niñas, nos las ponemos para ir todas iguales. Solo por este momento de risas, ya ha valido la pena el regalo.

—Es muy bonita, Cris. ¡Combina con todo! Cuando quedemos para cenar, nos la ponemos —dice María.

—Sí, hombre, y ¡parecerá una despedida! —me quejo.

—Qué más da lo que piense la gente. Ya sabéis que a mí me importa bien poco —dice la *icegirl* Laura, que ahora ya no lo es tanto.

—Hablando de despedidas… —digo yo—, ¿para cuándo la de Laura? Porque intuyo que, cuando quedamos después del viaje de alguna, es porque hay boda a la vista.

Se hace un silencio y las tres se me quedan mirando, primero a mí y luego a Laura.

Entonces ella, sonriendo, me responde:

—Esta vez vas muy perdida. Nada de boda; al menos, de momento, no entra en nuestros planes.

—Menos mal, un vestido menos que comprar —digo yo entre risas.

—¿Entonces qué es eso tan importante que tenías que decirme?

—A ver, estás bien sentada, ¿verdad? —me dice Laura.

Yo ya no puedo aguantar más la intriga.

—Sí, y dispara porque me estás asustando.

—Dentro de unos meses, subirás un escalón en la pirámide de la amistad y pasarás a ser tita Cristina.

Tardo unos segundos en procesar la información. Me

fijo en la mesa y todas tenemos la copa llena de vino blanco, menos Laura, que tiene su copa llena de… agua.

Me levanto de la silla para abrazar a mi amiga, que ahora mismo lleva una vida en su interior. No sé qué me pasa, pero me afecta de una manera que ahora mismo no quiero analizar. La abrazo y me alegro mucho por ella.

Después de reponerme de la inesperada noticia, me pongo en modo Cristina.

—Que sepas, querida amiga Laura, que voy a ser la tía más molona de todas y la que más la va a malcriar. La primera que le dé un caramelo, la que la consienta en todo y la que la llevaré a su primera discoteca cuando tenga la mayoría de edad.

Todas se ríen con mis ocurrencias.

—No os riais, porque voy a ser su tía preferida.

A Laura le caen unas lágrimas por la cara y me preocupo.

—¿Pero por qué lloras? Te aseguro que, aunque la malcríe, la querré como si fuera hija mía.

—Ya lo sé, tonta. Esto del embarazo me tiene las hormonas revolucionadas y lloro por todo. ¡Me da una rabia! Estoy llorando lo que no he llorado en diez años.

Ahora todas nos unimos en un abrazo grupal y nos ponemos sensibleras.

Oímos unas llaves y, al momento, entran los tres enamorados de mis amigas: Martín, Dan y Óscar. Felicito al futuro padre de la criatura, como no puede ser de otra manera.

—A ver, semental, yo pensaba que venía aquí a que me invitaran a otra boda y resulta que es un bautizo. Tú tienes que hacerlo todo a lo grande, ¿no?

—Con el tiempo que hace que me ves por aquí, ya deberías saberlo. Nosotros no podemos quedarnos a medias.

Se acerca a Laura y la besa con devoción, provocando que algo dentro de mí se remueva. Pero que aparco inmediatamente porque ahora no toca, ni ahora ni nunca, pues yo no estoy hecha para esto del amor.

Si con ellos dos era todo o nada, conmigo es nunca.

Un poco medio excusa y un poco medio verdad, le echo la culpa al *jet lag* y dejo a las tres parejas seguir disfrutando de la velada para retirarme a dormir. Tanta emoción me agota y ahora mismo solo quiero irme a mi casa.

Cuando llego a la entrada, miro hacia arriba y siento decepción cuando veo que no hay luz en su habitación. Debe estar dormido o no está, pero no pasa nada; mañana es martes.

Me tumbo en la cama y no paro de dar vueltas. No lo entiendo, si a mí no me cuesta dormir. Debe ser el cambio de horario, que me tiene loca. No sé a qué hora, pero finalmente me duermo a altas horas de la madrugada.

Suerte que hasta mañana no tengo que ir a trabajar, porque no sé qué me pasa, que no puedo con mi cuerpo. Me ha costado más de la cuenta deshacer la maleta. Todo se me hace una montaña: deshacerla, ponerla en la lavadora, tenderla... A ver si habré cogido alguna enfermedad tropical, mañana le pregunto a Beth.

Me he pasado el día en pijama, sin arreglarme. Y esto no es propio de mí, no me gusta.

Entro en el baño para darme una ducha, vestirme con algo decente y maquillarme suavemente. Cuando veo la imagen que me devuelve el espejo, esa sí que empiezo a ser yo.

Le he pedido a mi padre que le haga un agujero a la moneda que compré para Pol y así poder hacer un llavero. Es una tontería, pero no es el típico imán de nevera. Ya queda poco para las ocho y, fiel a nuestra cita semanal, ya oigo sus pasos, y sus tres golpecitos en la puerta me indican que está a punto de entrar.

—¿Cómo está mi cubana favorita? —me dice al entrar.

—Con un *jet lag* que pocas veces he tenido.

—Eso es verdad. Alucino con la facilidad que te adaptas a los cambios de horario.

—Pues no sé qué me pasa hoy, que no puedo con mi alma —le digo.

—Eso serán los cubanos. Seguro que no has dejado a ninguno indiferente.

—Pues no te pienses. No sé si me hago mayor, o bien estoy perdiendo mis encantos, pero he estado liada con otros temas, y tampoco ha sido nada del otro mundo.

—No me lo puedo creer; Cristina en Cuba y los cubanos no lo han aprovechado. ¡Ineptos!

Le tiro un cojín de encima de mi cama, que él me devuelve sin miramientos, dándome en toda la cara.

—Pues créetelo. Solo he catado a dos cubanos, aunque, eso sí, uno lo suficientemente bueno para repetir.

Se ríe, pero de repente se pone serio.

—Tengo una mala noticia. Se me ha roto uno de tus recuerdos.

—¿Cuál?

—El regalo de tu comunión.

—A ver, espera, que ni me acuerdo de lo que era.

—Pienso un poco—. Ah, sí, era un llavero de madera con la fecha de ese día. No puedo creerme que aún lo llevaras.

—Pues claro, ¿por qué no? No pesaba nada, aunque la fecha ya no se leía. Lo había arreglado varias veces, pero ahora ya no lo puedo salvar.

—Es que soy buenísima.

Me levanto y, de la cómoda de mi habitación, saco su regalo.

—Ya sé que tu maleta estaba a reventar, pero, si me traes algo más pequeño, ni lo veo.

Me río por su ocurrencia, ya que él nunca ha sido materialista. Aunque la empresa de informática que creó cuando cumplió la mayoría de edad le va más que bien, nunca dirías por su manera de ser que tiene todo el dinero que quiere y más.

Cuando lo abre y ve que es un llavero de forma y dimensiones parecido al que tenía, se me queda mirando. Y, por un segundo, los dos nos quedamos atrapados en la mirada del otro.

No negaré que ha sido extraño, pero es que nos conocemos tanto que, sin quererlo, instintivamente, siempre sabemos lo que el otro necesita. Aunque sea un simple llavero.

—¿Qué te apetece cenar? —le digo para romper el momento raro—. ¿Dónde pedimos?

—Hoy tenemos la cena hecha. Ha venido mi abuela de visita, porque tiene que hacerse unas pruebas en Barcelona y mi madre la acompañará.

—¡No! ¿Tenemos empanadillas para cenar?

—De carne y de atún, las que más te gustan —me dice.

Me levanto de la cama y empiezo a hacer unos

movimientos raros, entre saltos y bailes, para demostrar lo contenta que estoy.

—Voy a buscarlas.

—Te acompaño y así saludo a la yaya Pilar.

—Pero bueno, Cristina, cada día estás más guapa —me dice, con cariño, su abuela.

—Perdone, Pilar, ¿pero no será al oftalmólogo donde tiene que ir a hacerse una revisión? —le digo con mucho cariño.

—No, hija, no. Voy por mi cadera, que últimamente no me deja dormir.

—Pues eso no puede ser. Que le pongan una nueva y listo.

—A mi edad pasar por el quirófano no me hace mucha gracia —me contesta.

—Pero, abuela, así podrás seguir bailando los domingos con tus amigas —le dice Pol, que tiene devoción por su abuela.

—En eso tienes toda la razón, ya que últimamente ni puedo ir por este dolor. Cristina, me ha dicho un pajarito que has estado en Cuba. ¿Por qué no te quedas a cenar y me lo cuentas? Cuando yo era joven, no se podía viajar allí y me ha quedado la espinita clavada. A lo mejor, si lo vivo a través de ti, me hago a la idea.

Miro a Pol, que levanta los hombros. Su abuela siempre hace lo que quiere con nosotros dos desde pequeños.

—Voy a buscar mi ordenador y así le enseño las fotos mientras cenamos.

—Perfecto —se alegra ella—. A ver si se me pega algo de vuestra juventud.

Cenamos entre risas y preguntas de la señora Pilar. Le han encantado las fotos y, sobre todo, algo que me llamó a mí también mucho la atención: los coches clásicos con sus colores vivos, que te transportaban al pasado. De hecho, mirando las fotos, podría parecer que están tiradas en los años cincuenta de aquí.

—Si hubiera sabido que estaba aquí, le hubiera traído un *souvenir* de Cuba.

—Imposible, abuela. A mí, su mejor amigo, me ha traído un llavero porque no le cabía nada más en su maleta. —Veo que ya tiene colocado el llavero con sus llaves.

—Serás tonto, si le he alquilado una maleta pequeña a Marisa para poder cerrar la mía. Lo de ella cabía en menos espacio.

Nos reímos los dos, porque sabemos cómo iba mi maleta. Pilar nos mira con ternura y con tal sonrisa en los labios que solo ella sabe lo que se le pasa por la cabeza.

Me despido de todos y me voy a dormir. Mañana será otro día, y parece que ese cansancio y falta de ganas por todo me ha desaparecido.

Miércoles por la mañana y me siento bien. No al cien por cien, pero al menos tengo las mismas ganas de siempre de empezar un nuevo día. Esta vez el *jet lag* me ha jugado una mala pasada.

Cuando entro en la agencia, mi jefe pregunta por el viaje

y los hoteles. Le hago un resumen rápido y le prometo el informe de Cuba para el viernes. La verdad es que es una faena extra lo de los informes, pero en definitiva fue idea mía. Después de tantos hoteles en pocos días, al final confundes nombres. De esta manera, con fotos y el guion que preparé, si algún cliente quiere ir a algún destino donde hemos hecho el viaje promocional, todo está registrado: lo positivo y lo que no lo es tanto.

Después de esto, me queda toda la faena de mi cartera de clientes, los que han venido estos días que yo no estaba, y me toca preparar unos cuantos *tours* por diferentes destinaciones.

Cuando tengo la mayor parte de los viajes gestionados y esperando las respuestas de las diferentes agencias por el hospedaje y los vuelos, llamo a Felipe, CEO de una empresa de telecomunicaciones. Que no me ha dicho qué viaje quiere, solo que lo llame.

Después de pasar los filtros de las diferentes secretarias, consigo hablar con él.

—*Buenos días, Cristina. ¿Ya has llegado de tu viaje?*

—En efecto, ya estoy cien por cien operativa. ¿Qué necesitas que te prepare? En la nota que me dejaste solo pone un viaje para todo el departamento, y eso es muy amplio.

—*Quería hablar contigo directamente para explicarte lo que tengo en mente. ¿Podríamos quedar algún día de esta semana?*

—¿Qué disponibilidad tienes? —le pregunto, ya que tendré que ir a Barcelona, donde tienen las oficinas.

—*Esta tarde o mañana por la mañana me vendría bien.*

Miro mi agenda y esta tarde tendré que cerrar los viajes que estoy programando desde que he llegado, así que quedo con él para el jueves.

—Pues quedamos mañana. ¿A eso de las diez va bien?

—*Perfecto. Quedamos en la cafetería del edificio, tomamos un café y luego subimos a mi despacho.*

—Hecho, mañana a las diez.

Nos despedimos con un simple adiós porque tengo a mi jefe escuchando, pero me hubiera gustado dejarle claro que, en horario de faena, solo trabajo. Recuerdo la última vez que coincidimos en un evento de la empresa, y la cosa terminó entre las sábanas de una habitación de hotel. Y, ahora que recuerdo, aún no hemos vuelto a vernos desde entonces.

Es mi hora de comer. Entre tanto viaje, ya voy media hora tarde, pero, camino del restaurante donde como al mediodía si no tengo ninguna reunión, llamo a Marisa.

—Hola, Marisa. ¿Puedes hablar?, ¿estás sola?

—*Un segundo que salgo a la terraza, que estoy con las de la agencia y no quiero que nos oigan* —me contesta—. *¿Qué tal tu vuelta?* —me pregunta ella.

—La verdad es que esta vez me ha costado adaptarme al horario. No sé qué me ha pasado.

—*A mí también, pero no sé si era el* jet lag *o la que me está cayendo encima.*

—¿Qué has hecho al final, se lo has contado a tu marido?

—*Pues claro que sí. Al llegar a casa, le dije que teníamos que hablar y se lo solté.*

—¿Todo?

—*Sí, claro que todo, pero sin entrar en detalles.*

—Bueno, ya me imagino que no le contaste lo grande que la tenía.

—*¡Cristina!*

—¿Qué? ¿Estoy diciendo alguna mentira? —le digo yo para quitarle hierro al asunto.

—*No, y tampoco le conté los ojos verde esmeralda que tenía, ni sus movimientos de cadera cuando bailábamos, ni...*

—Marisa, que nos vamos del tema. ¿Qué te dijo él?

—*Se enfadó mucho, durmió en el sofá y me dijo que tenía que meditar.*

—Bueno, reacción normal, supongo.

—*Hasta aquí, sí, ¿pero sabes qué me dijo anoche mientras cenábamos? No te lo vas a creer* —me dice.

—No, pero, de la manera que me lo dices, algo gordo.

—*Pues aquí te lo dejo: que si nos ha pasado esto es porque estamos entrando en una rutina, que llevamos muchos años juntos y que la solución sería abrir la pareja. ¿Te lo puedes creer?*

Me quedo sin palabras. Está muy de moda esto de las parejas abiertas; yo misma soy muy liberal y algún que otro rollo que he tenido ha sido con hombres que me aseguraban tener una relación abierta con la pareja. A mí me da igual, pero no acabo de verlo claro en una relación estable. Pero cada uno que haga lo que quiera con su vida, pues yo menos que nadie soy quién para juzgar.

—¿Y tú qué opinas? —le pregunto.

—*Llevo toda la noche sin pegar ojo con lo que me ha dicho, y lo único que me venía a la cabeza era Rubén.*

—Marisa, estás fatal. Vale que tienes un problema que resolver con tu marido, pero Rubén ya es agua pasada. No volverás a verlo nunca más.

—*Nunca digas «nunca jamás», Cristina. La vida puede dar muchas vueltas.*

—En eso te doy la razón, pero ¿cuántas probabilidades hay de que os crucéis un día paseando por las Ramblas de Barcelona? Sinceramente, Marisa, muy pocas, por no decirte ninguna. Estáis en dos países diferentes; qué digo países, ¡continentes!

—*Lo sé, Cristina, lo sé. Pero, aunque lo que me está pasando con mi marido es muy gordo, yo sigo sin poder quitármelo de la cabeza. No lo puedo olvidar.*

Oigo cómo la llama alguna compañera.

—Te tengo que colgar, hablamos en unos días.

—*Llámame si necesitas algo.*

—Te prometo que lo haré. Eres la única que sabe por lo que estoy pasando.

—*Un beso.* —Y nos despedimos.

Entro en el restaurante con la sensación de que Cupido se está acercando mucho y va tirando flechas sin mirar a quién.

Primero a mis amigas, después a la gente que tengo alrededor, y estoy viendo que se acerca demasiado.

Espero que no falle ninguna. Que tenga puntería, por favor, porque yo no quiero pasar por el calvario que se pasa cuando te enamoras.

Capítulo 5

Entro en la cafetería y ya veo a Felipe con el periódico en las manos. Seguro que, cuando me acerque, veo que está en la sección de economía, siempre al día de lo que se mueve en el mundo empresarial.

La verdad es que, con el traje que lleva, no me extraña que todas las mujeres se lo queden mirando. Ahora recuerdo, porque hemos salido de fiesta varias veces y, todas, hemos terminado en alguna habitación de hotel. Incluso en el edificio en que estamos ahora, pero ahora estoy aquí por trabajo, y lo primero es lo primero.

Supongo que con el repicar de mis tacones ya se ha dado cuenta de que estoy entrando, porque veo cómo baja el diario que leía y se le curvan sus preciosos labios en forma de sonrisa.

—Buenos días, Cristina, siempre es un placer verte —me saluda él, adulador.

—Lo mismo digo. ¿Cómo está el mercado este jueves por la mañana? —le pregunto, señalando el rotativo.

—Muy revuelto. A principios de año siempre hay movimientos entre empresas, pero no quiero aburrirte con estos temas.

—La verdad, cuando empiezan a hablar de cantidades con tantos ceros en las cifras, entiendo que el tema es para los expertos —le confieso, porque es verdad.

—Sí, pero en el fondo es lo mismo que una operación sencilla.

—Sí, sí. Pero, si alguien se equivoca o se desvía del objetivo, no quiero yo estar en su lugar.

—En eso tienes razón —me responde él.

—Bueno, por lo que hablamos, lo que te tengo que preparar también es importante.

—Los detalles de fechas los tengo arriba, pero, viendo que está tan de moda esto de incentivar al personal con viajes y viendo los resultados con los que hemos cerrado este pasado año, creo que sería un buen premio. Aparte de lo que genera en beneficio, que no se ve para la empresa.

—En esto tienes toda la razón; en estos viajes está más que comprobado que se motiva a los trabajadores. Mejora la relación entre ellos, ya que potencia la sensación de pertenencia a un grupo, y potencia la producción y se sienten reconocidos por el trabajo realizado.

—¿Ves?, todo son ventajas.

—¿De cuántos trabajadores estamos hablando? —le pregunto, intrigada.

—Todo el departamento comercial. Serían unas veinte personas.

—De acuerdo, voy organizando mentalmente mientras desayunamos.

—Quiero pedirte un favor personal.

—Tú dirás.

—Quiero que tú seas nuestra guía en el viaje, quiero un viaje perfecto.

—Pero esto que me pides no lo ofrece exactamente así mi empresa. Yo te conseguiré los mejores guías de las zonas donde decidas realizar el viaje.

—Yo pagaré lo que me diga tu empresa para que seas tú, ya que no hemos hecho antes este tipo de incentivos y quiero que salga bien. Y sé que, si estás tú, todo será insuperable.

—Eso lo tendré que consultar.

—Lo entiendo. Vamos arriba y te cuento los detalles.

Mi cabeza va a mil. Nunca se me había pasado por la cabeza ser la guía en los viajes que organizo, así que no sé qué pensará mi jefe de esto. Cuando llegue a la oficina, veremos, pero un viaje de esta magnitud se lo podría merecer.

En su oficina, me entrega un dosier con los datos personales de todos los empleados que viajarán. Punto para él.

—Aquí tienes la información que necesitas. Lo que no tengo claro es el destino, y por eso necesito tu ayuda. La categoría de los hoteles, mínimo cuatro estrellas.

Ya he sacado mi libreta de espirales y voy anotando todo lo que me va pidiendo.

—¿Qué te parece si buscamos un hotel con *spa* y pulsera de todo incluido? Es un detalle que ahora muchas agencias ofrecen y el precio tampoco se eleva una barbaridad.

—No lo había pensado, me parece bien —me contesta.

—Posibles destinos, ahora lo hablamos. Creo que tendríamos que buscar dos variantes: un viaje en autocar, que no sea de muchas horas porque se haría pesado; y otro con avión, que así nos abre muchas posibilidades.

—De acuerdo, y ahora hablemos de fechas. Sería del quince al dieciocho de abril, justo antes de Semana Santa. Esos días la empresa cerraría su departamento comercial, pero, mirando números de años anteriores, es factible.

Miro el calendario, sería de lunes a jueves. Esto ya no me gusta tanto, porque el martes está en medio. Ya sé que no pasa nada, pero me fastidia.

—¿Las fechas solo pueden ser estas? Estamos hablando de unos días en temporada alta y el precio será más caro. La semana anterior, de miércoles a viernes, sería mucho más económico. Si quieres, también adjunto presupuesto. —Yo por lo menos lo intento, pero ya sé su respuesta.

—Imposible, ya que la semana anterior sí que es una semana muy productiva. No podemos cerrar.

—De acuerdo, anotado. Esta tarde te mando cuatro destinos, dos de península y dos en avión. Escoge uno de cada y mañana tendrás los presupuestos.

—Con tus honorarios incluidos, espero. —Insiste en que vaya yo.

—Eso lo tengo que hablar con mi jefe y mañana queda todo concretado.

—Estupendo. Contigo siempre es fácil trabajar, sabes lo que quieren tus clientes. Antes de que te vayas, el primer sábado de febrero la empresa monta un evento en la Lonja de Mar. Es una fiesta en reconocimiento a todos los logros conseguidos el año anterior, y sería un buen momento para presentar el viaje. Luego habrá *catering* y fiesta privada en la misma lonja. ¿Te apuntas?

Miro mi agenda para comprobar que no tenga ya el sábado comprometido, pero no, lo tengo libre. Sé que este será un buen viaje y la comisión importante, pero mi jefe tendrá que compensarme esto de alguna manera por la implicación. Aunque él no sepa que luego me lo pasaré genial con Felipe.

—Me guardo la fecha y te confirmo mañana con todo.

—¿Comemos juntos? —me pregunta.

—Imposible si quieres que mañana tenga todo listo, pero, si no pasa nada, nos vemos en el evento.

—Eso seguro, te quiero aquí en este proyecto.

No sé cómo lo hace, pero siempre te hace sentir como una parte importante del plan que tenga en mente, y eso creo que es vital en una posición como la suya. El aura de seguridad que desprende me atrae desde el primer día que nos conocimos, en una reunión de agencias de viajes donde su empresa era la organizadora de la parte audiovisual y sonido.

Recuerdo que yo tuve que hacer un discurso motivacional del personal. Que, la verdad, no es porque lo presentara yo, pero me quedó sobresaliente por los aplausos que recibí al finalizar, y una de las felicitaciones cuando bajé del escenario fue la de Felipe. Y, desde entonces, trabajamos juntos; yo organizando los viajes de los ejecutivos y recomendando su empresa cuando me preguntan por la organización de eventos.

Nos despedimos con dos castos besos, que los dos somos muy profesionales. El sábado ya veremos si, después de la fiesta, continuamos tan formales.

Cuando llego a la agencia, le comento a Nico, mi jefe, la propuesta de ser la guía privada en ese viaje. Comentamos los pros y los contras, analizamos la tarifa que se le tendría que adjuntar al presupuesto. Y, una vez que lo tenemos hablado, me gusta lo que me dice.

—La verdad es que es un servicio que siempre lo hemos contratado externamente en el lugar de destino. Esta petición es nueva y depende de ti. Tú tienes la última palabra, porque eres la que tendrá que viajar y organizar cada hora del viaje.

—Con los números en la mano, sería bastante rentable, pero eso implica que no estaré en la agencia esos días —le comento para que vea también ese punto, no solo el dinero extra.

—Sí, y por eso estoy planteándome contratar a alguien más aprovechando que estaremos en abril. Se acerca el verano y siempre nos faltan horas.

—Eso sería genial y me marcharía más tranquila.

—¿Eso quiere decir que dirás que sí? —me pregunta Nico.

—Sí, a ver qué destino final escogen y me pongo manos a la obra. Porque mover a veinte personas no es tarea fácil.

—Pero tú siempre consigues lo que te propones.

Nico es un amor de jefe; exigente cuando toca, pero no le cuesta nada reconocer la faena bien hecha. Cosa que algunos son incapaces de ver.

Por fin es viernes. Ya he terminado y entregado los presupuestos de los dos viajes a Felipe y he terminado los costes de lo atrasado con mi viaje a Cuba. La verdad es que, si ahora mismo tuviera que viajar a algún lugar del mundo, tengo la sensación de que los he tarifado todos. La semana que viene será la de las confirmaciones y podremos cerrar un mes de enero bastante rentable, por lo que Nico estará contento.

Son casi las ocho cuando estoy llegando a mi casa. Beth

estará a punto de cerrar la farmacia, así que creo que voy a pasar a verla y, si tiene tiempo, nos tomamos algo cuando cierre.

Dejo el coche en mi casa y voy andando, ya que aparcar en el centro es complicado. Cuando entro, cuál es mi sorpresa que veo a Pol con su abuela comprando un arsenal de medicamentos, y Beth los está atendiendo. Me acerco a ellos.

—Buenas tardes a todos.

Pol se gira y me saluda con su mirada. Entre nosotros no hace falta nada más, pues nos conocemos desde que nacimos.

—Hola, Cristina, qué sorpresa. ¿Ya has terminado por hoy en la agencia? —me saluda la abuela Pilar.

—Ya estoy libre hasta el lunes, ahora tengo el fin de semana para desconectar.

—Qué suerte tenéis la juventud. En mi época, pocos días podíamos descansar.

—Los tiempos, por suerte, han cambiado, abuela —le contesta Pol.

—Sí, hijo, sí. Es una suerte.

—Pilar, a ver si va a dejar a mi amiga Beth sin existencias en la farmacia —le digo.

—No te preocupes, Cris, que me quedan muchos más en la rebotica. —Y se ríe.

—Señora Pilar, le anoto encima de las cajas cómo se tiene que tomar la nueva medicación para que no se confunda, ¿de acuerdo? —le dice Beth.

—Gracias, eso me va muy bien para no equivocarme, que este médico me ha recetado muchos medicamentos nuevos.

—No se preocupe, que no son para siempre. Solo se los tiene que tomar durante diez días.

—Este dolor de cadera me está martirizando, sobre todo por las noches.

Miro a Pol y le pregunto mientras Pilar está hablando con Beth.

—¿Qué le ha dicho el doctor?

—Se tiene que operar. La ha puesto como urgente, pero ya sabes cómo van estas cosas. La operación aún puede tardar meses.

—¿Meses aguantando este dolor? —le pregunto.

—Sí, le ha dicho que no tendría que haber aguantado tanto. La tiene muy mal y no descarta que con una caída se la pueda romper.

—Esperemos que no se caiga. —Y cruzo los dedos en un gesto que me sale muchas veces. Cuando no quiero que pase algo, los cruzo.

Entra la madre de Pol a la farmacia, cargada con una bolsa de chocolates Simón. Ahora entiendo por qué no estaba aquí; Pilar es una adicta a este chocolate, suerte que no es diabética. Cuando ve la cantidad de medicamentos encima del mostrador, mira a Beth.

—¿Todo esto se tiene que tomar? —pregunta espantada.

Beth le explica cómo tiene que tomarse las pastillas y la tranquiliza cuando le explica que es un protocolo para el dolor que se receta mucho.

Entre tanto medicamento y charla, se ha hecho la hora de cerrar la farmacia.

—¿Beth, tomamos algo ahora cuando cierres? —le pregunto.

—Claro, Dan ya debe estar tomando algo aquí al lado. Esperadme, que salgo enseguida.

—Bien.

—Pol, ¿por qué no vas con tus amigos a tomar algo? Ya está aquí tu madre para acompañarme. Llevas todo el día conmigo de médicos, sal para distraerte un poco —suelta Pilar.

Pol y yo nos conocemos de siempre, pero nunca hemos compartido grupo de amigos. Él siempre iba con los frikis de los empollones; y yo, con los guais de la clase.

Nos quedamos los dos un poco descolocados, porque ni se nos hubiera pasado por la cabeza.

—No, abuela. Hoy he estado todo el día fuera y seguro que tengo un montón de *emails* que contestar, y Cristina ya tiene planes.

—Ven a tomar algo, y así Dan no estará solo ante el peligro, como dice él —me sorprende Beth, animándolo a venir.

—Pues no se hable más: Pol viene —sentencia su abuela.

Lo que no consiga esta mujer, no lo hará nadie. Nunca se me había ocurrido que viniera con nosotros, a ver qué pasa, pero son dos partes de mi vida que inconscientemente he separado sin saber por qué.

Entramos en el bar y veo a Dan sentado en una mesa de dos; mal empezamos.

Cuando me ve, enseguida se levanta y me hace un gesto con la mano.

—Hola, Cristina, qué casualidad. He quedado con Beth cuando cierre.

—Sí, lo sé, venimos de la farmacia. Te presento a Pol,

un amigo mío de toda la vida. Pol, este es Dan, el novio de Beth.

Se saludan con un apretón de manos.

—Te tengo visto del gimnasio, ¿puede ser? —le pregunta Dan.

—Sí, aunque yo suelo ir por las mañanas cuando abren y casi siempre estoy solo.

—No es mala idea esto de las mañanas. Por la tarde hay días que tienes que hacer cola para pillar una máquina.

Sin decir nada, veo que Dan junta otra mesa de dos para que nos sentemos juntos. Detalle que no he pedido, pero que me ha gustado más de lo que me esperaba.

Nos sentamos los tres y, como si no estuviera, los dos empiezan a hablar de rutinas. Y yo me los quedo escuchando, porque a mí esto del gimnasio no me va. Como mucho, zumba para pasar el rato con las amigas.

Suerte que Beth no tarda y se une a nosotros. Bueno, a mí, porque ellos siguen con sus cosas. Beth se me queda mirando, preguntando con la mirada, y yo le respondo:

—Se ve que se han visto algún día en el gimnasio y eso les da cuerda para rato. Luego dicen que las mujeres nos enrollamos como persianas, pero desde que nos hemos sentado no he abierto la boca, y tú sabes que no callo ni debajo del agua.

—Mejor, así me cuentas cómo te ha ido la semana post-Cuba —se ríe Beth.

—Personalmente, un poco cansada, ya que me ha afectado el cambio de horario. Pero, profesionalmente hablando, genial. He cerrado varios viajes top, pero uno en concreto será la bomba cuando acepten el presupuesto.

—Eso está muy bien, ¿no?

—Sí, pero me han pedido una cosa un poco excepcional. —Me pongo en plan intrigante con Beth.

—Cuenta, cuenta.

—Felipe, el CEO de la empresa, me ha pedido que sea su guía privada.

—¿Cómo? ¿Eso qué implica? —Me mira con cara de susto Beth.

Me río y eso creo que llama la atención de los chicos.

—Está preparando un viaje de todo el departamento comercial, unas veinte personas. Aún falta por concretar el destino, la semana que viene me lo confirman, pero quiere que yo sea su guía.

—Ah, bueno. De la manera en que me lo habías pintado, parecía otra cosa.

—Nada que no haya probado ya —le digo.

—¿Ese Felipe es ese amigo tuyo *megacrack* con el que te ves de vez en cuando? —me pregunta.

—El mismo.

—¿Y no se te va a complicar la cosa mezclando trabajo con placer? —me pregunta.

—Eso sí que no, que soy muy profesional. La semana que viene me ha invitado a un evento de la empresa donde presentaré el viaje a los empleados, y allí se lo dejaré bien claro.

—¿Antes o después de acostarte con él?

—Aún no lo tengo claro.

—¿Qué es esto de mezclar trabajo con placer? —pregunta Dan.

—Como si tú no lo supieras —le respondo—, ¿o tengo que recordarte París?

Dan se gira, mirando a Beth, y la besa tiernamente en los labios.

Aunque Pol no diga nada, sabe de lo que le estoy hablando, ya que lo tengo al día de los amoríos de mis amigas.

—Repetiría ese viaje una y mil veces —dice el enamorado.

—Pero no será lo mismo, claro que no, pues simplemente me han pedido que sea yo la guía del viaje en lugar de contratar a un guía externo. Si finalmente lo hago, este viaje supondrá una paga extra para pegarme unas vacaciones en las Maldivas con todo incluido.

—Qué manía con coger un avión para ir a la otra punta del mundo, cuando aquí cerca hay cosas que nunca has visitado —salta Pol.

—Necesito coger un avión para sentir que son vacaciones —le respondo.

—Pero si durante el año ya coges mil aviones. Para vacaciones, descansa, lee, visita lugares que no sean hoteles... Hay muchas cosas para desconectar.

—Eso lo dices porque no te gusta subir a un avión. Beth, ¿no hay ningún medicamento que lo deje sedado todo el viaje, como lo que hacían con M. A. del equipo A? —le pregunto a mi amiga.

—A ver, claro que hay cosas. Pero creo que lo primero que hace falta es que la persona quiera subirse a un avión, y creo que Pol no quiere.

—¡Una persona que me entiende, por fin! —dice él, refiriéndose a Beth.

—Yo sí que te entiendo, pero no lo comparto —me defiendo.

—A ver, Cristina, yo me paso todo el año entre París y Barcelona. Claro que me gusta ir de vacaciones, pero no me hace falta ir muy lejos. Mientras esté Beth a mi lado, el decorado me importa poco.

—Oh, qué bonito, mi amor —le dice Beth, que lo besa efusivamente.

Pues anda que le ha costado poco a Pol que mis amigos se pongan de su parte.

—No vendrás más con mis amigos, que me los pones en contra —le digo a Pol, riendo y sacándole la lengua.

—Pues va a ser que no, amiga mía. Me vas a tener que soportar, como mínimo, una vez más.

Me lo quedo mirando, porque no entiendo nada.

—El domingo hemos quedado para ir en bici. Necesito que me enseñe rutas por la zona que no conozco, y luego podríamos comer en nuestra casa —dice Dan.

—Me parece genial, yo preparo la comida. ¿Vienes a casa y nos bañamos en la piscina mientras ellos pedalean? —me pregunta Beth.

—Ya me estáis organizando el fin de semana. No sé qué haré el sábado y no sé a qué hora voy a levantarme —me quejo.

—Pues no salgas. ¿No dices que estás cansada del viaje? Llamaré a las chicas a ver si ellas también se apuntan.

No me lo puedo creer, lo fácil que nos resulta montar una comilona. Pero, claro, como ellas están colocadas ya, no les importa no salir un sábado por la noche. Pero yo necesito fiesta para mover mi esqueleto, aunque sinceramente no me apetece mucho.

Empieza la ronda de llamadas. Paula está en Italia, eso ya lo sabemos, así que llamamos a Laura y a María en una videollamada grupal. La primera en contestar es Laura.

—¡Hola, chicas! —saluda Laura. Que, por las pintas, está en el sofá de casa con el pijama puesto.

—¡«Hello, darlings»! —saluda María.

—Desde que habéis decidido ir de luna de miel a Nueva York, ya no sé qué es hablar que no sea en inglés —le digo a María.

—*Tengo que practicar, que lo tengo muy oxidado* —se defiende ella.

—Que sí, lo entiendo —le contesto riendo.

—Estamos tomando algo aquí, al lado de la farmacia, si os apuntáis —les dice Beth.

—*Yo ya estoy en pijama, y estoy con un sueño que no puedo con él* —nos confirma Laura.

—Es normal; las hormonas, que las tienes revolucionadas —la entiende Beth.

—*Estoy de las hormonas...* —se queja.

—¿Y tú, María, os animáis? —le pregunta Beth.

—*No sé. Ahora le pregunto a Martín, que llegará en cinco minutos.*

—El domingo haremos una comida en casa. Dan saldrá en bici con Pol, y nosotras nos daremos un chapuzón. ¿Os apuntáis?

—*¿Pol? ¿Qué Pol?* —dicen las dos a la vez.

Beth enfoca el teléfono donde están Dan y Pol, y ellas abren los ojos como platos.

—*¿El Pol de Cristina?* —dice Laura.

—No es mi Pol.

Entonces él se pone encima de mi hombro para poder hablar con Laura.

—Sí, soy su Pol, con el que sueña todas las noches. Y no puede vivir sin mí.

—Ya querrías tú eso, que me muriera por tus huesos y besara por donde pisas.

82

Todas se ríen por nuestra conversación de ceporros.

—*Ahora cuando venga Martín, vamos. Id añadiendo sillas.*

—*De repente ya no tengo sueño. Me cambio y vamos también.*

—A ver, chicas, no hace falta. Solo era una llamada para quedar para el domingo, no hace falta que vengáis corriendo.

—*Vamos, que ya ha llegado Martín.*

—*Voy, me cambio rápido.*

Y cuelgan. Anda que les ha costado nada cambiar de opinión, incluso a Laura, que estaba casi dormida.

Me giro a Pol y le recrimino.

—Pero ¿tú por qué dices nada? Laura estaba en pijama, la pobre.

—Yo no he dicho nada. Simplemente me ha hecho gracia lo del Pol de Cristina —se defiende.

—Cómo te gusta picarme.

—Pero si te picas tú sola. —Se ríe.

—¿No tenías faena y querías irte?

—Sí, hombre, ahora que vienen todas. Si llegan y no está Pol, la van a liar —dice Beth.

—Pero, ¿qué les ha dado a todos contigo? Como te he dicho, ya no vienes más.

—Pues el domingo nos volvemos a ver, toma —me dice.

—¿Quieres parar, que pareces un niño chico?

—Me encanta hacerte rabiar.

—Lo sé, te sufro desde hace muchos años.

Dan y Beth nos miran sin decir nada, pero con una sonrisa en sus bocas. Vaya noche me espera, ya estoy deseando irme de aquí.

Capítulo 6

Ya estamos todos. A la velocidad del rayo, estamos los ocho tomando algo en el bar de al lado de la farmacia.

Cuando llegan los chicos, soy la encargada de hacer las presentaciones. Las chicas ya lo conocen, somos de la misma quinta, y saben que es mi vecino porque nos hemos visto muchas veces.

Las parejas de mis amigas no tardan nada en integrarlo como uno más, cosa que me agrada sobremanera. Siempre he sabido que a Pol no le gusta el tema social; de hecho, cuando era adolescente siempre iba solo y yo me preocupaba por él. Pero me decía que no le importaba, que él era quien prefería estar solo a aguantar a según quién. Esto ahora ha cambiado, pues se ha convertido en un hombre guapo al que no le faltan las mujeres allá por donde va. Y me consta, ya que él me lo cuenta, que su lista de conquistas es tan extensa como la mía.

A mis amigas les falta tiempo para someterme a un tercer grado.

—¿Cómo es que te has traído a Pol hoy? —pregunta María.

—¿Por qué no nos has avisado? —se queja Laura.

—¿Desde...? —iba a decir María antes que la cortara.

—Parad el carro, chicas, porque ha sido pura casualidad que haya ido a saludar a Beth a la farmacia y estuviera allí con su abuela. Y es la que lo ha liado todo, ¿verdad? —digo, mirando a Beth.

—La verdad es que sí. La señora Pilar es un encanto de mujer y, hasta que no ha obligado a Pol a venir a tomar algo con nosotros, no ha parado.

—Un punto para Pilar —dice Laura.

—Pero qué más os da. Es Pol, mi amigo de toda la vida, al que ya conocéis de siempre. No es para tanto ni para que vinierais corriendo como lo habéis hecho —me quejo.

—Es una novedad para nosotras, Cris, admítelo —me dice Beth.

—No es nada, ha sido una casualidad.

—Sí, y esa casualidad hace que el domingo volvamos a quedar —me recuerda Beth.

—Yo lo del domingo no lo veo claro, ya que me toca trabajar y después termino agotada. Pero lo tengo que hacer, porque dentro de poco no podré ir los domingos, y cuando nazca el bebé, menos. Este domingo viene una amiga de Isaac a probar y ya veremos cómo va.

—No te preocupes, Laura, si es que no haría falta ni quedar —digo yo, mirando a Beth.

—No ha sido idea mía. Dan es el que lo ha organizado.

—Yo vendré por la mañana un rato, pero al mediodía tenemos que ir a hacer la prueba del *catering* para escoger el menú de la boda, con nuestros respectivos padres —nos comenta María.

—Quedan menos de cuatro meses para la boda y no puedo mirarme ningún vestido, porque no sé lo gorda que estaré para entonces —lloriquea Laura.

—Estarás estupenda llevando a nuestro sobrino o sobrina en tu barriga —dice Beth.

—Serás la segunda mujer más guapa, después de la novia —le digo yo.

Miro a Pol. Lo veo muy integrado con los chicos, y eso por un momento enciende un sentimiento de felicidad que no acabo de entender, pero que vuelvo a apagar en un segundo.

Nuestras miradas se encuentran un breve instante. Le pregunto si está bien, no los conoce de nada, pero él me dice que sí con su mirada y me guiña un ojo para sacarme una sonrisa.

Al final se han apuntado todos. Los cuatro harán la salida en bici, aunque en la comida solo estaremos Beth, Dan, Pol y yo. Menos mal, porque no termino de acostumbrarme a esto de mezclar dos pilares tan importantes de mi vida. Siempre los he mantenido separados, y creo que quiero que siga siendo así.

Cuando ponemos punto final a la velada, todos se marchan en coche y nosotros vamos andando hasta nuestras casas, charlando como siempre lo hacemos.

—Me caen bien tus amigos —me dice.

—Ya lo he visto. Pensaba que te tomarías la primera copa y luego te irías, pero te has quedado hasta el final.

—Me he sentido cómodo, como si fuera uno más.

—La verdad es que mis amigas han tenido suerte con sus parejas.

—A ver el día que te presentes con la tuya cómo va.

—Ya sabes que seré la eterna solterona y, ahora, la tía guay.

—Ya he visto cómo Óscar se desvive por Laura.

—La trata como una reina y, ahora que está embarazada, como una reina entre algodones.

Hablando de la noche, llegamos a nuestra casa.

—Me lo he pasado bien esta noche —me dice.

—Menos mal, porque el domingo repites. Pero no te pienses que vas a robarme a mis amigos, que son míos —le contesto.

—Qué tonta te pones a veces. Tranquila, que ya sé que son tuyos.

Levanta las manos en señal de que él no ha hecho nada, se acerca y me da un beso en la mejilla.

—Buenas noches, Cris.

No sé por qué, pero me quedo un poco descolocada. Pero repito: no sé por qué.

—Que duermas bien y sueñes con los angelitos —le digo, recordando una frase típica que nos decían nuestras madres, mientras entro en mi casa.

Es sábado por la tarde y aún no sé por dónde voy a salir esta noche. Me suena el teléfono: es Marisa.

—*Hola, Cristina. ¿Qué tal tu semana?*

—Cerrando varios viajes. Y tú, ¿cómo lo llevas?

—*No lo sé, esta noche mi marido sale con unos amigos y ya me ha dicho que no lo espere despierta. ¿Soy muy egoísta si pienso que no quiero que se vaya con otras?*

—¿Tú no sales?

—*Yo creo que ya he tenido bastante por una larga temporada* —me dice, medio llorando.

—Marisa, ¿quieres que vaya y vamos a tomar algo?

—*No, es sábado y tú tienes que tener planes.*

—Pues la verdad es que nada en concreto. Unos amigos me han invitado a una fiesta privada en Barcelona, pero aún no he confirmado. Voy, no te preocupes. Mañana tengo una comida con amigos y no quiero irme a dormir muy tarde; en una hora estoy allí.

Paso a buscar a Marisa y nos vamos a tomar algo. Nos sentamos en una cafetería y nos tomamos dos cafés con leche y unos churros. Parecemos dos abuelas, pero, de la manera en que la veo, es verdad que no está para fiestas.

—A ver, cuéntame. ¿Cómo ha ido la semana con tu marido?

—Como te dije, se lo tomó muy mal cuando se lo dije. Durmió en el sofá, y al día siguiente se fue a trabajar sin decirme ni una palabra.

—Bueno, eso se puede entender. Estaba dolido.

—Claro que lo entiendo, pero, cuando llega por la noche y me dice que ya entiende lo que pasa, que hemos entrado en una espiral de rutina y que la manera de arreglarlo es abriendo la pareja a otra gente (como yo he hecho), me quedo tan descolocada que no reacciono. Aún no he reaccionado, creo.

—Ya sé que está muy de moda esto de las parejas abiertas, pero creo que es un tema donde los dos tenéis que estar de acuerdo. Si no, no funcionará.

—Llevo toda la semana sin dormir, llorando por las noches en la habitación de invitados.

—Se te nota en los ojos que has llorado. ¿Pero no dormís juntos? —le pregunto.

—Desde que he venido de Cuba, no.

—Y hoy se va de fiesta, dice que no lo esperes y tú le haces caso. No te entiendo, Marisa, esta no eres tú. ¿Dónde está la Marisa de Cuba, que se moría por bailar una salsa en los bares de moda de La Habana?

—Cristina, esa Marisa se quedó allí.

—Me niego a creer eso, ya has derramado suficientes lágrimas por tu marido. Quiere una pareja abierta, pues la va a tener.

—Tampoco estoy muy segura de que mis lágrimas sean por él.

—¿Qué quieres decir con eso? El último día en Varadero te mataban los remordimientos por lo que habías hecho.

—Eso creía yo, pero, una vez que ya se lo conté y por esa parte asumí mi culpa, he seguido llorando con un sentimiento y una pena que me oprime el corazón y no me deja vivir.

Otra vez esas lágrimas traicioneras bajan por su rostro sin poderlo evitar.

—Tranquila, Marisa. Desahógate, que estás conmigo y no tienes que esconderte de nada. Yo estuve allí y fui testigo de que lo que pasó entre Rubén y tú fue magia.

—No puedo sacármelo de la cabeza. Cuando cierro mis ojos, son los suyos los que aparecen en mi mente. No puedo olvidarlo y no sé si quiero tampoco.

—Esto solo lo podemos arreglar con... ¡Salsa! ¿Dónde hay un bar donde podamos bailar?

—Al final de la rambla.

Dejo un billete encima de la mesa, cojo a Marisa del brazo y nos vamos rumbo a mover el esqueleto.

Entramos y en la barra nos pedimos dos daiquiris para

recordar dónde estábamos apenas hace una semana. Y el camarero ya le pone ojitos a Marisa, cosa que ella ve y sale corriendo hacia la pista de baile.

—No sé qué tienes, Marisa, que vuelves locos a los cubanos.

Ella me mira con cara de susto, pero las dos terminamos riendo por la situación. Eso es lo que yo buscaba: que desconectara por un instante del mal momento que está pasando en su vida.

Bailamos y bailamos; a ratos las dos juntas, a ratos con unos cubanos. Que no veas cómo se arriman cuando mueven sus caderas, y nosotras que nos dejamos.

A lo tonto, bailando se nos hace la una de la madrugada. Creo que Marisa ya ha tenido bastante por hoy y nos marchamos.

—Gracias por venir. Me has ayudado a desconectar de todo lo que me está pasando.

—Cuando me necesites, ya lo sabes. Vengo y nos marcamos unos bailes con esos cubanos.

—Vendré los sábados que mi marido salga de fiesta y me diga que no lo espere levantado.

A lo lejos vemos un grupo de gente que viene en nuestra dirección. Marisa se pone tensa y me coge de la mano para que nos escondamos detrás de un coche. No entiendo nada.

—Ese es mi marido, el que está cogiendo de la cintura a la rubia.

Lo busco con la mirada y, cuando lo localizo, vemos las dos cómo se come los morros con la que lleva al lado.

—Será zorra. Esa es Lorena, una compañera de oficina que siempre le ha tenido ganas.

—Yo es que flipo. ¿No podría haberse tirado a una

desconocida por el simple hecho de estar despechado? Es más fácil y no tiene complicaciones.

—A lo mejor estoy yo aquí, sintiéndome culpable, y resulta que él ya hace tiempo que me pone los cuernos y ahora simplemente ya no tiene que esconderse.

Yo me quedo sin palabras. Una cosa es no querer tener pareja, como es mi decisión, y otra, muy distinta, engañar a la que tienes. Yo con eso no puedo.

—Tranquila, no te derrumbes. Mañana hablas con él a ver qué te dice. Si sois una pareja abierta, lo que tiene que haber mucho es comunicación.

Marisa está callada y no dice nada. Me preparo para que en cualquier momento rompa a llorar o a chillar o a no sé qué, pero lo que no me espero es que empiece a reír. Y con ganas, tantas que yo, sin saber por qué, me uno a ella. Incluso el grupo en el que va su marido se gira para ver de dónde salen las risas, pero estamos bien camufladas detrás de ese coche y no nos localizan.

Cuando se calma, Marisa se explica:

—Debes pensar que estoy como una cabra.

—No lo pienso, pero no entiendo qué te está pasando.

Salimos de detrás del coche y seguimos nuestro camino.

—He visto la luz hace un momento —me dice.

—Ahora sí que me estás asustando —le digo, muy en serio.

—Me da igual lo que quiera mi marido, me da igual que hoy sea el primer día que se acueste con su compañera o si ya hace tiempo que me engaña. Me da absolutamente igual.

—Vale, y por eso nos reímos, pero sigo sin entender.

—Lo tengo claro. Mi marido me provoca indiferencia

92

y no puedo dejar de pensar en Rubén, así que el lunes pido el mes de vacaciones en la agencia y me voy otra vez a Cuba.

—A ver, Marisa, que la impulsiva de las dos soy yo. No te precipites, piensa un poco las cosas.

—Lo tengo decidido; me vuelvo a Cuba.

—A ver, Marisa, medita bien lo que estás diciendo. Consúltalo con la almohada y mañana decides, que tú no eres para nada impulsiva.

—Lo sé, pero me lo está pidiendo mi cuerpo. Mañana hablo con mi marido y el lunes con la agencia. Me voy lo antes posible.

La estoy viendo tan decidida que está claro que ha tomado una decisión, y nada ni nadie va a poder detenerla.

—No quiero ser el abogado del diablo, pero ¿y si cuando llegas allí te das cuenta de que para Rubén solo has sido una conquista más?

—No me digas esto, Cristina, que me matas. Pero claro que es una posibilidad que tengo que asumir y, si eso pasa, ya veré lo que hago entonces. Lo que está claro es que la vida que llevo ahora no la quiero para mí.

La veo tan y tan convencida que no puedo más que abrazarla y desear que todo le vaya bien.

Es domingo por la mañana y estamos María, Beth y yo disfrutando de una charla entre amigas en la piscina. Las he puesto al día de lo que ha pasado con Marisa y las dos están flipando con la decisión de ella, pero, como son unas

93

románticas sin remedio, creen que todo le saldrá bien. Y yo, que aprecio a Marisa, espero que también.

Los chicos llegan todos uniformados con sus maillots de ciclista y se van a la ducha para meterse en el agua con nosotras, pero antes Dan y Martín dan un beso a sus enamoradas. Veo que Pol se acerca a mí, y me quedo tiesa un momento, para después recibir una ahogadilla de su parte. Porque iba sudado y con la ropa sucia, que, si no, lo cojo y lo tiro al agua sin piedad.

Después de haber tragado tanta agua como para llenar otra piscina (gracias a mi amigo, el gracioso de Pol), decidimos salir para hacer el aperitivo y despedirnos de María y Martín.

A los cuatro, ya sentados en la mesa, no nos faltan los temas de conversación. Primero los chicos han empezado con el deporte, tema neutro y que siempre viene bien para romper el hielo. Que ya veo que no existe porque han estado toda la mañana juntos y, según nos han dicho, se lo han pasado la mar de bien y repetirán.

—Los caminos que me ha enseñado hoy Pol son impresionantes. El paisaje del Penedés para ir en bici es espectacular —nos explica Dan.

—Desde siempre ha salido en bici. Primero, con su padre y, después, con amigos del club o solo. No tienes problema para ir solo, ¿verdad? —le pregunto a Pol.

—A veces prefiero ir solo porque mis horarios son un poco raros, pero hoy me lo he pasado genial con vosotros. No había reído tanto encima de la bici en la vida.

—Cuando se juntan los tres, parecen las marujas del mercado —le dice Beth.

—Óscar me parecía el más serio al principio, pero al final ha resultado ser un payaso —se ríe Pol.

—Se ha metido tal hostia por hacer el tonto con una mano en el manillar que por poco tenemos que ir a urgencias —explica Dan.

—Pero, ¿qué se ha hecho? A ver si realmente tenía que ir al médico —se preocupa Beth.

—No, tranquila, que lo único que se ha herido es su orgullo con su viaje por el suelo —dice Pol.

Todos nos reímos y ellos dos más, porque han sido testigos de la caída.

—Hablando de viajes, esta semana viajo a París. Qué pereza. Suerte que podrás venir el fin de semana —dice Dan, mirando a Beth.

—Ya os he pasado los vuelos y las tarjetas de embarque. Para ti el miércoles, y el viernes al mediodía para Beth. La vuelta, para el domingo a última hora.

—Sí, ya lo tengo impreso, porque yo con lo del móvil no me fío —dice Beth.

—Es lo mejor, por si acaso —les digo yo.

—Avión, eso sí que me da pereza. ¿Tienes mis billetes en AVE? —me pregunta Pol.

—Sí, pesado. El martes en casa te los doy a última hora para que no los pierdas.

Beth nos mira y yo no me doy cuenta del porqué.

—Sí, es lo mejor, pero yo sí que prefiero llevarlo en el teléfono. Este seguro que no me lo dejo.

—Por si acaso —le respondo.

—¿Cómo que el martes? ¿Ese no es tu día y solo te lo dedicas a ti? —me pregunta Beth, muy interesada.

Pol, que sabe que mis amigas no saben que quedamos todos los martes, me echa un capote.

—Pero, como sabe que soy un despistado y vivimos

puerta con puerta, me lo da el último día porque me voy el miércoles.

Beth no dice nada, pero no acaba de convencerle lo que le ha dicho Pol. A esta no se le escapa ni una.

—¿Dónde vas tú? ¿Trabajo o placer? —le pregunta Dan.

Menos mal que Dan no se ha dado cuenta e irá bien para desviar el tema.

—Voy a Madrid a la Feria de Turismo; me encargo de la ciberseguridad del recinto —le explica Pol.

—¿Y tú no vas? —me pregunta Beth.

—Esta vez se va Nico, mi jefe, con una compañera mía. El viaje a Cuba me ha dejado en cola muchos viajes por organizar y, en concreto, uno para abril que me dará mucha faena una vez que decidan el destino.

—Una vez que voy yo, y te escaqueas para no ir. Di la verdad: has hecho lo posible por no estar —me dice Pol.

—Me has pillado. He tenido que suplicar a Nico para que escogiera a otra para asistir, ya que no soportaría verte tantos días seguidos. —Miro a Pol y le saco la lengua.

—Cada vez que pasase por delante de tu *stand*, te desconcentraría porque me verías con el traje nuevo que me he comprado.

—Ni te vería, ya que estaría hablando con algún cliente VIP de esos cuyo traje está hecho a medida y le queda como un guante, y no llevan uno de la tienda de la esquina —le contesto, picada.

—Pero en tus sueños soy yo el que sale.

—Suerte que no me acuerdo de lo que sueño; si no, serían pesadillas.

Dan y Beth nos van mirando como si de un partido de

tenis se tratara, y es que, cuando nos ponemos en plan de chincharnos, no nos gana nadie.

Finalmente, los dos se ríen, y entonces nosotros somos conscientes del espectáculo que estamos dando y nos reímos también.

—Parecéis dos niños chicos —dice Beth.

—Es lo que pasa cuando conoces a alguien desde que llevas pañales —me defiendo.

Beth y yo recibimos un mensaje. Es Laura, que dice que no se siente muy cansada y vienen a tomar el café con nosotros.

Ya veo que esto terminará tarde hoy, pero, bueno, no ha ido tan mal y veo que Pol también se lo está pasando bien. Pero aún no he decidido si me gusta esto de mezclar mis dos pilares: mis amigas del alma y mi mejor amigo de siempre. Por algún motivo, los he mantenido separados. Y creo que preferiría que siguiera así, pero no sé el porqué.

La semana va pasando. Llega el finde y tengo planes para esta noche; saldré por Barcelona con unos amigos de otra agencia de viajes. Y me va perfecto, porque mis amigas están desperdigadas por diferentes lugares del mundo. Beth, en París; Paula, en Italia. Les ha surgido un problema con no sé qué de una fermentación en la bodega de sus padres en la Toscana, y ella y María están allí a ver si encuentran solución antes de perder la producción de todo este año. Luego me pasaré a ver cómo está Laura. Ella dice que ya se le nota barriga; manías, pues está más que estupenda y guapa que nunca.

Me suena el teléfono: es Pol.

—Hola, madrileño, ¿cómo te va por la capital?

—*Muy bien, por eso te llamo. ¿Habría manera de cambiar el billete para mañana en lugar de hoy?*

—Pues lo siento, pero no. Es un billete cerrado.

—*¿Qué tengo que hacer para volver mañana?*

—Comprar otro billete, simplemente.

—*Tengo que entrar en la página web del tren y comprarlo, ¿no?*

—Anda, deja, que ya te lo compro yo y te lo mando. ¿Para qué hora, más o menos?

—*El último del domingo. No, espera; el lunes por la mañana.*

Qué raro me parece todo, no me cuadra con la manera de ser de él. Será desordenado con su cuarto, pero en su vida y su trabajo es muy cuadriculado.

—También está el tema del hotel y del *parking* donde tienes el coche en Barcelona.

—*Por el hotel, no te preocupes. Me quedo a dormir en casa de una amiga, y lo del coche... no lo había pensado. Llamaré para alargar la estancia. Suerte que piensas en todo.*

¿Cómo que a dormir en casa de una amiga? Él no tiene amigas en Madrid, que yo sepa, y lo sé todo de él.

—Te paso ahora, cuando lo tenga, el billete para el lunes.

No se lo he dicho, pero voy a cogerle el primero de la mañana, el que sale a las seis de Atocha. La excusa ya la tengo, ya que es el más barato.

—*Muchas gracias, Cris, te lo compensaré cuando regrese.*

—No sé con qué —le digo, molesta.

—*Algo te traeré de la capital* —me dice.

—Vale, vale, ten cuidado. Que no te engatusen, que tú te piensas que todo el mundo es bueno y no es así.

—*Tranquila, que me están cuidando muy bien. Hablamos.* —Y me cuelga.

A este le han absorbido el cerebro. ¿Qué le está pasando? Miedo me da que sea tan confiado con alguien que acaba de conocer.

Me suena el móvil. Me ha entrado un mensaje y, cuando lo abro, veo que es una foto de Pol riendo, haciéndose un selfie con una rubia muy mona. Bueno, si te la miras bien, no lo es tanto.

Me vuelve a sonar el teléfono; espero que no vuelva a ser Pol para alargar el viaje un poco más. El número que veo en pantalla es muy largo, así que no voy a contestar. Me da mala espina y, si es algo importante, ya volverán a llamar.

Cuando deja de sonar el tono, insisten otra vez, y ahora sí que descuelgo.

—Buenas tardes, ¿dígame?

—*Hola, Cristina. Soy yo, Marisa; adivina desde dónde te llamo.*

—¡No serás capaz! —le digo yo.

—*Pues sí. Estoy en Cuba, delante de la casa de Rubén.*

—Ay, mi madre. Estás como una regadera.

—*Sí, pero una regadera feliz. Bueno, lo estaré, ya que ahora no hay nadie en casa de él. Supongo que estará trabajando, porque los sábados y domingos trabajaba en tres locales diferentes.*

—¿Qué hora es en La Habana? —Miro el reloj, aquí son las seis.

—*Las doce del mediodía. Debe estar en algún restaurante sirviendo la comida, pero no sé dónde. Esperaré por aquí a ver si regresa. Si no, después iré al local donde nos conocimos, que allí sé seguro que trabaja todas las noches.*

—¿Cómo fue la conversación con tu marido?

—*Ya te contaré cuando regrese. Te juro que después de irme a dormir, cuando se levantó al mediodía, hablamos. Él estaba de buen humor y le pregunté cómo había ido la noche, y me dijo que bien. Hasta aquí, eso también lo sabía yo, pero le dije que en una pareja abierta lo más importante era la confianza y que no hubiera mentiras.*

—Esa es mi Marisa, bien.

—*Me dijo sin titubear que había estado con Lorena, que se lo pasaron muy bien y que seguramente repetiría con ella, porque hacía tiempo que no disfrutaba tanto.*

—¡¿En serio?! Tu marido no sabe lo que es el intentar no hacer daño al que tienes delante, ¿no?

—*Eso terminó de convencerme de que la cosa entre nosotros no iba bien y no tenía arreglo. Ya te contaré detalles, porque, cuando lo invité a irse de mi casa, entonces la cosa cambió.*

—¿En qué sentido? ¿No se pondría violento? —le pregunto, nerviosa.

—*Qué va. Se puso a lloriquear como un niño; que no podía ser, que él me quería muchísimo, que la cosa no era para tanto... Resumiendo: que Lorena está casada y no tiene a dónde ir. Bueno, sí, a casa de sus padres. Pero, te lo digo convencida, esto ya no es mi problema.*

—¡Olé tú! Me alegro por ti. Si necesitas cualquier cosa,

me llamas, que te lo soluciono desde aquí si puedo. Y me llamas mañana para saber que todo ha ido bien.

—*Eso está hecho. Ahora mismo solo tú entiendes por qué estoy haciendo esta locura.*

—Dale recuerdos a Rubén de mi parte.

—*Serán dados, deséame suerte.*

—No la necesitas —le digo para darle seguridad, ya que he intuido un poco de duda en sus palabras.

—*Gracias, Cristina, mañana te llamo.*

—Vive la vida y disfruta.

—*Lo haré.* —Y nos despedimos.

Ya digo yo que alguien ha puesto algo en el ambiente y que la gente está más atontada de lo normal. Creo que tengo que valorar el encerrarme en una burbuja a prueba de dardos de Cupido para poder escapar de esta ola de flechazos que está tirando, que no es normal. Y en pocos días ya lo he nombrado dos veces, y eso tampoco es normal en mí. Por suerte, tengo la solución: salir de fiesta y volver a demostrar que el sexo sin amor es lo mejor que hay.

Salgo de la ducha con energía renovada. Con la certeza de que estoy bien como estoy, abro el armario y escojo el vestido negro lencero a juego con los zapatos satinados de tacón de diez centímetros. Me paso las planchas por la melena, hoy me apetece ir con el pelo muy liso. Abro mi maletín de maquillaje y empiezo con mi rutina. Primero la base, el corrector (que no es que me haga falta, pero siempre va bien), mis polvitos matificantes, un toque de luz y sombras... Me gusta cómo me está quedando. El *eyeliner* con el rabillo largo para salir de fiesta, y ya puedo alargar mis pestañas con mi rímel nuevo. Como no puede ser de

otra manera, el toque final a todo el conjunto... Mi pintala-
bios Chanel de color rojo.

Que tiemble Barcelona, que en una hora estoy allí.

Me miro al espejo y me gusta la imagen que me devuelve. Estoy como quiero estar y donde quiero estar, sin ataduras ni nadie a quien darle explicaciones, que ese rollo no va
conmigo. Me gusta disfrutar de mis amigos, pero más me
gusta salir de fiesta, mover el esqueleto y, si se da la oportunidad, conocer a alguien para pasarlo bien durante un rato.
Y mañana, si te he visto, no me acuerdo.

Esta es mi vida y no quiero cambiarla, aunque parezca
que sea fría y solitaria. Yo me lo paso muy bien saliendo
con unos amigos o con otros y moviendo mis caderas; me
encanta bailar y pasarlo bien.

Capítulo 7

Llego media hora tarde. Por suerte, hemos quedado directamente en un bar de ambiente y ya veo a mis amigos Carmen y Agustín en la barra, tomándose una cerveza. Esto lo arreglo yo en un momento.

—¡Hola!, ¿hace mucho que me esperáis? —les pregunto.

—Tranquila, es la primera que nos tomamos —me responde Carmen.

—Normalmente, apareces cuando vamos por la tercera —se me mofa Agus.

—Eso es que vosotros también habéis llegado tarde. ¿Qué tal por Madrid?

—Lo de siempre. Mucha gente preguntando por grandes viajes y los más top, pero luego, a la hora de la verdad, nada confirmado —se queja ella.

—No te quejes, que has cerrado un viaje top para ese empresario —me cuenta Agus.

—Ay, sí, tienes razón. Ha venido un empresario del copón, que se jubila este año y quiere invitar a toda la familia, que son dieciséis, a un safari por Kenia con final en las playas de Zanzíbar. Solo por esta reserva ya ha valido la pena.

—A ver qué tal le ha ido a Nico.

—Seguro que te ha echado en falta.

—No te pienses. Natalia es muy competente —le respondo.

—Sí, pero el carisma que tienes tú y el imán para grandes empresarios es un don que no todo el mundo tiene —me dice Agus.

—No será para tanto.

—Yo le he visto hablando con un turoperador nuevo en España, que está ofreciendo grandes ofertas en viajes y bastante especializado en *tours* de lujo —me cuenta Carmen.

—Seguro que el lunes me pone al día, pero basta ya de hablar de faena, que habéis estado cuatro días a tope. Ahora toca disfrutar de la noche.

—Brindemos por eso —dice Agus, elevando la copa.

—Ni hablar, me niego. Con cerveza, no.

Miro al camarero que está en la barra, que por cierto no está nada mal. Se acerca y le pido tres chupitos de tequila para empezar la noche con un poco de alegría. Hoy no quiero irme a dormir que no sea de día, hoy mi cuerpo me pide ¡fiesta!

—Han abierto un local de copas cerca del puerto que me han dicho que está bien, ponen buena música y los cócteles son originales. ¿Os apetece? —nos dice Agus.

—Pido un taxi y para allá que nos vamos.

Solo entrar está sonando *Échame la culpa* de Luis Fonsi y Demi Lovato. Me gusta.

El cóctel más barato son veinte euros. El ambiente que veo es el de gente que quiere pasarlo bien, y a eso hemos venido: a disfrutar.

Me pido un daiquiri de fresa. No tiene nada que ver con los que nos tomamos con Marisa en Cuba, pero levanto la copa y brindamos los tres, porque la noche es joven.

Está sonando *Corazón* de Maluma y los tres empezamos a bailar al ritmo de la canción. No tarda en acoplarse algún fiestero más que quiere unirse a nuestra fiesta y, si es guapo o guapa y tiene ganas de bailar y pasarlo bien, no le decimos que no.

Al tercer cóctel invita Pau, un chico al que acabamos de conocer, y ya veo sus intenciones. Vamos a ver cómo evoluciona la noche, y entonces decidiré si acepto sus proposiciones o no; no lo tengo claro aún. Seguimos bailando un buen rato y llega la hora de cambiar de local. Carmen nos ha apuntado a la lista de Opium y tenemos media hora para llegar y poder entrar por lista.

Pau decide venirse con nosotros y se va a despedir de su grupo, no le quedan nada mal esos pantalones chinos que lleva, pero cuando miramos por qué tarda tanto... vemos que está discutiendo con una chica muy mona que tiene lágrimas en los ojos. Ahora mismo no me apetecen los dramas, y veo que este podría ser uno para alguien y no me gusta, así que nos vamos sin él. La vida ya es lo suficientemente complicada para liarla un poco más sin sentido. Venimos a pasarlo bien.

Creo que ha sido la mejor opción: irnos los tres, como teníamos planeado al principio. Aprovecho en el taxi para mirar el móvil, y tengo un mensaje de Pol. Bueno, otra foto de ellos dos en la Puerta del Sol. Qué más me da lo que hagan. No hace falta que me tenga al día de su *tour* por la capital, ya le he mandado el billete, así que... Que me deje en paz un rato, que yo sigo con mi vida.

No sé por qué, pero ver esa foto me ha puesto de mal humor. Salgo de la aplicación, bloqueo el teléfono y lo tiro de cualquier manera en mi bolso.

—¿Pero qué te pasa? —me pregunta Agus.

—Nada importante —le respondo.

—Pero tu móvil no tiene la culpa —insiste.

—Tienes razón. Móvil apagado y que siga la fiesta.

Decido sacar de mi cabeza a Pol y seguir con mi noche de fiesta con energía renovada.

Es temprano y todavía no está llena la pista. Cosa que de momento se agradece, porque los sábados aquí suele estar a tope. Aprovechamos para ir a la barra VIP a tomar algo, ya que ahora no está la cuerda que limita la entrada para los que pagan una barbaridad por las mesas en primera fila, delante del DJ.

Seguimos con los cócteles. Después de este, ya serán sin alcohol; porque, si no, me tendré que quedar a dormir en casa de Carmen. Estamos pidiendo cuando alguien me toca el hombro.

—Pero bueno, Cristina, qué sorpresa. ¿Por qué no has avisado de que vendrías?

Me giro y me encuentro con la sonrisa arrebatadora de Philip. Nos fundimos en un ligero abrazo y dos besos que duran un poco más de lo normal. No nos veíamos desde hace un par de fines de año donde me invitó a su fiesta privada y yo fui con mis amigas.

—Pero, bueno, dichosos mis ojos de verte por aquí. Hoy qué toca: ¿negocios o placer? —le pregunto.

—Cómo me conoces. Un poco de todo —me dice.

—Te presento a Carmen y Agus, unos amigos.

Hacemos las presentaciones. Carmen creo que se ha quedado hechizada cuando le ha dado los dos besos, y con razón, ya que Philip tiene esa belleza griega que hace difícil resistirse a él. Está acostumbrado a la reacción de las mujeres cuando lo ven, pero actúa con una naturalidad tan pasmosa, como si no se diera cuenta, que aún lo hace más atractivo.

—¿Tenéis mesa en esta zona? —pregunta él.

—Hoy venimos a bailar y pasarlo bien, tenemos entrada de pista.

—¿Os apetece compartir mesa con mi socio y su pareja? Anda, dime que sí, que no me gusta aguantar la vela de nadie.

—Qué zalamero eres cuando te interesa.

Me giro para preguntar a mis amigos y con la cara de Carmen tengo bastante, pero pregunto de todas formas.

—Nunca he estado en la zona VIP. Una mesa cualquiera vale un dineral, y las de primera fila ni te cuento —me dice Agus.

—Pues vamos. Hoy estaremos cerca del DJ.

—Ay, qué bien —dice Carmen—. Pero tú de dónde sacas a estos tíos, si no son de este mundo.

—Es un empresario del mundo de la noche. Nos conocemos desde hace años, y tengo la suerte de organizarle además las vacaciones.

—En nuestra agencia no entran hombres así. —Se gira ella, mirando a Agus, y yo me río.

Como no podía ser de otra manera, la mesa está situada en primera fila. Cuando empiece el DJ, lo tendré justo delante. La noche promete.

En una hora, el local está ya bastante lleno. Pero, claro, en la zona donde estamos no hay codazos ni pisotones, y el espacio para bailar sigue siendo el ideal para moverse. Desde las alturas, vemos la zona donde deberíamos estar si no nos hubiéramos encontrado a Philip y allí sí que están un poco más apretaditos.

—¿Sabes lo malo de estar aquí hoy? —me pregunta Agus.

—¿Qué tiene esto de malo? —le responde Carmen.

—Cuando volvamos, estaremos allí, con la plebe. No será lo mismo. Antes no habíamos probado esto y ya nos estaba bien, pero ahora…

—Agus, mañana ya veremos qué pasa. No te lamentes por algo que todavía no ha pasado, simplemente disfruta del hoy y del ahora —le digo.

—¡Claro, tonto! —le responde Carmen.

—Si tienes razón, pero nunca será lo mismo —lloriquea.

Carmen y yo nos reímos mientras seguimos bailando con las buenas vibraciones de la sesión que nos ha preparado el DJ para esta noche.

Philip está intentando hablarme de algo, pero tan cerca de la mesa de mezclas es imposible entender más de dos frases seguidas, así que me lleva a un reservado.

—Como te he dicho, hoy estoy aquí también por negocios. Antes de la fiesta, he estado cenando con un empresario español que tiene una cadena de hoteles por todo el mundo y, como tú entiendes de este tema, me gustaría hablar contigo.

—¿Qué cadena? —me intereso por si lo conozco.

—Ponte Hotels Group.

—La conozco. Esta cadena cada vez se posiciona más en la línea del lujo, y cada vez más hoteles suyos tienen la categoría de cinco estrellas Gran Lujo. La gente que va a sus hoteles quiere repetir.

—¿Conoces al gerente?

—No personalmente. Hemos coincidido en alguna convención, pero no nos han presentado.

—Eso lo soluciono yo rápidamente. Está buscando abrir agencias que lleven su cadena en exclusiva.

—«Exclusiva» es una palabra con doble filo, porque a la gente le gusta variar, y más cuando estamos hablando de lujo.

—Pero tú misma has dicho que la gente quiere repetir.

—Sí, pero estoy pensando en mi agencia. Dudo que mi jefe quiera limitarse a una sola cadena de hoteles, ya que también tenemos clientes a los que no les llega el presupuesto.

—Piensa en grande, Cristina. Tú llevas la cartera de clientes VIP de tu agencia, tú eres la que organiza los viajes top. ¿No te interesaría abrir tu propia agencia solo para clientes que quieran y puedan pagar estas experiencias?

—Philip, a esta hora de la noche, no son horas de hablar de negocios.

—Tienes razón. Quedamos un día y te sigo contando.

—¿Y a ti desde cuándo te interesa el mundo de los hoteles?

—Desde que me hago mayor y veo que esto de la noche cada día cambia más rápido y cuesta más estar en lo más alto. Tienes que renovarte constantemente; si no, ya no estás de moda y la gente se deja influenciar por lo que el *youtuber* de turno cuelga en sus redes. Es agotador.

—En esto te doy la razón. Cada vez me vienen más padres con una captura de pantalla de un o una *influencer*, y quieren ir de vacaciones donde van ellos. Si no, sus hijos no quieren ir con ellos.

—¿Ves lo que te digo? Creo que poco a poco voy a ir cambiando de sector. Ahora mismo me ofrecen una fortuna por este local, y creo que invertiré en hoteles.

—Me dejas de piedra, pero siempre te ha ido bien en los negocios. Tu instinto es muy bueno.

—Da un poco de vértigo cambiar de sector, pero estoy decidido.

—Te irá bien, ya lo verás, y yo querré ser una de tus primeras clientas.

—Te reservaré la *suite* presidencial con una condición.

—¿Qué condición? —le digo, haciéndome la interesante.

—Que la compartas conmigo.

Cada vez estamos más juntos y, al final, la distancia que nos separa se esfuma y estamos besándonos como si no hubiera un mañana. Philip me pone a mil cuando me habla en plan empresario, y encima de hoteles de lujo.

—¿Qué te parece de momento compartir una *suite* en el hotel W, que está a dos minutos de aquí, para celebrar mi cambio de sector? —me susurra al oído.

—De momento, me conformo mientras no tengas tu hotel, pero lo prometido es deuda y me cobraré esa *suite* presidencial cuando tengas el tuyo.

—Hecho.

Me despido de mis amigos rápidamente y, en nada, estamos entrando por la puerta de la *suite*.

Los dos sabemos lo que nos gusta, porque ya nos conocemos de hace tiempo y hemos estado juntos en varias ocasiones. Un poco de preliminares, pero sin abusar, lo justo para ponernos a tono y al lío.

Empezamos a desnudarnos, cada uno lo suyo, y a dejarlo bien doblado en la cómoda. Una vez hecho esto, nos besamos, con las manos recorriendo uno el cuerpo del otro sin dejarnos ninguna parte. Me tumba en la cama para poder saborearme entera, y yo le correspondo con las mismas atenciones. Todo muy calculado y equilibrado para que a ninguno de los dos nos falte nada. Una vez que estamos los dos lo suficientemente cachondos para consumar lo que hemos venido a hacer, Philip me hace suya y gozamos los dos de nuestra unión hasta que quedamos saciados y llegamos al final.

Después de una ducha, los dos volvemos a vestirnos como si no hubiera pasado nada, y tan amigos como antes. Eso me encanta.

Nos despedimos en la puerta del hotel. Él tiene responsabilidades con sus locales nocturnos, y yo cojo un taxi para que me lleve hasta donde he aparcado el coche. De camino a casa, no sé por qué, pero me da por pensar.

Me ha sorprendido lo que me ha contado él. Cambiar de sector, en cierta manera, es buscar estabilidad y cambiar la noche por el día. ¿Es indicativo esto de que nos estamos haciendo mayores? ¿Quiere decir que tenemos que madurar y mirar un poco más allá por nuestro futuro? Yo no quiero todavía, no estoy preparada para esto, pero la idea que ha implantado Philip sin querer en mi cabeza, lo de tener mi propia agencia, no me acaba de disgustar. No sé cómo lo haría ni dónde la establecería. Hoy en día se mueve todo digitalmente, así que un lugar físico no es tan importante. Pero lo que estoy pensando es muy relevante y creo que las seis de la mañana no son horas para tomar decisiones que podrían cambiar el transcurso de mi vida. Pero, sin quererlo, la semilla de quererlo ya está implantada en mi cabeza.

Por suerte para mi salud mental, llega el martes y oigo cómo se acerca Pol hasta mi puerta. Sus tres golpecitos me anuncian su entrada.

—Buenas noches, petarda, ¿qué tal tu semana?

—Seguro que no tan bien como tu fin de semana. A ver, cuenta, cuenta.

—De feria. Tú ya sabes cómo van estas cosas; estás acostumbrada.

—Sí, pero yo no he retrasado mi vuelta nunca por nada ni nadie.

—Ya sabemos que tu corazón no se derrite por nada. Ni nadie tiene el poder de ejercer sobre ti más de lo que tú te dejes, pero no sé cómo ha pasado, no quería alejarme de Nerea.

¿Cómo ha dicho que se llama? ¿N-E-R-E-A? No conozco a nadie con ese nombre, pero ya me cae mal y no sé por qué. De hecho, creo que había una canción que se llama *Maldita Nerea*, ¿o era un grupo? Después lo busco.

—Eso ya lo he visto. Tener que cambiar un billete no es propio de ti.

—Hablando de eso, podrías haberme pillado uno a media mañana. ¿Tenía que ser el primero?

—Supuse que tendrías que trabajar después de tantos días de feria, y además era el más barato. Si no te gusta, que te busque otra tus viajes.

—Oye, ¿qué te pasa? No te enfades.

—¿Yo? ¿Enfadada? ¿Por?

—No sé, estás rara.

—Para nada.

—Bueno, vale.

—Serás tú, que vienes atontado por esa tal Nerea. Hijo, tres días con una tía y ya estás paranoico.

—En realidad, han sido cinco, porque nos conocimos el miércoles por la tarde.

—¿También sabes la hora, el minuto y el segundo?

—¿Ves como te pasa algo? Estás muy borde.

Quizás tenga un poco de razón. De repente, me he puesto de mala leche y algo en mi interior me quema, pero no sé qué es.

—Ay, bueno. Tranquilo, ¿eh? Tú, que ves cosas donde no las hay.

—Vale, pues es culpa mía.

—Claro que es culpa tuya.

Los dos nos quedamos callados. Mejor cambiamos de tema, porque este no nos va muy bien a ninguno de los dos.

—Estuve hablando con un empresario este fin de semana.

—¿Negocios o placer? —me pregunta.

—Las dos cosas, obvio.

—Usted perdone, señora obvia.

Le hago una mueca y le saco la lengua.

—Déjame hablar, como yo lo he hecho.

—Pero si no te he contado nada —me dice, levantando las manos.

—Pues ya he tenido suficiente. ¿Te cuento, o no quieres escucharme?

—No veas cómo estás hoy. Cuenta, anda.

—Me ha propuesto (bueno, no es oficial, pero sin quererlo lo tengo en la cabeza) montar mi propia agencia de viajes de lujo.

—Eso es genial, pero yo ya te lo he dicho un millón de veces. Tienes mucho talento organizando viajes, tus clientes siempre quedan satisfechos, pero ya veo que hace falta que venga uno de fuera para que te lo haga ver.

—Philip me presentará a un propietario de una cadena de hoteles de lujo…

—Philip, ¿el tío ese que tiene no sé cuántos locales de noche? ¿Él qué sabe del mundo hotelero?

—Se está pensando cambiar el mundo de la noche por hoteles.

—No te puedes fiar de alguien del mundo de la noche.

—No me escuchas. Me presentará al propietario de la cadena Ponte, y conozco esa cadena de hoteles porque trabajo con algunos de ellos.

—Sigo sin verlo claro.

—¿Puedes, por una vez, apoyarme en algo que yo quiero?

—No sigas por ahí. Sabes que siempre, y remarco: siempre, te he apoyado en tus decisiones. Aunque alguna me haya parecido un poco loca, incluso para ti.

Me quedo pensando y en eso tiene la razón. Siempre lo he tenido a mi lado, aunque al final me haya equivocado y me haya estrellado.

—Ya sé que lo de montar mi propia agencia me lo has dicho infinidad de veces, pero ahora creo que ha llegado el momento de pensarlo seriamente. Simplemente digo esto.

—Es una decisión importante, y ya sabes que para lo que te haga falta me tienes. Te recuerdo que el *software* de tu agencia ya lo tengo preparado.

—¿Aún lo guardas?

—Claro.

El proyecto de final de carrera de Pol fue hacer un programa de gestión para una agencia de viajes. Ganó un premio por su innovación y, además, una cadena de hoteles le compró el programa.

—¿Pero no lo vendiste a esa multinacional de hoteles?

—El primero que diseñé, sí, pero tengo otro que voy actualizando cada año con las últimas novedades para cuando lo necesites. Y, entre tú y yo, es mucho mejor que el que tienen ellos.

Creo que se me ilumina la cara. Esa sensación rara que se me había instalado en el estómago ha desaparecido por completo.

—Me gusta ver que estás ilusionada con esto. Hace mucho que no te veo así.

—Qué dices, si estoy muy contenta y feliz con mi vida.

—Pues tus ojos no lo reflejan así.

—Tú qué sabrás.

Me enfadan un poco sus palabras. Me gusta mi vida y lo que hago, así que no tiene razón cuando me dice que no soy feliz.

—Venga, va. Volvamos a cambiar de tema, que hoy estamos muy sensibles. ¿Te tiene que bajar la regla?

—¿Y tú?, ¿tienes ya la pitopausia?

Sopla porque tiene toda la razón; todo lo que me dice hoy me lo tomo a mal.

—A ver, vamos a tu terreno. ¿Cómo pinta este fin de semana? ¿Tienes ya organizada la fiesta?

—Pues la verdad es que será como este: negocios y diversión.

—¿Y eso? Explícate.

—El sábado por la noche estoy invitada a la fiesta que organiza Yunid Group y, al final de la presentación de su balance, presentaré el viaje que su gerente les ha organizado. ¿Te acuerdas de que te lo comenté?

—Sí, es verdad. En la comida en casa de Dan y Beth.

—Pero es el sábado por la noche, ¿no?

—¿Por?

—Querría presentarte a alguien.

—¿A mí? ¿Cuándo?

—Sábado o domingo, cuando te vaya bien.

—¿A quién?

Veo que se lo piensa durante unos instantes, y luego me lo suelta:

—A Nerea.

—¿Te vuelves a Madrid?

—¡No! Te he dicho que te la quiero presentar, y viene ella este fin de semana.

No me lo puedo creer, pero ¿qué le ha dado a este con la Nerea de las narices? Frunzo el ceño en señal de... No sé, duda o preocupación o enfado, porque una desconocida quiera quitarme a mi mejor amigo... No lo tengo claro.

—Seguramente no podré. Tengo un finde complicado por lo que te he contado, así que no estaré por casa.

De esto ya me preocuparé yo. Me quedaré a dormir en Barcelona con la excusa de la fiesta, y así tengo mi coartada para no conocerla. No sé por qué, pero no quiero.

Veo la desilusión en su rostro, pero es algo superior a mí que me sale de dentro. No sé de dónde, pero ese malestar en mi estómago ha vuelto.

—Yo te llamo cuando estemos por aquí.

—Vale, no te prometo nada, pero tú llama. ¿Dónde va a dormir?

—Ella ha reservado en el hostal. Llegará en el último AVE del viernes.

—Vale.

Menos mal, pensaba que se quedaría en su casa.

—Parece que solo buscas excusas y no la quieres conocer.

Me conoce tanto que no puedo esconderle nada, así que

116

más vale que le sea sincera, porque de todas maneras me lo va a sonsacar.

—Es verdad y prefiero no conocerla.

—¿Pero por qué? Estoy seguro de que os vais a caer muy bien; sois bastante parecidas.

—Primero, a mí no me compares con nadie. Ni se te ocurra.

—Valeeee.

—Segundo, soy tu mejor amiga y eso implica ser peor que tu madre. O sea, no me va a caer bien nunca, porque seguro que considero que no va a ser suficiente para ti y que te mereces algo mejor que ella.

—Dale una oportunidad.

—Ahora mismo no puedo. Seguro que más adelante, si sigues con ella, no tendré más remedio que conocerla.

—Sí, hombre. Para mí es importante.

—¿Te acuerdas de la película *La boda de mi mejor amigo*?

—Sí —dice escuetamente.

—Pues yo sería mucho peor que Julia Roberts.

—Anda, exagerada, no digas eso.

—Tú no me pongas a prueba. Al menos, de momento, no. Deja que me haga a la idea y luego ya lo veremos.

—No estás siendo coherente.

—Lo sé y te doy la razón. Seguro que no te acuerdas de lo que prometimos ese día después de ver la película —le digo.

—Quién dice que no.

Me sorprende lo que me acaba de decir. Pensaba que solo yo lo recordaba; éramos unos críos.

—¿Lo recuerdas?

—Claro, pero tú nunca podrías cumplir con tu parte del trato.

Me quedo pensando, porque realmente tiene toda la razón. Yo no querría cumplir con mi parte del trato… ¿O sí?

Mi corazón se acelera y mi cabeza está pensando cosas que no tienen sentido, imágenes que no puedo ni quiero que pasen por mi cabeza. Y menos con él.

Mi madre llama a la puerta. La cena ha llegado y nos la comemos entre espacios de silencio que no son normales entre nosotros. Siempre tenemos algo que decirnos, pero hoy no me apetece.

Dejo más de la mitad de la *pizza*, porque no me entra nada más en el estómago.

—¿No quieres más?

—No tengo hambre.

—¿Y eso?

—El vestido que me he comprado para la fiesta del sábado no me permite engordar ni un gramo esta semana. La que viene ya será otra cosa.

Miento para desviar el tema.

—Pues me la termino yo.

—Toda tuya.

Después de cenar, me escudo en que tengo sueño para que Pol se vaya temprano, y así lo hace. Siempre hace lo que yo le digo, y ahora mismo le diría que no viera más a esa Nerea. Algo me dice que no es buena para él, pero no puedo hacerle esto. Está ilusionado y espero que caiga por su propio peso. Seguro que es un lío como otros tantos que ha tenido y en unos días se cansará de ella.

Cuando se va, automáticamente busco «Maldita Nerea», y recuerdo que es un grupo. Pongo la primera canción que veo en la lista, *Perdona si te llamo amor*, y me dejo envolver por la letra y el videoclip del tema (que me encanta) y la pongo en mi lista de favoritas. No sé si es buena idea, porque me recordará algo que no me gusta. Pero necesito fustigarme con algo, a ver si así no me molesta tanto algo que no tiene sentido.

Necesito distraerme con algo.

Mi cabeza no para de dar vueltas a lo mismo mientras las canciones del grupo van sonando y, aleatoriamente, suena una canción con ritmo salsero que me recuerda a Marisa. Son las once de la noche; buena hora en Cuba para llamarla.

—*Hola, Cristina, contenta de oírte. ¿Cómo te va?*

—Eso te pregunto yo a ti. ¿Cuándo vuelves?

—*De momento estoy viviendo día a día. No hemos sacado el tema, pero está volando sobre nosotros todo el tiempo. El mes que me he tomado va pasando y, cuando termine, tendremos que tomar una decisión. Cuba está un poco lejos y es un poco caro como para viajar los fines de semana.*

—Eso ya llegará. ¿Cómo estás tú?

—*Feliz de la vida como nunca.*

—Con eso me basta. Ya encontraréis una salida.

—*¿Y si me estoy equivocando? Volver aquí ha sido lo más loco que he hecho en la vida.*

—¿Te arrepientes?

—*¡No!*

—Ya tienes la respuesta. Día a día y lo que surja.

—*Da un poco de vértigo.*

—Faena en los hoteles de aquí no te faltará. Ya hablaré yo con Ernesto si hace falta.

—*Gracias, Cristina, ya veremos qué pasa.*

—Esta noche, tómate un daiquiri en mi honor.

—*Le pediré a Rubén que me prepare uno cargadito. Bueno, pídeselo tú misma, que acaba de llegar.*

Le pasa el teléfono.

—*Mi segunda española favorita, ¿qué me quieres pedir?*

—Primero, que me cuides a mi amiga como si te fuera la vida en ello.

—*Eso no hace falta que me lo pidas. Dios me ha hecho un regalo que tengo que venerar con cada fibra de mi ser.*

—Eso déjalo para cuando cuelgues. Y segundo, prepárale un daiquiri de los especiales tuyos para que se lo beba a mi salud esta noche. Lo necesito.

—*Nos tomaremos uno cada uno a tu salud. Eso está hecho, no lo dudes.*

Ahora es Marisa la que está al aparato.

—*¿Estás bien? Te noto un poco apagada.*

—No, no me pasa nada. Supongo que es sueño; un día duro hoy.

—*¿Seguro?*

—Claro. Vamos hablando, llámame si necesitas algo.

—*Lo haré.*

Corto la llamada y me quedo más tranquila después de hablar con ella.

Capítulo 8

Por fin es viernes y tengo el fin de semana casi completo al cien por cien. Estoy esperando a mis amigas en este local de vinos en Vilafranca y así me ahorro el encontrarme con alguien casualmente por el pueblo. Ya están aquí.

—Hombre, Cris, por una vez eres la primera en llegar —me saluda, graciosa, Laura.

—Es la edad, estoy madurando —les digo.

Mis amigas se me quedan mirando como si me hubiera salido otra cabeza. ¿Pero qué he dicho? Como si ellas no lo hubieran hecho.

—¿Quién eres tú y qué le has hecho a nuestra amiga? —dice Beth.

—No es para tanto. No he dicho nada del otro mundo como para que me miréis así.

—¿Te ha pasado algo? —me pregunta María.

—No, simplemente pasan los años y nuestra vida cambiará. Miraos a vosotras: empresarias las tres, con vuestro futuro bastante definido y una estabilidad económica que os permite pensar en ampliar la familia —digo mirando a Laura—, tener una casa de ensueño… —Y miro a Beth—. O como María, en cuya cabeza surgió la idea de negocio, le va genial y la boda a la vuelta de la esquina.

Las tres se me quedan mirando otra vez.

—¿Estás bien, Cris? —me pregunta Beth.

—Sí, claro. Simplemente reflexiono.

—¿Necesitas que te prestemos dinero? —me dice Laura.

—¡No! De momento me va bien, pero a lo mejor en un futuro no descarto que me ayudéis.

Ahora sí que las he dejado a las tres intrigadas y con ganas de saber más, y yo me muero por explicarles lo que toda la semana me ha rondado por la cabeza.

—No puedes dejarnos así, cuenta —dice Beth.

Así que las pongo al día con mi idea de montar mi propia agencia de viajes de lujo y experiencias para grupos con guías personalizados que viajen con ellos.

—El viaje que haré dentro de unas semanas será la prueba para ver si funciona la idea —les explico.

—Cuenta conmigo para lo que necesites —dice Beth.

—Y con nosotras.

—Ya contaba con vuestra ayuda, porque, si no, sola no creo que pueda. Me hace ilusión tener mi propio negocio, pero a la vez me asusta.

—Tienes delante a tres empresarias que te ayudarán. No sabremos mucho de viajes, pero sí de planes de negocio, y las bases son para todos más o menos lo mismo.

—Gracias, chicas, sabía que podía contar con vosotras.

—¿Quedamos el domingo por la mañana para darnos un baño y hablamos de esto? —se ofrece Beth.

—Por la mañana no puedo, ya que trabajo —dice Laura.

—Yo estoy en Barcelona. Me quedo a dormir allí después de la presentación y fiesta posterior —les digo.

—Sí que va a durar la fiesta —me sonríe María.

—Espero que se haga de día. Me lo estoy tomando como un reto para mi futuro —le contesto.

—Por la tarde entonces; ya iréis viniendo. Le preguntaré

a Paula si pueden venir. Me dijo ayer, que estuve hablando con ella, que regresan mañana.

—Por la tarde, perfecto.

—¿Quieres invitar a Pol? Así se distrae con los chicos —me pregunta Beth.

—Este fin de semana está muy liado, no creo que pueda.

—Como quieras.

No les digo que ha conocido a alguien porque, como creo que es una cosa pasajera y no durará, no tiene más importancia. Lo que sí que me ha ido bien es decir en alto lo que pienso y compartirlo con mis amigas. Eso hace que se haga un poco más real; la ilusión poco a poco se va instalando en mi mente y el proyecto va cobrando forma.

Primer paso para ver si puede funcionar: la reunión de mañana y el viaje.

Segundo paso: Philip me tiene que presentar al señor Ponte para tener un primer contacto. La semana que viene hablo con él.

Y, aunque me cueste mucho, cuando empiece a tener las cosas claras, hablaré con mi jefe para darle tiempo y que encuentre a otra persona que me sustituya en la agencia.

Tengo que ir paso a paso sin saltarme ninguno, y en eso mis amigas me ayudarán, que son unas expertas.

La reunión con los empleados y gerentes de Yunid está siendo un éxito. Los empleados están encantados con el balance y que se les reconozca como parte importante para lograr el éxito obtenido en el año anterior. Cuando me han presentado, nadie sabe lo que hago yo aquí, es una sorpresa para ellos. Veo en sus caras expectación, y eso me gusta. Estoy segura de que no se esperan nada de lo que les voy a mostrar.

Empiezo la presentación con un video motivacional donde se ven imágenes de las Islas Baleares y grupos de gente pasándolo bien. Entre imagen e imagen, he ido intercalando frases del estilo «Hecho es mejor que perfecto», o una que me gusta mucho: «El fracaso es éxito si aprendemos de él». Y con ello consigo el efecto deseado, ya que todos están pendientes de lo que les tengo que explicar.

—¿Qué os parecería disfrutar de cuatro días en las Islas Baleares? —pregunto en alto.

La gente, que está animada, empieza a decir que sí con la cabeza.

—¿Y si además fuera en horario laboral?

Ahora la gente se mira, unos a otros, sin entender mucho lo que les estoy diciendo.

—Este viaje que habéis visto en las fotos, los grupos pasándolo bien y riendo, seréis vosotros. Todos vosotros, del catorce al diecisiete de abril. La empresa os ha organizado este viaje para agradeceros vuestros esfuerzos y vuestra dedicación, y como parte de ella disfrutaréis de unos días con todo incluido en el Resort Spa Illes Balears.

La gente ahora rompe a aplaudir y a gritar de alegría. Los trabajadores están que no se lo creen, pero yo les confirmo que es verdad. Al final de mi presentación, sale Felipe para corroborarles que no es una broma, obvio, y ellos vitorean su nombre por lo contentos que están.

Felipe se gira para mirarme.

—Una presentación de diez. Mira que yo lo sabía todo y

me has dejado enganchado a la presentación hasta el final. Buen trabajo. Sé que eres buena, pero te has superado.

—Gracias. De verdad que son importantes tus palabras.

—Hoy después de la fiesta lo celebramos.

—De ese tema tenemos que hablar. Una vez firmado el contrato, mejor no mezclar lo profesional con lo personal.

—Tienes toda la razón, pero... no firmamos hasta el lunes.

Se me queda mirando intensamente, y por un momento dudo, pero no puede ser. Cuando el viaje haya terminado, ya veremos lo que pasa. Hasta entonces, solo amigos.

—Ahora mismo me fastidia que seas tan profesional, pero tienes toda la razón. ¿Amigos?

—Eso siempre —le respondo.

—Pasemos a la otra sala, que estarán sirviendo ya el *catering*.

Durante la cena, la gente se acerca a mí para preguntarme detalles del viaje. Están como locos por saber todos los detalles, pero como ya les he dicho antes, el lunes sobre sus mesas, encontrarán el dosier con todos los detalles.

En un momento que voy al baño, cometo el error de mirar el móvil. Tengo un par de llamadas de Pol, que por suerte no he oído, pero lo que más me fastidia es ver la foto de los dos cenando en algún sitio.

Mi parte competitiva sale a la luz. No sé por qué, pero esta chica despierta en mí unos instintos primitivos que no me gustan, ya que yo no soy así. Pero no puedo evitarlo.

Salgo y busco a Felipe. Le digo que quiero enviar una foto a mis amigas para que se mueran de la envidia y él me agarra de la cintura para que la foto quede perfecta.

Se la mando al grupo de mis amigas, claro, pero antes se la he mandado a Pol con el mensaje: «Mi fiesta de esta noche».

No obtengo respuesta por su parte, pero tampoco la esperaba.

A partir de ese momento, empiezo a agobiarme. La gente me pregunta y yo tengo la cabeza en otra parte; ahora estoy de fiesta. Mi trabajo ya ha terminado, así que me despido de Felipe y me voy al hotel.

Miro la hora y es temprano, así que decido tomarme la última en el bar del hotel. Hago balance de la noche: profesionalmente un diez, y personalmente un aprobado justito. La gente me ha felicitado por mi presentación, pero ahora mismo me siento un poco sola. Mis amigas ya duermen y a Pol no puedo molestarlo para contarle mi éxito, porque está acompañado... Creo que nunca me había sentido así; algo está cambiando en mí, y no me comprendo.

Me levanto y tengo un mensaje en el móvil de Pol.

> **Pol:**
> ¿Cuándo vuelves? ¿Quedamos para hacer el vermut? Quiero llevar a Nerea a la bodega de Laura.

Eso me pone de mala leche, vaya manera de empezar el domingo, y mi ogro interior sale a la luz.

> No llego a comer. La fiesta de ayer se alargó más de lo esperado, y aún estoy acompañada.

Y me quedo mirando el móvil.

Con lo listo que es, no se da cuenta de que no quiero conocerla y que solo hago ponerle excusas. Estoy mintiendo a mi mejor amigo, pero solo quiero que me deje en paz.

Escribiendo...

Pol:
¿Desde cuándo pasas la noche con tus ligues? Tú eres de usar y hasta luego.

Es que me conoce casi tan bien como yo a mí misma y sabe que yo no me quedo a dormir con nadie. Pero, puestos a mentir, que sea a lo grande.

Si merece la pena el que está a mi lado, las cosas pueden cambiar.

Pol:
¿Con el de la foto de ayer? No es para tanto, te has liado con mejores.

No me apetecía estar sola.

Pol está escribiendo...

Pero al final no me llega ningún mensaje.

Tendrá morro el tío. Encima le molesta que haya pasado toda la noche con alguien, y lo que es más triste: es mentira.

De camino a casa llamo a Beth, y como en su casa. No me apetece encontrarme por casualidad con Pol y, cuanto más lejos esté de mi casa, menos probabilidades.

La tarde la pasamos juntas y les explico mi presentación,

127

las felicitaciones recibidas y lo bueno que estaba el *catering* posterior.

—No veas cómo está ese Felipe, el de la foto —me comenta Beth.

—Ya te digo. Sería un final de fiesta a lo grande, supongo.

—Pues supones mal —le respondo.

—No puede ser —me dice María.

—No pasó nada de nada. Le dije que ahora, hasta terminar el viaje, estábamos trabajando juntos y no podemos mezclar lo profesional con lo personal.

—Olé tú, pero entonces te irías con otro —suelta Laura.

—No, me fui a dormir sola y temprano.

—Venga, hombre, eso no te lo crees ni tú —continúa Laura.

—Os lo prometo. Terminé un poco agobiada y, aunque Pol crea otra cosa, estuve sola.

Las tres se me quedan mirando. Eso último se me ha escapado, no quería decirlo, pero ahora ya es tarde.

—Explica, que aquí hay tema —me dice Beth.

—Nada, que Pol la semana pasada conoció a una en Madrid. Y este finde se la ha traído aquí y quiere que la conozca, pero a mí no me apetece y llevo todo el fin de semana fuera de mi casa para no coincidir.

—Yo la conozco. Hoy han venido a tomar algo —dice Laura.

—¿Cómo es? —pregunta María.

—Es del montón, una más. No sé qué le ha visto, pero le ha dado fuerte —les digo yo.

Les enseño una de las fotos que me ha mandado Pol, en la que sale peor, y ellas se miran.

—Tiene una retirada a ti —dice María.

—Un poco sí —confirma Beth.

—No digáis tonterías. Ya quisiera ella parecerse a mí.

—Yo, que la he visto, la verdad es que sí. Tiene el pelo más oscuro, pero me ha recordado a ti.

—Lo que me faltaba: que la comparéis conmigo.

—Eso nunca, tú le das mil vueltas, pero nos estamos desviando del tema. ¿Por qué Pol cree que te has liado con Felipe? —insiste Beth.

—Porque le mandé la misma foto que a vosotras con un pie de foto que decía que él sería mi fiesta. Y esta mañana, cuando me he levantado y tenía un mensaje suyo para vernos, cosa que, como os he dicho, no quiero, le he dicho que he pasado toda la noche con él.

—¿Pero por qué? —me pregunta María.

—No lo sé, me ha salido de dentro, pero lo más fuerte es que va él y se enfada. ¿Os lo podéis creer? Todo el fin de semana con la tal Nerea y se enfada porque yo haya pasado toda la noche con alguien. ¿Lo veis normal?

Las tres se quedan mirando y después me miran a mí, y se ríen. No entiendo el porqué, y eso me cabrea un poco.

—¿Qué pasa? ¿Por qué me miráis así?

—No te miramos de ninguna manera —dice Laura.

—No estoy para tonterías. —Empiezo a mosquearme un poco.

—Si me tenéis que decir algo, que sea a la cara —les insisto.

—Nada, pero es que nunca hablabas de Pol, y tampoco habíamos visto cómo te comportabas cuando estás con él hasta la semana pasada... —empieza Beth.

—¿Y? —respondo.

—Cuando estás con un tío bueno que te quieras ligar o

no, eso da igual, sale la Cristina leona que se va a comer el mundo y a la que ningún hombre puede llegar a tener por mucho que se esfuerce —continúa Beth.

—Esa soy yo.

—Con Pol no eres así, eres tú misma. Te diré más: cuando estás con él, eres la mejor versión de ti misma.

—Eso es verdad —me dice Laura.

—Pues claro, si es mi mejor amigo. Lo conozco incluso antes que a vosotras, desde que yo tenía un mes. Entonces nació él, y nuestras madres ya eran amigas. Somos vecinos, no sé, siempre hemos estado juntos. Simplemente es eso.

—Si tú lo dices —suelta María.

—Pues claro. No sé bien qué queréis insinuar.

Sus comentarios están empezando a sentarme mal. No sé por qué, ya que no me están diciendo nada malo, pero el ogro con el que me he levantado vuelve a salir.

—Nada, tranquila, no te enfades.

—Es que estáis pesadas con el tema. Somos amigos y punto.

—Lo que tú digas —sentencia Beth.

—Simplemente que, como su mejor amiga, me importa la persona que escoja para tener a su lado, y esta no me gusta.

—Si no la conoces —intenta conciliar María.

—Y espero que siga siendo así.

Por fin consigo que dejemos de hablar de Pol y hablamos del bebé, que esto siempre funciona. Me quedo hasta ser la última en irme. Son las diez de la noche, así que ya se habrá marchado, espero.

La semana que me espera será importante. He quedado

con Philip y, a partir de allí, empezaré a tomar decisiones del rumbo que quiero que tome mi vida.

Es martes, son las ocho y cuarto, y ni rastro de Pol. Es muy raro, porque no me ha dicho nada de que no viniera hoy. Salgo a la terraza y miro a través de su puerta. Está hablando por teléfono, seguro que habla con ella, así que doy tres golpecitos en el cristal para que se dé cuenta de que estoy allí y paso.

Tapa el auricular.

—¿*Pizza* o hamburguesa, qué pedimos para cenar? —le digo sin bajar la voz. Si me oye, mejor.

—*Pizza*, la de siempre. Dame diez minutos.

Otra se hubiera ido a casa para que terminara su conversación, pero a mí no me ha dado la gana. Es martes y no pienso perder más tiempo por culpa de esa petarda.

Me siento en la silla de su escritorio y empiezo a trastear en sus cosas, hecho que sé que le fastidia sobremanera, y no tardo en escuchar un «hasta luego».

¿Cómo? ¿Se volverán a llamar más tarde? Seguramente será hasta mañana, porque no pueden ser tan pesados y llamarse mil veces al día. Es agotador.

—¿Cenamos aquí hoy? —le pregunto.

—Mejor no. Sé de sobra que sabes que no me gusta que toquen mis cosas; estaba hablando por teléfono, y tú poniéndome nervioso toqueteándolo todo.

—No te pongas así. Estaba ordenando tu escritorio, hacía mucho que no venía.

—Te gusta más tu habitación.

—Sí, porque antes esto era una leonera. Pero veo que ya vas siendo más ordenado.

—Eso se llama madurar.

—¿Me estás intentando decir algo? —le digo, molesta.

—Nada que tú no sepas.

Ya veo que hoy será también un día de esos en el que no nos vamos a entender, pero me da igual. Al menos no perderá el tiempo hablando con ella.

Nos sentamos y ninguno de los dos dice nada. Me fastidia esta situación, ya que siempre lo hablamos todo sin importar de qué se trate, pero noto cómo algo ha cambiado. Y no sé cuándo ni el porqué, pero no podemos seguir así e intento arreglarlo.

—¿Qué tal tu fin de semana? —le pregunto.

—Casi perfecto, solo que mi mejor amiga no ha querido conocer a la chica con la que estoy.

Respira, Cris, que no salga el ogro que tienes dentro.

—Yo avisé que tenía un fin de semana complicado. Estaba trabajando.

—Sí, claro, desde el viernes por la tarde hasta el domingo por la noche.

—Viernes, preparando los últimos detalles de la reunión; sábado, reunión y fiesta posterior; y domingo de resaca.

—¿Y por la tarde?

—Había quedado con mis amigas, ya que teníamos cosas importantes de las que hablar. Por cierto, recuerdos de los chicos.

—¿Estaban todos?

Ya veo que le hubiera gustado estar ahí, pero es el precio que ha tenido que pagar por estar con ella.

—Sí, la verdad es que te invitaron, pero les dije que estabas ocupado haciendo de guía a una amiga.

—Es algo más que una amiga.

Me lo quedo mirando sin querer entender.

—Te ha dado fuerte con esta.

—Esta tiene un nombre y es Nerea.

—Usted perdone.

—Es que no le has dado ni una oportunidad. Dices que eres peor que mi madre y lo has clavado, pues ella ya la conoce y está encantada.

—¿Le has presentado a tus padres?

—Sí, y a mi abuela.

—¿Y doña Pilar también está encantada? Porque lo dudo mucho; ella siempre querrá lo mejor para ti.

—Nerea lo es.

—Venga, hombre, no puedes decir eso de verdad. Hace poco más de una semana que la conoces y estás completamente absorbido. Incluso hoy, si no llego a venir a tu casa, no sé a la hora que hubieras venido.

—Pues ve acostumbrándote, ya que los martes ella libra y es el día que podemos hablar. O sea, que algún martes no nos veremos.

—No lo estás diciendo en serio.

—Muy en serio.

—Cuando estuviste viviendo en Londres, yo iba a visitarte cada quince días. Y ahora, porque te has encaprichado de una niñata, vamos a dejar de vernos. ¿Cómo me lo tengo que tomar?

—Como lo que es. Nerea ahora forma parte de mi vida, y en breve vendrá a vivir aquí.

—¿Cómo? ¿Vivir dónde?

—Casualidades de la vida, su padre estaba destinado a Madrid por tres años y ahora vuelven a casa. Viven en Vilafranca.

Mi mundo, el pequeño universo que he creado en mi vida, se está derrumbando por momentos. Mis padres, mis amigas son un pilar importante, pero Pol también lo es y no creo que pueda vivir sin su amistad. No quiero.

Me estoy dando cuenta de que tengo que cambiar mi estrategia para no perderlo. Tendré que tragarme mi orgullo y aparentar que me interesa su vida con ella, aunque no sé cuánto tiempo podré fingir.

Me recompongo de la noticia de que estará merodeando por aquí y finjo estar interesada, aunque inconscientemente cruzo los dedos, porque preferiría que no pasase.

—Que venga a vivir cerca es estupendo para ti, me alegro, y así la conoceré —le digo, fingiendo la mejor de mis sonrisas—. ¿Este finde viene, o vas a Madrid?

—Este no nos veremos. Trabaja en otra feria y están empezando a empaquetar cosas para la mudanza.

—Oh, qué pena, el siguiente será. Creo que los chicos querían volver a quedar este sábado para salir en bici; ¿les digo que te digan algo?

Es mentira. Que yo sepa no han quedado, pero eso ya lo soluciono yo mañana. Ahora estoy aquí con él.

—No tengo planes. Si salen, que me llamen.

—Vale, hecho, y ya sabes que luego siempre se lían con alguna barbacoa o vete tú a saber.

—Si me invitan, pues claro que sí.

—Te digo algo cuando me digan la hora.

Llegan las *pizzas* y nos las comemos más o menos en silencio. Cuando terminamos de cenar, se va porque tiene que llamarla. Y eso a mí, sin saber por qué, me resquebraja el corazón.

Capítulo 9

Hoy es un día importante. Tengo la reunión con el señor Ponte y, para la ocasión, me he decidido por un traje chaqueta con falda estilo Lady Di en color azul celeste.

Estoy entrando en el restaurante de uno de sus hoteles en Barcelona y me doy cuenta de que voy con veinte minutos de adelanto, así que decido aceptar la copa de cava rosado que dan como bienvenida al restaurante y así poder templar mis nervios.

Mientras repaso mentalmente mis preguntas, los veo entrar. Dejo la copa en la mesa y me levanto para recibirlos con un buen apretón de manos.

—Por fin nos conocemos, Cristina —me saluda él.

—Encantada de estar aquí, señor Ponte.

—Llámame Roy, por favor.

Con Philip hay confianza y me da dos besos en vez del apretón de manos.

—Me han hablado muy bien de ti, y creo que entre los dos podemos hacer grandes cosas. ¿No te parece?

—Estoy segura de que sí.

Una vez hechas las presentaciones formales, entramos rápidamente en materia; él quiere una agencia que venda sus hoteles en exclusiva. La verdad es que la red de hoteles que abarca el grupo Ponte tiene destinos prácticamente en cualquier lugar del mundo, pero él quiere promocionar casi en exclusiva sus hoteles cinco estrellas para clientes muy exclusivos.

Yo estoy de acuerdo con él, pero también le vendo lo que tengo en mente: el poder hacer *packs* de viajes, ya sea para empresas o grupos de amigos, con guías privados en sus hoteles más exclusivos, pero también en toda la totalidad de sus hoteles para abarcar así todas las posibilidades.

La idea, que se la piensa durante unos instantes, le gusta.

—De esta manera, abarcaremos a los clientes más exclusivos para sus vacaciones o viajes de trabajo, pero también las necesidades de esos mismos clientes para dar un valor añadido a sus empresas.

—No se me había pasado esto por la cabeza y me gusta la idea. De esta manera, todos los hoteles del grupo estarán dentro de tu catálogo.

—Sí, pero diferenciaremos en un catálogo exclusivo los más top que convenga promocionar.

—Sigue contando, que tus ideas me gustan. Tenías razón, Philip, es muy buena en su trabajo.

—¿Cuándo te he engañado yo? —le responde.

—El tema del local, aún tengo que encontrar una buena ubicación, aunque sabemos que hoy en día muchas de las transacciones se hacen telefónica y digitalmente. Pero una sede física es necesaria, así que lo iremos buscando según nuestras necesidades...

—Eso ya lo había pensado yo. Tengo dos locales reservados en mi hotel de Barcelona y en el de Madrid, ahora te enseño el de aquí a ver qué te parece, y son locales independientes al hotel. La entrada es exclusiva por la calle, pero creo que así sería más fácil derivar a nuestros clientes, desde recepción, cuando quieran conocer más destinos.

—Eso no se me había ocurrido. Lo valoraré. —Pero desde el principio veo que es una buena opción.

—Tendrás que formar a un equipo, porque ya te digo, desde ahora, que vas a tener faena desde el momento uno en que empieces a trabajar.

—Eso seguro, espero, pero al principio prefiero atender personalmente a los clientes. Y sé que eso me llevará a estar fuera de la oficina, pero el portátil y el teléfono siempre irán conmigo.

—Es hora de que te enseñe el local. A ver qué te parece.

Cuando veo el espacio que ha pensado para la oficina, quedo encantada. Es más grande de lo que me esperaba y la luz natural que entra por sus grandes ventanales es de diez. Está totalmente impecable; solo faltaría comprar los muebles y decorarlo para que parezca una oficina, o una pequeña muestra de lo que se encontrarán cuando se hospeden en los hoteles de la cadena.

—¿Qué te parece, Cristina? —me pregunta Philip.

—Me parece ideal. Mi cabeza está ya pensando cómo colocar los muebles y… Una pregunta, Roy: ¿la decoración de sus hoteles es siempre la misma, o bien cada uno tiene un decorador diferente?

—Cada hotel tiene su decoración personal. Las cadenas en las que cuando entras no sabes en qué ciudad estás, porque todos son lo mismo, no me gustan. No tienen personalidad. Yo prefiero que cada hotel sea único y exclusivo, y por eso quiero promocionarlo. Eso tiene un precio, lo sé, pero nuestros clientes pueden pagarlo.

—De acuerdo. Ya me inventaré un rincón que pueda ir cambiando según el destino que queramos promocionar.

—¿En qué estás pensando? —me pregunta Roy.

—Como el local lo permite, poner un pequeño espacio que imite la habitación de uno de los hoteles, o de una de las hamacas de la piscina, o un rincón característico...

—Creo que veo por dónde vas. Eso tiene fácil solución, ya que tenemos mobiliario sobrante de cada hotel por si hay un accidente, así que podríamos traer lo que necesites.

—Eso sería genial. —Me emociono como una niña pequeña.

—¿Cuándo empiezas? ¿Mañana puede ser?

—Ojalá pudiera ser, pero tengo mi agenda comprometida hasta finales de abril, por lo que no podré empezar hasta mayo al cien por cien. Sé que es demasiado tarde, pero no puedo dejar colgado lo que tengo empezado. No es mi forma de trabajar.

—Aunque preferiría que empezaras mañana, lo entiendo. Este es un proyecto que tenía en mente y quería empezar para el año que viene. Por lo tanto, mayo me parece perfecto, pero me gustaría que conocieras nuestros hoteles más exclusivos. Podrías organizarte para visitar algunos.

Me quedo pensando por un segundo y se me ilumina la cara cuando una idea asoma por mi cabeza.

—Podría organizarme para que los fines de semana pueda conocer sus hoteles, pero ¿sería posible poder ir acompañada? Tengo amigos empresarios a los que me gustaría llevar para poder trabajar con ellos los puntos fuertes de cada hotel, y así poder venderlo mejor.

—Eso está hecho. Solo tienes que hablar con mi secretaria personal y ella reservará lo que le pidas.

Me da su tarjeta personal y quedamos en hablar la

semana que viene para conocer a Claudia, su secretaria, y entregarme las llaves del local de Barcelona para que vaya tomando medidas para llenar la oficina con mis ilusiones y las ideas que van revoloteando por mi cabeza.

Necesitaré el *software* que me prometió Pol, que tenía preparado para mi agencia, así que decido llamarlo.

Dos, tres, cuatro tonos y no me lo coge.

Vuelvo a intentarlo y tampoco nada. Últimamente no está nunca cuando lo necesito.

Las chicas están trabajando y tampoco me cogerán el teléfono, así que me decido a llamar a Catalina. Seguro que ella, mejor que nadie, sabrá cómo plasmar mis ideas en el local.

Llevo toda la semana intranquila. Suerte que por fin es sábado y podré gestionar mejor el torbellino de emociones que recorre todo mi cuerpo y mi cabeza. No estoy acostumbrada a esto; hasta hace pocos días era todo vivir el presente y me iba bastante bien. Esto de plantear cambios en mi vida, aunque de momento todo pinta bien y positivo, me está comenzando a quitar el sueño. Por las noches duermo fatal, y esto me está empezando a pasar factura y mi cutis lo nota. Hace más de un mes que no paso por mi esteticista y estoy perdiendo brillo, así que tengo que agendar una visita para la semana que viene con urgencia.

Llamo a la puerta de Beth.

—¡Hola! Adelante, como si estuvieras en tu casa.

—Últimamente paso muchos ratos aquí.

—Los que quieras, eso ya lo sabes. ¿Estás bien? Pareces cansada.

—Duermo fatal. Al final tendré que pedirte que me vendas algún mejunje de esos para dormir.

—Es normal. Se avecinan cambios en tu vida y es normal que estés intranquila, pero, si de verdad lo necesitas, tengo lo que te iría bien.

—Si veo que no remonto, te lo pido. ¿Aún no han llegado los chicos?

—Me ha llamado Dan, que han parado a desayunar en no sé qué pueblo que les ha dicho Pol, en un bareto que se ve que se come bien y barato. Están encantados con él.

—Pues, mira, para mí es al revés. Ahora que lo necesito a mi lado, no lo tengo. Lo llamé el otro día por un tema de *software*, y aún estoy esperando que me devuelva la llamada.

—Andará liado —me responde.

—Lo que anda es atontado perdido. Desde que está en su vida esa Nerea, no lo reconozco.

—Casi diría que pareces celosa.

—Yo, ¿celosa? Ni hablar. Lo que pasa es que por estar con alguien no tienes que cambiar tu vida, y eso está haciendo él. Cuando lo llama, pierde literalmente el culo por ella.

—En eso no puedo excusarlo, porque a mí me pasa lo mismo —me dice Beth.

—Sí, pero dime una sola vez que yo te haya llamado estando con Dan y que no me hayas devuelto la llamada. No al momento, todos tenemos faena, pero cuando hayas podido.

Se queda pensando por un momento, y respondo por ella:

—Cero. O sea, ninguna vez.

Llaman al timbre y es María, que me saluda desde la puerta.

—Desde que estás con los preparativos de la boda, eres cara de ver —la saludo.

—Ni me lo digas. Te juro que estoy deseando que llegue el día para que pase todo esto, porque estoy de los nervios. No me pensaba yo que una boda necesitara tantas cosas. Que si los menús, las flores, los cubiertos, la decoración de las sillas... Te juro que al final me da igual de qué color sean las cosas y si van conjuntadas o no; simplemente que la gente pueda sentarse, comer con cubiertos y que se lo pasen bien.

Las dos la miramos con cara de pena. Está desquiciada la pobre.

—¿Y Martín? ¿No te ayuda? —le pregunto.

—Al principio íbamos a todos los sitios juntos, pero al final empezábamos a discutir por la forma de los cubiertos. Así que decidí unilateralmente que, lo que pudiera escoger yo sola, lo haría para evitar enfados y que al final no haya boda.

—Anda, no seas exagerada —le dice Beth.

—Os lo juro que es una locura. Cuando os caséis, os recomiendo que contratéis una *wedding planner*. Es lo ideal, y será el dinero mejor invertido en la boda.

—Anotado —contesta Beth.

—¡Es que os metéis en unos berenjenales que pa qué! Con lo bien que se está soltera.

—Ahora mismo me arrepiento un poco de haber dicho que sí —dice María.

—Anda, no le hagas caso. Verás como todo sale perfecto y, si alguien intenta fastidiar algo, ya están tus hermanos para ponerle remedio.

Mientras nos estamos tomando una copa en el jardín, hace un día estupendo, llegan los chicos; muy animados, hablando y riendo. Me los miro a los cuatro. Parece que se conozcan de toda la vida, y con Pol apenas han salido un par de veces, pero ya lo tratan como uno más. No sé por qué, pero me gusta esta sensación, aunque sea algo que dentro de poco no volverá a suceder. Porque una cosa tengo clara: a Nerea no la quiero en mi grupo de amigos ni en mi vida.

Cuando se acercan, todos besan a sus respectivos amores; Óscar está llamando a Laura y Pol me saluda con un leve movimiento de cabeza. Hasta aquí hemos llegado, a saludarnos como si fuéramos prácticamente unos desconocidos. Ese es el nivel y me mata por dentro, porque nunca nos había pasado esto antes y no lo soporto.

Me lo quedo mirando directamente a los ojos, y lo ataco:

—¿Se puede saber por qué no me has devuelto la llamada?

—Se me olvidó —me contesta el muy burro.

—Pues era importante.

—No creo que fuera de vida o muerte, o habrías insistido.

—¡Serás idiota! Es importante para mí, y con eso tendrías que tener bastante.

—No eres el centro de mi mundo, Cris.

—Ni pretendo serlo, pero sí soy tu amiga y yo te considero mi mejor amigo. Y, ahora que te necesito, no estás.

144

—Estoy aquí —me dice él.

—De cuerpo presente y mente ausente.

Tengo que salir de aquí. No aguanto estar así con él.

—Voy a llenarme la copa. ¿Quieres algo? —le pregunto.

—Nos duchamos y vamos un rato a la piscina antes de empezar a hacer la barbacoa.

—Entendido.

Y me voy. Salgo de este ambiente asfixiante que se ha creado entre los dos.

Laura acaba de llegar y Óscar está pendiente de ella como si de una reina se tratara. Beth y María están con sus respectivos delante del fuego, haciéndose carantoñas; y esto, por lo que antes ni me inmutaba, hoy me molesta sobremanera.

Salgo de aquí y voy al jardín trasero a ver cómo están los árboles frutales que tienen plantados. En esta época del año alguno empieza a florecer, y el único que tiene frutos es el limonero, que este no defrauda y todo el año tiene limones. Alargo la mano para coger uno y oler su aroma, que me encanta, cuando noto una presencia detrás de mí.

Me giro y es Pol; viene con una servilleta de papel blanco en la mano y la mueve como si fuera una bandera en señal de paz. Es que tiene unas cosas que solo él podría hacerlas.

—Hola —me dice tímido.

—Hola —le respondo seca para que sepa que no se me ha pasado el enfado.

—Vengo en son de paz.

—Lo veo, pero no creas que con esa servilleta blanca se me va a pasar lo enfadada que estoy contigo.

—Lo siento. ¿Por qué me llamaste el otro día? ¿Qué es eso tan importante que tienes que decirme?

—¿Ahora te interesa? Pues no sé si quiero contártelo.

—Sabes que eres mi mejor amiga, aunque ahora nos estemos distanciando, y que puedes contarme todo lo que quieras.

—¿Por qué nos está pasando esto, Pol?

—No lo sé, supongo que es la vida. Ya no somos unos críos y cada uno va forjándose un camino en la vida.

—Pues no me gusta —lloriqueo como una niña.

—Lo sé, pero no podemos detener el paso del tiempo.

—Preferiría que nos hubiéramos quedado... No sé, en los veinticinco, cuando teníamos nuestro primer sueldo y salíamos de fiesta para contarnos nuestros ligues y aventuras y llegábamos justos a final de mes. Bueno, tú no, porque siempre has ganado mucho dinero con lo de los ordenadores.

—Y también he sabido controlar mis gastos, que tú no paras de gastar.

—¡Vale, para! Tengo mis ahorros, aunque ahora en breve los voy a necesitar. Lo que quería contarte cuando te llamé era que había tenido la reunión con el señor Ponte y que había ido todo genial.

La cara de mal amigo que le ha quedado es de libro, pero no pienso ni quiero restregárselo más. Ahora que hemos vuelto a reconectar, no quiero estropearlo.

—Esa es una muy buena noticia. Eso quiere decir que necesitarás mi programa informático para tu agencia, entiendo.

—Sí, aunque me lo tendrás que fiar. Y, cuando empiece a tener beneficios, te lo pago, que ahora solo me llega para los muebles.

—Ni hablar. El *software* lo he diseñado para ti, porque sabía que al final lo necesitarías, y con él me hiciste ganar el primer premio en el concurso de innovación al que me obligaste a presentarme. ¿No te acuerdas? Con el dinero de ese premio, pude empezar mi empresa y aquí estoy.

—Sí, vale, pero ese programa lo vendiste por mucho dinero después. No puedes regalármelo así por las buenas.

—No te lo regalo. Simplemente está diseñado para ti, y solo tú puedes usarlo.

Lo abrazo, lo abrazo como hacía tiempo que no lo hacía. Es un abrazo entre amigos que dura un poco más de lo que establecen las reglas de la amistad, pero no me importa. En sus brazos me siento arropada, en casa y querida a partes iguales. Y ahora mismo, en este momento de cambios en mi vida, lo necesito a mi lado. Sea de la manera que sea.

Cuando nos separamos, una sensación incómoda y rara recorre mi cuerpo. Nos miramos a los ojos por unos segundos, hasta que él aparta la vista y se fija en un limón del árbol. Él también está incómodo, lo sé porque lo conozco, y no quiero que se sienta así.

—Gracias, por todo: por el programa y por ser mi amigo.

—No se merecen.

Suena su teléfono y veo el nombre de Nerea en la pantalla, así que decido ser una buena amiga y apartarme para que puedan hablar con intimidad. Camino hacia donde están todos y Pol se une a mi caminar.

—¿No era Nerea?

—Sí, pero ahora mismo no puedo atenderla. Estoy con mi amiga.

Lo agarro por el brazo y nos unimos a la conversación que tienen todos.

Capítulo 10

Mi semana está siendo de locos. Ya conozco a Claudia, la secretaria del señor Ponte, y es una chica supercompetente. Nos hemos entendido a la primera y ya estamos empezando a organizar mi agenda para que visite los hoteles de la cadena. Primero los más cercanos, y luego ya visitaremos los de fuera. A partir de ahora, tendré los fines de semana muy ocupados conociendo los hoteles más exclusivos del país.

También me han dado copia de las llaves de mi futura agencia para que pueda tomar medidas e irla acondicionando para que luzca bonita. Otro punto tachado de mi lista.

Ahora me toca uno no muy agradable y que no tengo muchas ganas de hacer: hablar con mi jefe. Sé que hasta finales de abril no lo dejaré colgado, pero no puedo retrasarlo más, porque es un hecho que tengo que irme para seguir creciendo.

Llego a la agencia y espero a que llegue Nico. Estoy de los nervios, pues hace muchos años que nos conocemos y él fue quien me dio la oportunidad al terminar la carrera, y siempre hemos trabajado juntos.

Entra por la puerta, saluda y se encierra en su despacho. Ahora o nunca. Me dirijo hacia allí, doy dos toques en la puerta, me hace la señal para que entre y le digo…

—Tenemos que hablar.

Aunque sé que no es fácil buscar a personal competente, estoy segura de que encontrará a alguien que pueda ocupar mi puesto. Se lo ha tomado mejor de lo que pensaba. Me ha dicho que la hija de unos amigos vendrá un día a hacer la entrevista y que cogerá a alguien de prácticas para el verano; que se apañará y que me agradece que le haya avisado con tiempo para organizarse. Realmente te das cuenta de que nadie es imprescindible.

Me ha preguntado, pero no le he dicho exactamente dónde trabajaré y qué sector abarcaré. Porque, hasta que no empiece con todo al cien por cien, no sé cómo lo gestionaré. Por tanto, tampoco puedo darle muchos detalles. Por supuesto que le he dicho que seré mi propia jefa y seguiré en el mundo de los viajes, pero ya está.

Otra cosa tachada de mi lista de tareas pendientes.

Laboralmente, ya voy encaminando mi vida, pero en lo que respecta a lo personal estoy pasando un bache y de los gordos. Hace dos semanas que no salgo de fiesta ni le doy una alegría a mi cuerpo serrano, y esto me está afectando. Necesito salsa en mi vida; si no, no podré resistir tanta madurez de golpe. El sábado es mi cumpleaños y voy a organizar una fiesta a lo grande, pero con tanto lío voy con retraso, y los treinta y dos no se celebran cada día. Al mediodía pienso a ver cómo lo puedo celebrar, y ahora me voy a poner a trabajar antes de que el jefe me eche antes de tiempo.

Estoy dándole vueltas a la oliva de mi ensalada y no se me

ocurre qué hacer el sábado. No lo entiendo. Normalmente, en Navidades ya tengo pensada mi fiesta, pero este año estoy ofuscada y no se me ocurre nada de nada. Si la organizo en Barcelona, no sé si Laura podrá venir. Sé que hará el esfuerzo, pero se irá temprano. Y quiero tener a mis amigas cerca; las necesito. Si lo organizó aquí... ¿Dónde? En el pueblo hay pocos locales donde puedas alquilar el espacio y sea bonito y preparado para una fiesta y... Se me está ocurriendo una idea. Sería genial, pero antes tengo que hablar con Laura.

Un tono, dos...

—*Hola, Cris, estaba pensando precisamente en ti ahora mismo. ¿Cómo ha ido la charla con tu jefe?*

—Mejor de lo que esperaba, se lo ha tomado bien.

—*Pues mejor; una cosa menos de que preocuparse. ¿Ahora qué toca?*

—Mi cumpleaños.

—*Sí, es el sábado y aún no nos has dicho dónde lo celebras.*

—Es que aún no lo sé.

—*Muy raro eso en ti.*

—Lo sé. Esto de hacerse mayor es una mierda. El evento más importante del año y aún no sé lo que haré.

—*Tranquila, que se te ocurrirá algo. El día lo tenemos guardado.*

—De hecho, había pensado en tu bodega, en la terraza.

—*¿Este año no quieres ir a Barcelona? ¿Te quedas aquí? ¡Sería genial!*

—He pensado que sería original. Tú tienes esas estufas por si hace mucho frío, y te prometo que limitaré el número de invitados a cincuenta.

—*Sabes que cabe más gente, los que quieras.*

—Creo que más o menos será así. Este año, con lo liada que voy, tampoco me da tiempo de más y no sé cómo lo organizaré.

—*En eso te ayudo. Ahora es temporada baja en la cava y me puedo encargar de cosas. Tú solo dime lo que quieres y yo te ayudo.*

—¿Estás segura? Mira que con tus náuseas matutinas y tus pies hinchados…

—*Las náuseas ya van mejor. De hecho, ahora que lo dices, esta mañana no he devuelto, así que ya estoy en otra fase para poder disfrutar más de este embarazo.*

—Qué bien, me alegro.

»He pensado que, como estamos a febrero y no ha nevado, la decoración podrían ser copos de nieve grandes y brillantes a modo de guirnalda. Y la mantelería en gris plata y los cubiertos y vasos en azul.

—*Lo visualizo. Quedará genial, pero el material aquí no lo encontraré, creo.*

—No te preocupes. Hay una tienda en Barcelona que tiene lo que necesitamos. Mañana tengo una reunión con un cliente allí y ya lo compraré.

—*¿Qué te parece si mañana al mediodía comemos juntas en Barcelona y luego vamos a comprar las dos?*

—Si quieres, te paso a buscar antes de la reunión. Es en el centro. Tú te vas de compras mientras yo hablo con el cliente, y luego comemos.

—*Me parece perfecto. Así buscaré cositas para el bebé.*

—Genial. Te paso a buscar sobre las diez, que primero tengo que pasar por la agencia y así me invento algo para alargar la reunión de mañana.

Poco a poco, todo va encajando como si mi vida fuera un

puzle a medio resolver con muchas piezas, y cada día que pasa voy añadiendo una más.

Es martes, son las ocho y ya oigo cómo se acercan sus pasos por la terraza. Da sus tres golpes en la puerta, pero antes de terminar ya lo tengo dentro conmigo, y trae un paquete con él.

—¿Qué tal tu semana? —me pregunta.

—De locos.

—No será para tanto.

—Que sí, te lo juro. Ya tengo las llaves de mi local, tengo mi agenda cargada de visitas a hoteles de superlujo y ya tengo medio organizado mi cumpleaños.

—De eso quería hablarte.

—¿De mi cumpleaños?

—Sí.

—Sé que es el sábado y, siempre que los cumples, los celebramos el martes siguiente del día que sea, pero es que este año no estaré.

—¿Cómo? No puede ser, me estás tomando el pelo. ¿Por qué?

—Ya te dije que el martes era el día que libraba Nerea y, como este fin de semana no podemos vernos tampoco por la mudanza, me ha dicho que vendrá el martes y pasaremos el día en Barcelona para aprovechar todo el rato que podamos estar juntos.

Me acaba de regalar una de las peores noticias que me podía dar. No celebraremos mi cumpleaños juntos, y nada más y nada menos que los treinta y dos. La primera parte de la carta que escribimos ese día cuando solo éramos unos niños empieza ahora, pero ya veo que él no se acuerda. Y yo no tendría por qué recordarla, ya que tampoco quiero cumplirla... ¿Verdad?

«Cris, por favor, céntrate, que tu vida ya es lo suficientemente complicada para que a ti te entren este tipo de dudas. Tú no quieres cambiar tu forma de ser, porque nos encanta y somos felices con ella. Lo que acaba de pasar por nuestra cabeza ha sido el simple resultado del estrés y la falta de sexo, que en breve lo solucionaremos...

»Piensa algo rápido para este bucle. No queremos perder a Pol de nuestras vidas, así que definitivamente cambia de táctica y empieza a aceptar a esa maldita Nerea. Perdón, Nerea a secas».

—Tranquilo, no pasa nada. He pensado en celebrar mi fiesta aquí, en la terraza de Laura, así que si quieres puedes venir el sábado.

—Ahí estaré, pero te he traído tu regalo hoy.

—Trae mala suerte celebrarlo o abrir los regalos antes. Prefiero que el sábado me lo des.

—Estás cambiada. Has madurado, pues pensaba que me echarías la bronca por no poder estar contigo el martes.

—Ya es casualidad que justamente libre el martes, pero cuando venga a vivir aquí será diferente, ya que trabajará en otro sitio.

—Sí, supongo. Pero, cuando esté aquí, tampoco sé si podremos seguir viéndonos los martes.

—¿Y eso por qué?

—Sabe que eres mi amiga y que nos lo contamos todo;

que cada martes nos vemos. Y ahora no pasa nada, porque no está aquí, pero cuando venga...

—¿Qué pasará cuando venga?

—No podremos vernos todos los martes. Creo que sería incómodo para ella que siguiéramos viéndonos tanto.

—Ella sabe que nos vemos los martes. ¿Ella libraba antes los martes?

—Justamente se lo cambiaron la semana después de conocernos.

—Qué casualidad...

—El primer martes después de conocerla, cuando vine, me dejé el móvil en mi habitación. Y, cuando llegué, tenía mensajes y llamadas perdidas. Cuando la llamé, le expliqué nuestra historia.

—¿Toda?

—Que eres mi mejor amiga.

—Entiendo, y es ella la que te ha pedido que no nos viéramos.

—No, claro que no, pero le pasa como a ti. Siempre que sale tu nombre, acabamos discutiendo por tonterías, y ya sabes que a mí no me gusta discutir.

Esa arpía, porque no tiene otro nombre, me va pareciendo cada vez más manipuladora y me va cayendo peor cada vez que sé más cosas de ella. Creo que se hace la mosquita muerta y en realidad es una víbora, y he conocido a varias de estas en mi vida y sé cómo lidiar con ellas. Y sé cómo es Pol y no le conviene, pero es su elección y no puedo hacer nada. Simplemente espero que se dé cuenta de cómo es antes de que sea demasiado tarde.

—Tranquilo, que por mi parte no tendrás problemas. Si los martes ya no podemos vernos, pues no pasa nada. Te libero de la obligación de quedar conmigo, ya está. ¿Ves qué fácil?

—Pero no te he dicho eso. Algún martes sí que podremos vernos.

—Ya, pero yo no puedo estar pendiente de las migajas que me dejes. Ya sabes que a mí tampoco me gusta discutir contigo, y creo que esto será lo mejor.

—No quiero perderte.

—No me perderás. Estaré aquí siempre que me necesites, pero ahora mi vida va a cambiar y tendré que replantearme mis prioridades.

—¿Qué quieres decir? ¿Que ya no seremos amigos?

—Te repito que me tendrás para cuando me necesites. Pero, al igual que tú has dejado claro cuál es tu prioridad, yo elijo la mía, y en este caso soy yo.

Pol no dice nada. Creo que no se esperaba que le dijera esto, pero es necesario que marque distancias igual que él lo ha hecho conmigo.

A partir de ahora tendré los martes liberados, ya podré hacer lo que me apetezca, y los voy a dedicar a preparar mi agencia.

Hoy es mi cumpleaños y lo tengo todo preparado gracias a Laura.

Primero he decidido hacer una merienda cena con la familia y amigos más íntimos. Entre ellos está Nico, mi jefe, pues no quiero que nuestra relación termine porque ya no vayamos a trabajar juntos. Doña Pilar, que aún está en casa de Pol, se apuntó la primera cuando fui a invitarlos a su casa el jueves por la tarde. Paula y Catalina, que casualmente están esta semana por aquí y han podido venir con Carlos y Luca. Y las que no podían faltar: mis tres amigas con sus respectivos amores.

Me he dado cuenta de que estas personas son importantes en mi vida y las tengo que mimar. Después, más tarde, ya vendrán mis amigos los fiesteros para terminar la noche por todo lo alto.

Me apetece empezar con un brindis, así que ahí voy.

Me levanto de la silla, dos golpecitos en la copa con el tenedor, y empiezo mi discurso:

—Primero, deciros que los que estáis aquí formáis parte de mi vida y sois las personas que más me importáis. Gracias por estar hoy a mi lado.

Un «¡oh!» general llena la terraza, repleta de la gente que quiero.

—Podríais pensar que el treinta y dos es un número cualquiera. No es de los importantes, pero me he dado cuenta de que para mí lo es y mucho. Me he dado cuenta tarde, pero más vale tarde que nunca.

Nadie entiende nada, pero yo sé por qué lo digo. Cruzo la mirada con Pol, que en estos momentos me está mirando tan intensamente como yo lo hago. No puedo apartar mis ojos de los suyos y creo que, por el carraspeo de mis amigas, el momento se ha alargado en el tiempo más de lo que debería.

—Me cuesta deciros esto..., pero he madurado.

Alguien dice...

—Ya era hora.

Unas risas inundan el espacio y yo me río con ellos.

—Creo que es un buen momento para dar las gracias. Gracias a mis padres por haber estado en todo momento a mi lado y aguantarme desde el mismo momento en el que nací. Gracias a Nico por darme la oportunidad de aprender todo lo que sé del mundo de los viajes. Gracias a mis vecinos por ser mi segunda familia, creo que he pasado las mismas horas en vuestra casa que en la mía, sobre todo de pequeña, y así poder tener a mi mejor amigo siempre cerca. Y por último, pero no menos importante, gracias a mis amigas del alma por estar siempre, siempre, siempre a mi lado a las duras y a las maduras. Sin vosotras creo que hoy no hubiera llegado donde estoy.

Tengo a casi todo el personal emocionado. Mis tres amigas se levantan y nos fundimos en un abrazo cuádruple lleno de sentimientos.

Cuando nos separamos, Pol levanta la copa en mi dirección, y por fin podemos finalizar el brindis, que me ha salido del fondo de mi corazón.

Tengo la sensación de que hoy será el principio de mi nueva vida. No sé si todos los que están aquí seguirán en mi vida, pero ahora mismo son los que quiero en ella.

Llega el momento de soplar las velas y, aunque ver un tres y un dos encima del pastel me hubiera puesto de mal humor en otros años, este es especial y lo voy a disfrutar hasta el último día.

Ahora llega mi momento favorito: los regalos. Todos me conocen y han acertado con ellos.

Mis padres son los primeros en acercarse a mí. Me entregan un sobre en el que sé que dentro habrá dinero, y además un paquete grande y rectangular que pesa un poco... Qué será.

—¡Qué nervios! —digo.

—De siempre este ha sido tu momento preferido del cumpleaños: los regalos —comenta mi madre.

Desenvuelvo el paquete con cuidado y veo ante mí una caja blanca con un ordenador en la parte superior que pone MacBook. Pataleo como una niña pequeña de la emoción y abrazo a mis padres.

—Será tu oficina portátil ahora que tendrás que estar conectada en todo momento.

—Muchas gracias, me encanta. Mañana en casa, tranquilamente, me pondré a mirar cómo funciona.

Entonces salta Pol y me dice:

—Ya vendré yo y te ayudo, que, si no, no le sacarás todo el partido a este ordenador.

—Hecho, te tomo la palabra.

Ahora les toca el turno a los padres de Pol, con doña Pilar al frente. Ella me entrega un sobre también. Lo abro y es una tarjeta regalo de mi tienda de ropa favorita.

—Me va perfecto para renovar mi armario. Ahora que seré mi jefa, necesitaré más trajes chaqueta de esos que tanto me gustan, y algún conjunto de ropa interior de ejecutiva sexi también.

Todos se ríen.

—Eso es, Cristina, tú ponte bien guapa para que se vea lo buen partido y guapa que eres —me dice la yaya.

—Ay, gracias, Pilar. Siempre tan encantadora conmigo.

—No pierdas la esperanza, que eso es lo último que podemos perder en la vida —me dice en voz bajita.

Ese comentario no sé por qué ha venido, pero instintivamente las dos miramos a Pol, que en este momento está colgado al teléfono hablando con alguien. Y las dos sabemos con quién.

—Los jóvenes, a veces, parece que tengáis una venda en los ojos y no veis lo que tenéis delante.

—A veces, doña Pilar, cuando nos damos cuenta es demasiado tarde.

—No digas eso. Nunca es demasiado tarde.

Se me acerca y me da dos besos para volver a sentarse en su sitio.

Ahora es el turno de Nico. Él viene con las manos vacías, pero su regalo tiene mucho valor para mí.

—Mi regalo no es material, Cris. Sabes que, aunque te echaremos de menos en la agencia, me alegro de que hayas tomado esta decisión. Seguro que te irá bien, porque eres buena haciendo tu trabajo, y por eso te regalo tiempo. No dudo de que seguirás al cien por cien en mi agencia, pero supongo que también necesitarás horas para empezar en la tuya. Así que si necesitas días libres, tardes o lo que sea que me pidas... lo tienes. Los comienzos no son fáciles y te ayudaré en todo lo que necesites.

—Muchas gracias, jefe. Tú siempre serás mi jefe, aunque ahora me vaya.

Me abrazo a él, ya que lo que me está regalando no se puede pagar con dinero.

Paula y Catalina, junto con Luca y Carlos, se acercan con un sobre de gran tamaño. Lo abro y veo la foto de una lámpara preciosa negra, combinada con cristales que cuelgan del mismo color.

—Es perfecta para la entrada de la agencia.

—He pensado que combinaría con los muebles que estamos mirando —dice Catalina.

—¿Te la puedo copiar y poner la misma en la sala de catas de la bodega? Me encanta también —me dice Paula.

—Por supuesto. A ver si comprando dos nos hacen precio, porque no veas cómo está todo de caro —me quejo yo.

—Ahora sabrás lo que es ser empresaria. No todo es cobrar; los gastos se multiplican cuando los tienes que pagar tú —me dice Luca.

—Me estoy empezando a dar cuenta, y solo acabo de empezar.

Ya tengo a mis amigas aquí conmigo. Los chicos se han quedado sentados, porque dicen que, si no, les quitan el protagonismo a sus mujeres.

Por la bolsa que me entregan, ya sé de dónde es. Lo abro y es el último tratamiento reafirmante de cara y cuerpo que hay en el mercado.

—Me encanta. Desde que se lo hace María para la boda, quiero hacérmelo. A ver si encuentro un hueco para pedir hora, que mi cuerpo lo necesita, porque tanto trabajar no es bueno.

Por fin Pol se ha separado de su teléfono y lo tengo delante, con el mismo paquete del otro día. Lo abro con sumo cuidado, Pol siempre acierta con sus regalos, y hay dos cosas.

—¿Un *pendrive* de madera? ¿Qué hay dentro? ¿Fotos tuyas?

—Ya te gustaría a ti, mona. Es el software para tu nueva agencia, última versión mejorada, que llevo dos semanas trabajando solo para ti.

En ese momento vuelve a sonar su teléfono y, cómo no, Nerea es el nombre que aparece en la pantalla. Le cuelga, pero ella vuelve a insistir.

—¿Sabía que estarías en mi fiesta de cumpleaños?

—Claro que sí. ¿Por qué no tendría que saberlo?

—Mucha casualidad que cuando sabe que estamos juntos no para de molestar.

—¡Epa! Para, que a mí no me molesta.

—Ya ha conseguido los martes. ¿Ahora qué más quiere? Estoy segura de que si le hubieras dicho que te quedabas en casa, no estaría tan pesada.

El teléfono va sonando, y él al final opta por dejarlo sonar.

—No empecemos, que es tu día y no quiero enfadarme.

Yo tampoco quiero que discutamos, así que decido bajar mi hacha de guerra, de momento.

—Perdona, ella es tu novia y puede llamarte cuando quiera, y es casualidad que llame ahora. Es el estrés que llevo, que no me hace ver las cosas con normalidad. Lo siento.

Abro la cajita que estaba al lado del *pen* y es una pulsera de oro blanco con una esfera de cristal con la bola del mundo en una de las argollas y un avión en otra.

—Es preciosa.

—Espero que cuando la lleves puesta te acuerdes de mí.

—No hace falta una pulsera para que cada día me acuerde de ti.

La saca de la cajita y me la coloca en la muñeca, momento en el que nuestras manos están rozándose, y un escalofrío recorre mi cuerpo. Nos miramos durante un segundo eterno, pero el sonido de su teléfono rompe la conexión que habíamos creado sin querer.

—Contesta, o se pensará que te he secuestrado.

Me mira con cara de pocos amigos, pero es la manera rápida que he encontrado para deshacer la cascada de sentimientos que me han inundado y no quiero analizar.

Se va de allí para que no pueda oírlo, y mis amigas vienen a ver la pulsera más de cerca.

—¡Qué bonita es! —dice María.

—Pol siempre acierta con sus regalos.

—No sabíamos hasta qué punto era tu relación con Pol. Siempre hemos sabido que era tu mejor amigo, pero nunca os habíamos visto interactuar juntos —dice Beth.

—Supongo que, al ser vecinos y tener tan buena relación nuestros padres, la cosa ha surgido sin más. Para nosotros es natural ser amigos.

—Lo dices con un tono triste, si cuando estáis juntos los dos estáis superconectados —se alegra Laura.

—Estábamos.

—¿Qué quieres decir? —pregunta Beth.

—Lo que pasa siempre: conoces a otra persona y entonces te olvidas de tu amiga de toda la vida.

—Eso no va a pasar. Os veis muy unidos —afirma Laura.

—Ya está pasando, pero hoy es mi día, y como decís vosotras, no quiero ponerme triste. Un día de estos, os cuento, pero ahora a divertirnos.

Después de los regalos, los invitados que no se quedan a la fiesta postcena empiezan a irse. Los primeros en marcharse son los padres de Pol junto con doña Pilar. Me despido de ellos con cariño, y oigo cómo la abuela le dice a Pol:

—¿Quieres que me lleve tu móvil? No debe tener batería con tanto rato colgado hablando por él.

¡Toma ya! Otra que piensa como yo. O sea, que no le cae tan bien a todo el mundo, como él me va pregonando.

—No hace falta, abuela, todavía me queda.

Me despido de ella con dos sonoros besos, y me dice al oído:

—Cristina, hoy cumples treinta y dos años. Estás en la flor de la vida y puedes conseguir lo que quieras. Nunca es demasiado tarde.

Supongo que se refiere al brindis que he hecho al empezar la celebración y, aunque es imposible que sepa nada, parece lo contrario.

Se marcha Nico, y al poco mis padres. De una manera casi natural, como en el cuento de la Cenicienta, alrededor de las doce se va cambiando el decorado de la cena familiar a la fiesta con mis colegas de batallas de los fines de semana.

Capítulo 11

Laura me acompaña a su despacho para cambiarme de ropa. Ahora es el momento de bailar, y el vestido negro calado con lentejuelas y flecos es un capricho que me compré el otro día cuando estaba comprando por Barcelona con ella.

—Ojalá pudiera ponerme este vestido, pero ahora ya es imposible —me dice Laura.

—No te preocupes, que cuando haya nacido el bebé te lo dejo para que puedas irte de fiesta con Óscar.

—Cris, no sé cuándo volverá a pasar eso. Cuando nazca, mi vida cambiará por completo. Se acabó esto de ir a fiestas, salir todos los fines de semana, tener intimidad con Óscar...

—Uy, uy, uy... Que me parece que las hormonas están actuando. Habrá cambios en tu vida, es normal, pero nosotras adaptaremos nuestras fiestas al horario infantil. Por eso no te preocupes.

—¿Me lo prometes?

—Pues claro. Ahora soy una mujer madura y empresaria que ve las cosas de otra manera —le digo.

—¡Ja! Eso no te lo crees ni tú —me dice riendo.

—La verdad es que yo tampoco, pero tiene que ser así y va a ser así. Además, la tita Cris va a malcriar a tu bebé y te dará tiempo para que puedas estar con Óscar.

Laura se acerca a mí y me abraza mientras se le escapa alguna lágrima. Las dos estamos muy sensibles; ella por el

165

embarazo, y yo porque es mi cumpleaños. Y, aunque está saliendo todo bien, no es lo que tenía pensado desde niña.

La fiesta está siendo un éxito. El DJ que me ha regalado Philip por mi cumpleaños lo está petando. Todo el mundo se lo está pasando bien, y yo la primera.

Mi cuerpo pide baile y música. Aquí en la terraza no molestamos a nadie, y no quiero que se acabe este día porque mañana empieza mi realidad. Pero ya pensaré en eso dentro de unas horas, porque hoy es hoy.

Hace rato que veo que Pol no está con el teléfono, está con los chicos. Hoy le he presentado a Luca y Carlos y, como no podía ser de otra manera, están los seis con una copa en la mano y hablando de sus cosas. Las chicas bailan en un rincón cerca de las mesas, ya que Laura se va sentando cuando está cansada. Y yo voy intercambiando mi cuerpo de un grupo a otro para poder estar con todo el mundo. Aunque es un cumpleaños menos movidito de lo que me habría gustado, lo estoy disfrutando.

Son más de las tres de la mañana. Aunque mis colegas han insistido para que termine la fiesta en otro local, me quedo aquí, ayudando a recoger, y mis amigas se quedan todas.

El chico de la música ya ha guardado todo su material. María y Martín han hablado con él y será el DJ de la boda, ya que les ha gustado mucho su estilo. Nos lo hemos pasado genial con sus mezclas. Cuando viene a despedirse, me entrega un *pen* con toda la música que ha grabado de la fiesta. Un bonito detalle, y Laura no duda en ponerlo en sus altavoces para que estemos animados mientras recogemos.

Vuelve a sonar la canción de Morat *Cuando nadie ve*. La hemos escuchado mil veces por la radio porque está número uno y no para de sonar, pero hasta este momento no me he fijado en la letra. Y parece que en este momento va un poco dirigida a mí.

...te miro, me miras
y el mundo no gira.
Todo parece mentira.
Tú sigues, yo sigo.
Es nuestro castigo
fingir que somos amigos...

Una sensación extraña me sube desde el pecho hasta mi cara, donde finalmente se escapa una lágrima mejilla abajo. Traicionera, porque no me la esperaba, pero que lleva concentrados muchos sentimientos.

No me he dado cuenta, pero Pol está a mi lado y me limpia la gota traidora, que a mi parecer delata más de lo que quiero admitir.

—¿Estás bien?

—Claro.

—¿Y esa lágrima?

—De felicidad por estar rodeada de la gente que más quiero —miento.

—¿No te has marchado con tus colegas a terminar la fiesta en otro sitio?

—Esto se llama hacerse mayor. Las cosas cambian.

—No hace mucho me aseguraste que tú no cambiarías, que siempre serías como eras.

—¿Qué quieres que te diga? Me equivoqué, no sabía lo que me venía encima.

—¿Qué te ha pasado para que quieras cambiar, para que tu prioridad no sea irte de fiesta y explorar el mundo con una pareja diferente cada fin de semana?

—No sé, explícamelo tú. También salías de fiesta todos los fines de semana con una diferente, y mírate ahora: en exclusiva con una que encima te está alejando de mí.

—Eso no es cierto.

—Sí que lo es. Tú no lo ves, pero dentro de poco te darás cuenta de que lo que te digo es cierto. Pero no pasa nada, supongo que así es la vida.

—No quiero perderte como amiga.

—No me perderás, pero la cosa ha cambiado. Tú has cambiado y yo he cambiado. No es culpa de nadie, simplemente ha pasado.

—Baila conmigo.

La canción que suena no es que sea una lenta, pero nos da igual. Nos abrazamos y bailamos al ritmo de *Promises* de Calvin Harris y Sam Smith, y también parece que la letra nos esté hablando a los dos. Pero me dejo envolver por sus brazos y no pensar, simplemente bailar con mi mejor amigo.

Después de esa canción, le sigue otra, pero de golpe noto cómo se separa de mí. Y se despide, un poco más brusco y seco de lo que habría esperado después del momento que hemos compartido.

Se va y me deja allí, sola como en pocos momentos me he sentido en mi vida.

—¿Se ha ido Pol? No se ha despedido —me pregunta Beth.

—No sé. De repente le ha entrado prisa por irse.

—¿Ha pasado algo? —me pregunta.

—No, solo estábamos bailando y se ha ido.

—¿Estás bien?

—Claro.

—¿Claro? —me insiste Beth.

Pero ya no puedo más y estallo. Por una vez dejo que mi caos me explote en la cara.

—Claro que no. No estoy bien.

Entonces esa lágrima que había asomado hace un rato se convierte en dos cascadas que no paran de brotar de mis ojos.

No sé cómo ha pasado, porque no me he dado cuenta. De repente, todo el mundo se ha ido y solo quedamos María, Beth, Laura y yo.

Me dejan que llore, sin agobiarme, y yo lloro y lloro hasta que por fin mis ojos se secan. Por el momento.

—Qué final de fiesta más horroroso —les digo, por fin, a las chicas.

—Es tu fiesta. Cada una la termina como quiere —dice Laura.

Las demás se ríen.

—Cuando puedas, ¿nos explicarás qué te pasa? —pregunta María.

—Sinceramente, no sé qué me pasa. Son muchas pequeñas cosas que se me han juntado a la vez, supongo.

—Pero tú eres de las cuatro la que mejor gestiona sus sentimientos. Verte así para nosotras no es lo normal —me dice Beth.

—Pues mira lo bien que los gestiono, que ya me he cansado y no puedo más.

—Estamos aquí contigo. Somos nosotras; desembucha —me presiona Laura.

—Es que no tengo claro lo que me pasa.

—Nosotras sí —dice Beth.

—¿Cómo? —les digo, extrañada.

Todas se miran y afirman con la cabeza.

—Pol —dice Beth.

Yo me quedo callada por unos instantes. Yo, Cristina, la que siempre tiene algo que decir y nunca se queda con la palabra en la boca. La que opina de todo el mundo, menos de ella misma, y a la que parece que no le afecta nada porque está por encima de todo… Al final, la realidad me ha pegado fuerte en los morros.

—No —afirmo yo.

—Claro que sí —afirma Laura.

—Pol es mi amigo, sí. Y me cuesta ver cómo pierdo su amistad por culpa de otra mujer, pero nada más.

—Quítate la venda de los ojos, Cris, estás enamorada de Pol —me dice Beth en tono bajo.

—¡No! —grito.

Nadie dice nada, nadie me insiste, pero ¿cómo puede ser tan evidente a los ojos de mis amigas y que yo no me haya dado cuenta hasta… ahora?

Me tapo la cara con las manos y niego con la cabeza. Niego y niego, porque esto no puede ser verdad.

—No me está pasando a mí, no quiero que me pase. Si ya lo decía yo, que Cupido estaba cerca y que fallaría alguna de sus flechas y me tocaría de lleno. Pues bingo: ha dado en el blanco. Pero yo pensaba que era bidireccional, que cuando te pasaba, le pasaba también a la otra parte. A vosotras os ha pasado, pero en mi caso no ha sido así. A mí me ha atravesado el corazón, y a Pol lo ha tocado con otra flecha. Esto es el karma, seguro, por todo el sexo sin amor que he tenido en mi vida.

Todas se ríen.

—No os riais, que a mí no me hace ni pizca de gracia.

—Ya te avisé que algún día te llegaría y que entonces nos reiríamos todas —dice María.

—Yo también te lo dije —se añade Beth.

—¿Queréis dejar de regocijaros de mi desgracia?

—No es ninguna desgracia, Cris, es el amor —dice Laura, tocándose la barriga.

—Qué amor ni qué leches. Esto es una mierda.

Todas vuelven a reírse, y yo me ofusco más en mi desespero.

—Se puede saber cómo sabéis lo de Pol si ni yo misma me he dado cuenta hasta hace un rato.

—Es evidente, Cris. Tú no te das cuenta, pero cuando estás con Pol brillas —me confiesa Beth.

—¿Cómo? ¿Pero qué estás diciendo?

—El primer día que vino con nosotras, ese viernes a tomar algo, nos quedamos todas de piedra por vuestra relación. Claro que sabíamos que era tu mejor amigo, claro que lo conocíamos, pero nunca lo habías mezclado con nosotras —me confiesa Beth.

—No lo he hecho conscientemente. Vosotras sois mis

amigas y hasta hace poco éramos solo chicas, pero no entiendo esto que me decís de que brillo.

—A ver si sé explicártelo con palabras —empieza Beth.

—Cuando hay un hombre cerca, tu personalidad cambia al modo «loba». Te lo digo con todo el cariño del mundo —se excusa Beth.

—¿Cuál es ese modo? —pregunto.

—Cuando la Cris loba aparece, tu mirada cambia. Subes la barbilla, y parece que miras con esos ojos tuyos a la persona y quieras comértela entera. Estás guapísima con ella. Tu lenguaje corporal también se modifica hasta el punto en que pareces más alta, y cualquier hombre que esté a menos de cinco metros de ti queda hipnotizado por tu magnetismo.

—¡Alá! Qué exagerada eres.

—Es así y lo sabes —añade Laura.

—Puede que tengáis razón, pero me sale de dentro. Es innato.

—Lo sabemos, y por eso el día que te vimos con Pol nos quedamos todas de piedra. Con él no eres una loba, con él no finges ser la mujer perfecta todo el rato. Con él eres la mejor versión de ti misma, y te juro que tu mirada brilla con luz propia. ¿Verdad, chicas, que vosotras también lo visteis?

—Totalmente; es tal cual como lo dices —confirma María.

—A lo mejor tendría que haber sacado mi versión «loba» también con Pol para haberlo atrapado entre mis garras.

—¡No! Sois perfectos el uno con el otro cuando estáis juntos —insiste María.

—Tan perfectos que él está con Nerea.

—Yo lo vi ese domingo justo en esta terraza con ella, y te digo que no es lo mismo.

—Faltaría más que fuera lo mismo. Yo lo conozco desde que nació, el mes que viene es su cumpleaños, y…

—¿Y…? —preguntan todas.

—Es complicado.

—Tenemos toda la noche.

—Un momento, que voy a buscar una cosa en mi bolso. Las dejo a todas con la intriga…

La primera parte de la carta que firmamos Pol y yo empieza hoy y, por algún motivo, la he sacado de mi escondite y por primera vez se la voy a enseñar a mis amigas.

Van a flipar en colores, corrijo: van a ver el arco iris multiplicado por diez.

Sant Sadurní d'Anoia, 7 de marzo de 1998

Pacto entre Pol B. N. y Cris C. L.

Después de ver la película La boda de mi mejor amigo, aquí los presentes acordamos que si a la edad de 32 años ninguno de los dos está casado o prometido, iniciaremos nuestro plan de vida con los siguientes puntos:

- El día del cumpleaños de Cris, en su fiesta de cumpleaños bailaremos juntos para que la gente empiece a vernos juntos.
- Después de la tercera canción, hablaremos

173

de este pacto y de cómo se lo decimos a las familias.

- El día del cumpleaños de Pol, confirmaremos que lo firmado en este pacto se llevará a cabo. Y este mismo día, 7 de marzo, pero en 2019, quedaremos en la plaza de las Bodegas a las ocho de la tarde para acordar nuestra fecha de boda y nos casaremos. Mejor estar con tu mejor amigo/a que solos en la vida.

Con nuestra firma damos fe de que los que están hoy aquí reunidos cumplirán su parte del pacto.

Pol B. N.   Cris C. L.

Las tres se leen la carta varias veces. Se la van pasando de una mano a otra para confirmar que lo que están leyendo sea lo que realmente pone en esas cuatro líneas.

—Esto es muy fuerte —flipa María.

—¿Cómo puede ser que no nos hubieras dicho nada de esta carta antes? —dice Beth.

—Luego yo soy la que esconde sus sentimientos —se queja Laura.

—Sinceramente, no por nada. Era mi carta y la de Pol, y nadie tenía que saber nada porque era nuestro plan B por si las cosas no nos funcionaban en el amor. Y la guardé en mi caja de los tesoros y allí estaba guardada, hasta que hace unos días me acordé de que la tenía, y hoy la he rescatado.

—No me acuerdo bien de la película, pero, que yo sepa, ni estáis casados ni prometidos —enuncia Beth, tan práctica como siempre.

—Pero tiene novia.

—No está prometido ni casado... Y, ahora que pienso, hoy habéis bailado. ¿Qué ha pasado en la tercera canción? —pregunta María.

—Lo habéis visto. Se ha ido casi corriendo y sin despedirse.

—Aquí hay tema —asegura Laura.

—No hay nada. El segundo punto, que era hablar del tema, ya no lo hemos cumplido, así que el pacto ya no es válido.

—A ver, no nos vamos a poner tiquismiquis. Ha habido baile y habéis hablado, por lo que técnicamente el pacto no está roto —sugiere María, ella siempre tan positiva.

—Dejadlo, chicas, no solo es eso. Lo de los martes se ha terminado, así que ahora ya podemos quedar siempre que queráis.

Aquí sí que las tres me miran como si me hubiera salido una tercera cabeza.

—Explícate —me dicen las tres a la vez.

—Todos los martes de mi vida, desde que tengo uso de razón, los hemos pasado juntos. No podía quedar con vosotras porque estaba con él.

—¿En serio? ¿Este era tu secreto? —exclama Beth.

—¡Menos mal! —se añade Laura.

—¿Qué os pensabais?

—Piensa que por nuestra cabeza ha pasado de todo. Son muchos años, y ya sabes que somos muy dramáticas. —Me mira Laura.

—¿Pero qué?

—Primero que si un novio, pero era imposible con tus ligues de fin de semana. Que si una secta... —va enumerando Laura.

—¡Ala!

—Al final, ya pensábamos que era un tratamiento de belleza que solo podías hacer los martes y por eso estás tan estupenda —se ríe María.

—A ver, no te lo saltabas para nada; los martes son sagrados —se queja Beth.

—Eran.

—¿Por qué ahora ya no? —me pregunta Beth.

—Nerea libra los martes y ya se encarga ella de robármelo. Los últimos martes han sido un desastre; o discutimos por culpa de ella, o está llamándolo cada cinco minutos. Y lo último ya es que, como este fin de semana no ha podido venir porque está de traslado, viene en AVE justamente ese día para estar con él. Lo que os digo: es una manipuladora que lo quiere para ella sola. Así que ya le he dicho que tranquilo, que no quedaremos los martes.

—Será casualidad —comenta María, que siempre piensa que toda la gente es buena.

—Ojalá me equivoque, pero no la conozco todavía y ya la odio.

—Normal que la odies, si está con Pol —dice Laura.

—Yo creo que Pol también está enamorado de ti. No lo conozco tanto como para asegurarlo, pero cuando estáis juntos lo que se ve es mutuo —comenta María.

—Pero está con ella —lloriqueo yo.

—A ver, no me acuerdo bien de cómo acaba la película. Pero los amigos terminan casándose, ¿no? —sonríe Laura.

Vuelvo a ponerme las manos en la cara.

—Pues no. La novia es tan perfecta que al final Julia Roberts se rinde ante su amor y asiste a la boda de su mejor amigo con la otra.

—No puede ser. Qué tipo de comedia romántica termina así —se queja Laura.

—Tendríamos que haber ido a ver *Pretty Woman* ese día. Creo que se hubiera acercado más a mi realidad en estos momentos.

—Pero en esa no hay ningún pacto. Esa la conozco porque la he visto mil veces —dice Beth.

—Da igual, está todo perdido.

—No digas eso, Cris —se me queja María.

—¿No irás el día siete de marzo al punto de reunión? —me pregunta Beth.

—¿Para hacer el ridículo? No, gracias.

—Yo creo que no pierdes nada. Si te presentas y no está, no lo sabrá nadie. Y si está, pues felices para siempre.

—Seguro que no irá.

—No lo sabes, pero una cosa buena queda de esto. A partir de ahora, podemos quedar los martes. —María y su positivismo.

—Pues en eso tienes razón; siempre hay un lado positivo de las cosas.

Por un momento, nos quedamos todas calladas.

—Gracias, chicas, no sé cómo sobreviviría a este momento sin vosotras.

—Claro que saldrías de esta. Eso no lo dudes ni un momento —me dice Beth.

Se levantan las tres y me abrazan. Lo necesito, necesito la fuerza que me están regalando en este preciso momento.

Hoy estoy aquí. Mañana, ya se verá.

Capítulo 12

Es martes. He intentado mantenerme lo más ocupada posible, pero en algún momento tenía que ir a casa, pues para seguir el día a día tengo que dormir.

Creo que hoy no voy a cenar. Si me salto este trámite, será menos traumático para mí.

Suena mi móvil, y espero que no sea una foto de Pol con Nerea. Estoy a punto de no mirarlo, pero es superior a mí, y termino desbloqueándolo y viendo que es un mensaje de mis amigas.

Beth:
Estamos abajo esperándote.

Laura:
Cena de chicas. ¿Te apuntas?

María:
No hace falta que te arregles, que, si no, no cenamos. 😂

¡Voy volando! 👋

Me han salvado la noche.

Estamos cenando y el tema tabú no ha salido ni una vez. Se lo agradezco, pero no hace falta que lo evitemos. Soy de la opinión de que, cuanto más se hable de un tema, antes se soluciona. En esto soy muy práctica.

—Chicas, podemos hablar de Pol. No pasa nada; él sigue siendo mi amigo, y no lo voy a eliminar de mi vida por no hablar de él.

—Lo sabemos, pero no queremos que te pongas triste —comenta María.

—Cuanto antes pase las fases del desamor, antes volveré a ser yo misma.

—No hables de desamor, si aún no sabemos realmente lo que siente él por ti —me anima Beth.

—Chicas, seamos realistas. Ya sabéis que a mí esto del juego del amor me viene grande.

—Tengo una teoría —salta Laura.

—Una teoría sobre qué.

—Sobre por qué has sido siempre tan esquiva con eso del amor —dice Laura.

—A ver, sorpréndeme.

—Cuenta, a ver qué se te ha ocurrido —la animan Beth y María.

—Creo que, al firmar ese pacto, a tu subconsciente infantil se le quedó grabado que el tema del amor ya lo tenías solucionado. O sea, que te dedicaste a vivir la vida loca porque tenías un colchón de seguridad que no te dejaría sola. A los treinta y dos empezarías tu vida en pareja, así que, hasta entonces, tenías que aprovechar cada momento.

—Buena teoría, me gusta —dice Beth.

—De verdad, chicas, no me he empezado a acordar de este pacto hasta hace unos días. No es eso.

—Qué casualidad que justamente unos días antes se te haya desbloqueado tu subconsciente y te hayas acordado de la carta... Seguro que, si hablo con Ágata, confirma mi teoría —asegura Laura.

—Puestos a hablar del tema, el domingo vi la película —empieza María.

—Yo también —dicen Beth y Laura a la vez.

—Veo que no perdéis el tiempo. Yo quería hacerlo, pero no he sido capaz.

—Hay dos cosas que no me cuadran, y la primera es la fecha. En la peli quedaron a los veintiocho; y vosotros, a los treinta y dos. ¿Por qué?

Me río.

—Cuando íbamos a redactar el dichoso papel, a los dos nos pareció muy jóvenes casarnos con menos de treinta años. Cuando eres niño, la barrera de los treinta es como pasar de joven a adulto. Simplemente por eso.

—Vale, entendido. Lo segundo: el pacto no estaba redactado en un papel, era un pacto de sangre. El chico se hizo un corte para sellar el pacto, y no vi marca de sangre en el papel.

Sonrío.

—Imposible; Pol es muy aprensivo a la sangre. Si llegamos a hacernos el corte, no hay pacto porque cae desmayado en el suelo.

Todas nos reímos y Beth continúa con el tema.

—¿No te da miedo que lo que sientas lo tengas idealizado? O sea, en la película ellos dos habían sido novios al principio y se conocen en todos los sentidos, pero tú y Pol nunca habéis salido juntos.

Creo que ahora me toca destapar otra parte de mi vida que ellas no conocen.

—No hemos salido juntos nunca, eso es verdad, pero sí que nos conocemos en todos los sentidos. Como dices tú.

—Quieres decir que tú y él habéis... —dice tímidamente María.

—Hemos tenido relaciones, sí, una vez.

Las caras de mis tres amigas son un poema. Esta no se la esperaban; la verdad es que desde hace tres días no paro de sorprenderlas.

—Ahora haremos un poco de ti: desembucha y no te saltes ningún detalle —me exige Beth.

—Empiezo por los catorce...

—¡Los catorce! —se asombra María.

—Espera, no te escandalices. De niña no era una «loba», como me llamáis ahora. Era más bien tímida y recatada, y creo que hasta un punto demasiado. Tenía catorce y todavía no me habían besado. Había salido alguna tarde con algún chico, pero me aterrorizaba el momento beso, porque casi todo el mundo ya se había besado y a mí me daba miedo hacerlo mal. Así que un día, hablando con Pol del tema, decidimos que los dos nos daríamos nuestro primer beso, y así nos sacaríamos las tensiones y miedos de encima.

—No me lo puedo creer. Siempre había pensado que tu primer beso te lo dio Luis en segundo —dice Beth, mirándome.

—Él fue con el primero que salí. Ya me rondaba desde hacía unos días y era el ligón de tercero. Sabía que había estado con otras, así que me preparé para no hacer el ridículo.

—Me dejas de piedra —me dice Laura.

—¿Y la primera vez? —se atreve a preguntar María.

—Pues, si os digo la verdad, fue un poco parecido a lo del primer beso. Una tarde de verano, nuestros padres se habían ido juntos al cine, creo, y viene Pol a mi habitación con la cara colorada como un tomate y con una caja en la mano. Era una caja de preservativos.

182

—Qué directo, ¿no? ¿Dónde está el romanticismo? —salta Laura.

—Un momento, ansiosas. Habían mantenido la típica charla madre e hijo sobre las relaciones sexuales, y le había dado esa caja. Yo ya había tenido la conversación, pero a mí no me habían comprado preservativos. Bueno, resumiendo, que me voy del tema.

—De resumen, nada. Queremos todos los detalles —me increpa Beth.

—Sois vosotras, que me cortáis a cada rato.

—Vale, te dejamos.

—Primero nos reímos un montón. Empezamos a hablar del tema, y no sé si os acordáis, pero Pol era un bicho raro en el colegio. Era el típico friki de los ordenadores, que encima llevaba aparatos y gafas, y no era muy popular entre las chicas.

—¡Ay! Es verdad. No me acordaba; como ahora está cañón —dice Laura.

—¡Laura! Controla esas hormonas.

—Lo siento.

Nos reímos todas.

—Era un friki y era mi amigo. Las risas al final derivaron en un poco de frustración. Me acuerdo de que dijo algo así como que le caducarían o que se le estropearían de tenerlos guardados en un cajón, que nadie querría acostarse con un bicho raro con aparatos y gafas...

—Te lloró un poco para darte pena, vamos —me dice Laura.

—Laura, no la cortes más, que no termina y está interesante —Se queja María.

—Nos acordamos del primer beso, y también salió a la luz el pacto que habíamos firmado unos años antes. Y al

183

final decidimos que, como terminaríamos por casarnos a los treinta y dos, sería un trámite más que podríamos tachar de la lista.

Ahora ninguna dice nada, y mi cabeza vuelve a ese momento que tuvimos los dos hace tantos años.

—Fue bonito; él se esmeró mucho en no hacerme daño y en que estuviera cómoda. Los dos estábamos muy nerviosos. Recuerdo que al principio no encontraba el agujero por donde meterla, y yo fui una patosa a la hora de colocarle el preservativo: no bajaba, me costó un montón desenrollar esa goma alrededor de su miembro. Pero entre risas y besos la experiencia resultó ser placentera, uno de los mejores polvos de mi vida. No por la excitación, pero sí por el momento tan íntimo que compartimos. Ya te digo yo que, si lo cogiera en estos momentos, otro gallo cantaría. Le daría tal revolcón que se le quitaría la niñata esa de la cabeza.

Todas se ríen.

—¿Ves? Esto confirma lo de mi teoría. Estabas aprovechando tus años de soltera para cuando llegara este momento; para coger experiencia y practicarla con él.

—Pero, en los planes, los dos estábamos solteros.

—Ya arreglaremos esto de alguna manera, pero un pacto es un pacto —sentencia Beth.

Las chicas me dejan en la puerta de mi casa. Rebusco las llaves en mi bolso cuando noto que la puerta del garaje de Pol se abre. Sé que es él, que va a entrar con su coche, y yo sigo sin encontrar las llaves.

Me saluda con la cabeza y entra el coche, cerrando la puerta tras él.

Es martes. Creo que me merezco algo más que un saludo con la cabeza, pero ya veo que esta será su actitud desde ahora.

Estoy cabreada. Saludo a mis padres, que están medio dormidos en el sofá, y me voy a mi cuarto. Cuando enciendo la luz, me doy un susto de muerte al verlo sentado en mi cama. Tengo que empezar a cerrar la puerta de la terraza.

—Hola —me dice simplemente.

—Hola —le respondo igual que él.

—¿Has salido?

—¿Esperabas que me quedara en casa recogiendo las migajas que me dejes?

—No, por supuesto que no.

—Es tarde y tengo sueño.

—Pensaba que podríamos hablar —me dice.

—¿Sobre qué? ¿De lo bien que te lo has pasado con Nerea? No, gracias.

—Ha sido tu cumpleaños y tenemos una conversación pendiente...

—Que ya te encargaste tú el sábado de dejar claro lo que pensabas al irte, y lo has confirmado hoy mismo. No tenemos nada de qué hablar.

—¿Seguro?

—Tan seguro como que me llamo Cristina.

Sé que he sido dura, me he pasado, pero él se va. Simplemente me vuelve a abandonar y dejar sola como el otro día, sin luchar ni un poquito por lo que podría haber entre nosotros.

Está claro que, si había una pizca de esperanza de que algo pudiera haber entre nosotros, se acaba de esfumar. Seguro que lo que me quería decir era que el pacto no se puede cumplir, porque ahora él está con alguien, pero ya no puedo perder más tiempo esperando que se cumplan promesas de cuando éramos unos críos. La vida sigue y ahora somos adultos.

Tengo que pensar en mí misma, en todo lo que me viene ahora.

Busco en mi bolsa la agenda que siempre llevo encima. En las últimas páginas, las de las notas, hago una lista con letras mayúsculas de mis tareas pendientes antes de la apertura de mi agencia y otras que me quedan para después. Hay fechas importantes entre mis notas: el siete de marzo (cumpleaños de Pol), del catorce al diecisiete de abril (guía en el viaje a Baleares) y la boda de María. Hasta aquí lo tengo todo más o menos controlado. Después, ya escribiré otra lista e iré viendo por dónde irá mi vida.

Van pasando los días, y mi agencia va cogiendo forma. Están empezando a llegar los primeros muebles y ya he conocido dos hoteles de la cadena. Evidentemente que son hoteles de lujo en los que a todo el mundo le gustaría pasar unas vacaciones en ellos, pero es que cuidan todos y cada uno de los detalles de tu estancia. Lo que me recuerda que he quedado con las chicas para hablar de la despedida de María y tengo que coger el catálogo del hotel que tienen en la Costa Brava. Con este acertamos seguro, porque con Laura embarazada mejor no cogemos el avión.

Otra cosa que tengo que hacer hoy sin falta es comprar el regalo de cumpleaños de Pol, y no tengo ni idea de lo que quiero regalarle. Llevo días pensándolo y nada; este año mi mente se ha quedado en blanco. Se acerca el jueves día siete y, por el momento, le voy a regalar aire. Espero que se me ocurra algo, aunque de momento voy paseando por Barcelona mirando escaparates. Veo muchas cosas, pero nada que me llame la atención o que sea digno para un regalo memorable. Si fuera una chica, iría a una joyería y encontraría algo seguro, pero es Pol. De todas formas, paso por delante de algunas y miro por si encuentro algo para regalármelo a mí misma.

Veo unas figuras de cristal con unos dibujos dentro: un caballo, una foto de una pareja… Por un momento se me pasa por la cabeza regalarle una figura con nuestra foto, pero enseguida me lo saco de la cabeza. Si la ve Nerea, seguro que accidentalmente se le cae y la rompe, pero la idea me ha quedado rondando.

Sigo buscando, y en otra joyería veo un bloque cuadrado en color ámbar con un insecto. Y, no sé por qué, entro a preguntar. Se me acaba de ocurrir algo y, si es posible, ya tengo mi regalo.

Estamos en la bodega de Paula, hablando de la despedida, y es martes. Desde que no quedo con Pol, intento llenar ese día con reuniones o cualquier excusa para no estar en casa.

La idea del fin de semana en un hotel de lujo les ha encantado a todas y, aunque se nos va a salir un poco del presupuesto, valdrá la pena.

—Sabemos que María no quiere un boy, qué fastidio, pero algo picante le tenemos que hacer. Se casa y tendrá que tener su última juerga —me quejo yo.

—Creo que lo más picante tendrá que ser el picardías que le regalaremos para su noche de bodas —dice Beth.

—Bueno, siempre y cuando vaya acompañado de un vibrador —les digo.

—Creo que ahora ya no le hará falta —dice Paula.

—A ver, siempre se pueden usar en pareja. Eso se lo compro como que me llamo Cris.

—¿Algo más, aparte de estas dos cosas? —pregunta Laura.

—Un masaje relajante en el *spa* del hotel seguro que también le gusta —les digo.

—Yo también quiero uno. Podríamos coger un *pack* de cinco masajes; yo, el de embarazada.

—Hecho. Mañana mismo lo reservo todo a través de Claudia, a ver si puedo rascar un buen precio.

—Ahora tenemos que pensar en el regalo, que aún no tenemos nada. Cris, ¿qué te parece la luna de miel? —me pregunta Paula.

—Ya lo tengo reservado. Martín me llamó y lo tenemos casi todo organizado, así que tendrá que ser otra cosa.

—A mí me gustaría algo que, cuando lo vieran, recordaran que se lo hemos regalado nosotras —comenta Laura.

—Sería mejor preguntar para no meter la pata. Mañana hablo con María —resuelve Beth.

La reunión ha sido productiva, lo tenemos casi todo encarrilado. Son las doce de la noche; buena hora para llegar a casa y meterme directamente en la cama, y así no pensar que ha pasado otro martes sin estar con él.

Me hago la dura, a la que no le importa que se haya dado cuenta de que tenía al amor de su vida enfrente y no lo veía. Sé que con el tiempo se me pasará, pero esto no implica que no me duela, y más de lo que me esperaba. El estar tan ocupada hace que no tenga tiempo durante el día para pensar, pero por la noche es otra cosa. En la soledad de mi cuarto, me derrumbo como nunca antes había pensado que me podría pasar a mí.

Cuando enciendo la luz de mi habitación, me vuelvo a dar un susto de esos que te para el corazón: Pol, sentado en el borde de mi cama a oscuras con una de mis muñecas en la mano.

—¡Jesús! Para de darme estos sustos.

—Hola.

—¿Qué estás haciendo aquí? ¿Ya te ha soltado tu novia?

—Vengo en son de paz. Echo de menos a mi amiga.

Con solo esas palabras, ya me ha tumbado el pequeño muro de papel que había intentado crear para cuando hablara con él. Es que me estoy ablandando de una manera que no me reconozco.

—¿Qué te pasa? ¿Todo bien?

—Sí, todo está bien. Nerea ya se ha trasladado a vivir aquí, todo fenomenal, pero eso no quita que eche de menos nuestros martes. Donde hablábamos de todo y yo te pedía consejo o te ayudaba con el ordenador o...

—A ver, para. Si no nos vemos es porque me pediste que dejáramos de vernos, porque Nerea quería los martes para ella, pero sabes que me tienes cuando quieras.

Eso ha sonado un poco mal, porque dentro de mi cabeza me ha venido la imagen de tenerme literalmente tumbada bajo su cuerpo. Espero que él no se haya dado cuenta de mi apuro, pero levanto la vista y su mirada intensa me acaba de activar la parte más loba dentro de mí. Noto un peso en la parte baja de mi abdomen, que provoca una humedad dentro de mí instantánea. Mi ropa interior está mojada de una manera...

Suerte que sus palabras me hacen bajar a la dura realidad, e intento levantar ese muro ahora con algo más firme que el papel.

—Siéntate aquí, a mi lado.

Da una palmada en mi colchón para que me siente a su lado.

Dudo durante un instante, pero recapacito. Si lo tengo cerca, no me podré controlar.

—Mejor me siento en la silla.

—¿Tienes miedo de mí?

Tendrá morro; encima me está provocando. Siempre lo hace, pero es que ahora ya no me es indiferente.

—Yo no soy la que tendría que tener miedo. Yo estoy soltera y sin compromiso.

Un silencio denso se coloca entre nosotros. Me siento en la silla, a una distancia prudencial de él, y hago como si nada. La indiferencia es la mejor arma para estos casos: si le sigo el juego, me quemaré; y, si me rechaza, estaré herida de muerte. Y ahora no me lo puedo permitir.

—Vienes de preparar la despedida de María, ¿verdad? Me lo ha dicho tu madre antes.

Menos mal, un tema de conversación neutro. Esto nos irá bien.

—Sí, ya la tenemos casi toda encarrilada. Nos iremos a un hotel de los que llevaré yo en mi agencia a pasar el fin de semana.

—Suena bien esto de tu agencia.

—No me acabo de acostumbrar y se me hace raro decirlo.

—Cuando te lleguen los ordenadores, me avisas para instalarte todo el sistema.

—Supongo que la semana que viene, máximo la otra. No veas lo caro que es ese modelo que me has hecho comprar.

—Pues te los he sacado con mi descuento; si no, valen casi el doble.

—Qué me dices. No sé si necesito tanto.

—Necesitas algo que no te falle cuando tengas delante a un cliente que se quiera gastar miles de euros en unas vacaciones o en un viaje de negocios, ¿no es así?

Me lo quedo mirando y le digo que sí con la cabeza.

—Pues necesitas esos.

—Oído. No hace falta que te pongas así.

—Estoy pensando en buscar un local en Barcelona para tener una sucursal allí. Cada vez tengo más clientes allí y me vendría bien tener un local donde poder dejar material y documentación, que el de aquí lo tengo a tope.

—En el hotel donde tengo la agencia, creo que les queda algún local vacío. No lo quieren alquilar a cualquier tipo de negocio. Si quieres, puedo preguntar al señor Ponte.

—Pues me harías un favor. Estoy empezando a buscar y no me terminan de gustar.

—Te digo algo, pero ¿desde cuándo estás buscando?

—Desde hace unas semanas. Ya tenía la idea en la cabeza y, aunque me da vértigo salir de mi pequeño local, es que cada vez somos más y no cabemos. Mi gestor me ha dicho que necesito ampliar, y es lo que voy a hacer.

—No te veo a ti en Barcelona.

—Yo tampoco, pero mi cartera de clientes cada vez se amplía más, y tienen la base con los ordenadores centrales allí. O sea, que me tengo que amoldar, y si sé que te tengo cerca, no me da tanto apuro.

A mí sí que me da apuro tenerlo cerca. Una de mis vías de escape era estar lejos de él en Barcelona, pero, si finalmente se traslada al local contiguo al mío, será una tortura y me va a costar mucho más olvidarme de él.

Finjo un bostezo, y el resultado es el que quiero:

—Estás cansada. Te dejo para que puedas dormir.

—Sí, que mañana tengo una reunión temprano.

Cuando se va, vuelve a dejar un vacío tras de él.

No sé cuándo volveré a verle.

Capítulo 13

Estoy camino de Sevilla para seguir mi *tour* por los hoteles de la cadena. No puedo decir que mi faena no me guste; es una suerte poder hacer lo que estoy haciendo en estos momentos.

El estar ocupada me permite pensar menos en Pol, pero su cara irrumpe en mi subconsciente cada cinco segundos. Por más que lo intento, cuando no estoy concentrada en una faena, lo tengo rondando por mi cabeza todo el rato. El jueves que viene es su cumpleaños y será el principio de mi fin. No entiendo por qué, pero la esperanza es lo último que se pierde, y literalmente es así.

Al entrar en la recepción, ya se siente el ambiente andaluz. La fragancia de sus flores inunda el espacio; todo es luz y color.

El recibimiento no puede ser de otra manera. Cuando entras en un hotel de la cadena, te da la sensación de que todo el mundo gira alrededor de ti. Y esto es lo que quiere la clase alta, no nos engañemos, pero lo hacen con tanta naturalidad que parece innato de cada hotel. Cada uno es diferente y se amolda a la zona donde está ubicado, pero con elementos comunes que hacen de cada uno un sello de marca, y eso es lo que voy a exponer en mi agencia. Cada cierto tiempo renovaré el espacio que tendré, y lo tengo claro: lo primero que expondré son las camas balinesas de la zona de la piscina. Hoy hace una temperatura ideal para leer un rato por la tarde en ellas.

La comida en el restaurante es espectacular, digna del mejor paladar. Otra cosa por la que se caracteriza la cadena, por lo que los clientes saldrán siempre satisfechos.

Mientras estoy degustando el delicioso postre que he pedido, me suena el teléfono: es Marisa.

—Hola, cubana, ¿cómo estás?

—*En una nube de la cual no quiero bajarme.*

—Dios mío, cuánta felicidad. Qué asco me das. ¡De buen rollo, eehh!

Nos reímos las dos.

—*¿Todo bien? Te noto frustrada.*

—Un poco mucho, pero desde aquí todo se ve mucho mejor.

Le mando una foto del hotel.

—*Vaya tela. Tú no te andas con minucias; este es el mejor hotel de Sevilla.*

—Buen ojo. Estoy conociendo la cadena.

—*Vas a triunfar seguro, vas a tiro hecho. Bueno, te llamo porque tengo una noticia.*

—No me digas que estás embarazada.

—*Nooo. Bueno, espero que no.*

—Menos mal. De momento, con un sobrinito me sobra. Cuenta, cuenta.

—*Al final hemos tomado una decisión y nos vamos los dos a España.*

—Eso es una muy buena noticia. ¿Para cuándo viajáis?

—*Estamos arreglando el papeleo para que no tenga problemas al llegar, pero lo más rápido es que nos casemos.*

—¿Estás segura? Ya sé que no lo hace por los papeles,

porque fuiste tú a buscarlo, pero os conocéis de hace dos meses solo.

—*Es lo más claro que he tenido en la vida. Ahora me toca acelerar los papeles del divorcio para que, cuando lleguemos, lo tengamos todo arreglado.*

—Veo que tienes las cosas muy claras y me alegro.

—*Y tú, ¿con quién vas a divertirte esta noche?*

—¡Ay, Marisa! Qué pena me doy. Ni me acuerdo de la última vez que estuve con un hombre.

—*¡No será verdad!*

—Te lo juro como que me llamo Cristina. Desde que estoy liada con lo de la agencia y los fines de semana voy de hotel en hotel, no ligo nada.

—*¿Desde cuándo es eso un impedimento?*

—Tienes razón, pero es la dura realidad. Estoy a dos velas, así que tendrás que traerme un amigo de Rubén para que me alegre el cuerpecito con una salsa.

—*En unas semanas volaremos a España. Te aviso y nos vemos.*

—Ganas locas de veros a los dos. Un beso, hablamos.

Estoy feliz por ellos. Ya que yo no puedo tener mi historia, al menos participar de la de los demás.

Sevilla, Córdoba y Granada. Tres hoteles en tres días y no sabría decir cuál me ha gustado más. Pero tengo que regresar a mi día a día y voy directamente del aeropuerto a la agencia.

Llego pasadas las diez. Nico está reunido en su despacho, y por una compañera sé que es la nueva incorporación.

Hizo la entrevista el viernes, que yo no estaba, y hoy ya la tenemos aquí. Es una suerte que la tengamos con nosotros, ya que cuesta mucho encontrar personal cualificado.

Nico me ve a través de la ventana y me hace un gesto para que entre. Abro la puerta y, cuando la chica nueva se gira, me quedo de piedra. Mejor que la suerte la dejemos de lado, porque esto es una alucinación.

—Pasa, Cristina, quiero presentarte a nuestra nueva incorporación. Te presento a Nerea.

Esto no puede estar pasándome a mí. Esto es el karma elevado al cuadrado, que me está devolviendo todo lo bien que me lo he pasado estos años con una pesadilla tras otra.

Nos evaluamos con la mirada. Estoy segura de que sabe quién soy, aunque todavía no nos haya presentado Pol. Pero el momento se está alargando y Nico no tiene ni idea de lo que me está pasando por la mente en estos momentos.

Le acerco la mano para darle un apretón y empiezo...

—Encantada de conocerte, Nerea...

Ella me agarra la mano y me acerca para darme un abrazo con dos besos, invadiendo mi zona de confort, a la que no la he invitado. Pero Nico está delante y tengo que disimular.

—Estoy segura de que seremos buenas amigas. Quiero aprender mucho de ti lo que te queda en la agencia.

El primer zasca ya me lo he llevado. A ver si se piensa que me echa de mi lugar de trabajo, pero soy yo la que me voy para prosperar. Me parece que no lo tiene claro, pero a lo mejor solo han sido imaginaciones mías. De momento, no ha hecho ninguna mención a que tenemos amigos en común.

—Entre todas te enseñaremos el funcionamiento de la agencia y del programa que utilizamos.

—Por eso no te preocupes; mi novio es informático y me ayudará en eso.

Segundo zasca. Respira, Cristina, respira, que matar a alguien para mantener a salvo tu corazón todavía es delito en España.

—Qué suerte hemos tenido con esta chica, Nico. Ya viene enseñada y no necesita que la ayudemos, así que voy a ponerme a trabajar.

Me doy la vuelta con la intención de salir de ese despacho, que de repente parece haber reducido sus dimensiones y me estoy ahogando dentro. Pero Nico me frena:

—Espera, Cristina, quiero que seas tú su supervisora mientras estés aquí.

—Estoy segura de que cualquiera de nosotras puede enseñarle cómo trabajamos. Y quizás yo soy la menos indicada, porque me marcho y hay días en los que no estaré.

—Pero, mientras estés aquí, quiero que aprenda de la mejor.

No puedo negarle eso a Nico. Se está portando muy bien conmigo, así que tendré que tragarme mi orgullo o mi no sé qué, que está en mi interior gritándome que me aleje de ella. Y enseñarle todo lo que sé... Bueno, todo no, pero me niego.

—Por supuesto. Le enseñaré todo lo que tú me has enseñado.

Salimos las dos del despacho y me sigue hacia mi mesa, donde compruebo que ya ha descargado sus pertenencias.

¿En serio que tenemos que compartir incluso la mesa? Creo que voy a volverme loca, no voy a poder soportarlo.

Inconscientemente, miro el calendario que tengo en mi mesa. Menos de seis semanas para el viaje con Felipe, y se terminará mi tortura. Hablaré con Nico y, después de eso, ya no vuelvo. No me quedaré hasta mayo. Aprovecharé esos días para viajar e ir a conocer los hoteles en algún destino lejano, y podré abrir mi agencia con las pilas renovadas. Decidido.

Levanto la vista y veo cómo Nerea me mira. Estoy segura de que sabe quién soy, aunque no diga nada.

—¿Cómo sienta que alguien ocupe tu lugar? —me dice la muy zorra.

Tercer zasca que me acaba de meter en menos de diez minutos, y este ha dolido y mucho, pero no voy a caer en su juego sucio. Ya la tenía calada antes de conocerla, y ahora me acaba de confirmar mis presentimientos. No es trigo limpio; es mala persona y egoísta como pocas he conocido.

—No te equivoques; soy yo la que se va. No me estás echando y vas a tener suerte de trabajar con Nico, así que espero que lo aproveches.

—Todo lo que toco me acaba adorando, y a Nico ya lo tengo comiendo de mi mano, entre otros.

—Pues que te aproveche. Espero que no se te atragante, porque la maniobra de Heimlich no se me da muy bien y podrías ahogarte.

Dicho esto, me voy a hablar con Nico. Le recuerdo que tengo una reunión con Felipe, y no le doy opción a que me acompañe la nueva. Es mi último viaje, y es solo mío.

Consigo deshacerme de ella antes de que la líe. No quería entrar en su juego, pero finalmente lo he hecho y no puede volver a repetirse. Tengo que aumentar mi autocontrol, como siempre lo he hecho.

Sin querer, mis dedos marcan el número de teléfono de Pol.

Un tono, dos… y descuelga.

—¿Cuándo pensabas decírmelo?

—*¿De qué me estás hablando?*

—De Nerea.

—*¿Qué pasa con ella?*

—¿Cómo que qué pasa? Está trabajando en mi agencia. ¿Te parece poco? Llego de mi fin de semana y me la encuentro de cara.

—*No podía decirte nada porque no lo sabía. Hoy empezaba a trabajar en Vilafranca, pero no sabía que era en tu agencia.*

—Qué casualidad, ¿no?

—*¿Qué insinúas?*

—¿No es obvio?

—*Para mí, no.*

—¿Ella sabía dónde trabajo yo? ¿Lo hablaste con ella?

—*Puede ser que sí. En Madrid, en la feria, estuvimos hablando de muchas cosas. Y, cuando le dije que tenía una mejor amiga, quiso saber cosas de ti.*

—¡Lo sabía!

—*Es casualidad, Cris, no te inventes cosas donde no las hay.*

—Uy, claro. Estamos hablando de la intocable Nerea, la que adora todo el mundo.

—*Todo el mundo, menos tú. Pero basta ya; no empecemos.*

Esto se me está yendo de las manos y no puedo

199

permitírmelo. Pol es mi mejor amigo, pese a la novia que tiene, y desde ya tengo que aceptarlo. Si no, lo perderé para siempre.

—Tranquilo, no empiezo nada. Que sepas que Nico me ha encargado que la ayude en todo, y así lo haré.

—*No podría tener mejor profesora. Me alegro de que por fin la conozcas.*

Ahora me toca fingir como la mejor de las actrices; que se noten mis clases de teatro en el colegio.

—Sí, yo también. Por cierto, hoy me traen los ordenadores a la oficina. Cuando puedas, ¿vendrás a echarme una mano con la instalación?

—*¿A qué hora te los llevan?*

—Ahora tengo una reunión con un cliente, y quedamos que sobre la una los traerían.

—*Intentaré estar allí.*

—Eso sería genial, Pol, gracias.

—*Me mandas ubicación.*

—Puedes aparcar dentro del hotel. Hablaré con Claudia.

—*Genial, nos vemos en un rato.*

A un mes del viaje a las Islas Baleares, lo tengo ya todo listo. Tengo la programación confirmada y, menos las horas de dormir, lo otro lo tengo milimetrado. No van a tener ni un minuto libre para aburrirse.

—Me parece un *planning* ideal, Cristina. Sabía que podía contar contigo.

—Te dije que podías confiar en mí.

—Ya estoy pensando en el año que viene. Si los números van como este año, podríamos repetir.

—Hablando del año que viene, te informo que hay cambios, ya que dejo la agencia donde trabajo.

—No puede ser. ¿Qué haré yo ahora? ¿Quién programará mis viajes?

—Te cuento: si quieres, en mi lugar estará otra que te podrá ayudar; si no, yo estoy a las puertas de abrir mi propia agencia, y estaré encantada de seguir organizando tus viajes y vacaciones. Ahora podré trabajar con el grupo Ponte, y podré ofrecerte mil y un destinos al alcance de muy pocos.

—Me gusta cómo suena eso. ¿Comemos juntos y me sigues contando?

La oferta es muy tentadora y estoy con ganas de romper el pacto de «solo amigos» mientras él sea mi cliente... Pero, cuando estoy a punto de decirle que sí, me suena el teléfono. El de los ordenadores me avisa de que en veinte minutos está en mi oficina; el tiempo justo para que me despida de Felipe, con todo el calentón que llevo, y coja un taxi para llegar a tiempo.

Menos mal, llego y todavía no hay nadie esperando. Cojo las llaves de mi oficina y entro.

El espacio me está quedando justo como yo quiero. Un espacio amplio, sin muchos muebles a la vista, ya que tengo una pequeña habitación contigua que usaré de almacén de documentos para así poder resaltar el rincón donde ubicaré las diferentes habitaciones de los hoteles para que se vea desde la calle cuando pasas por delante.

Alguien entra. Me giro y encuentro a Pol en la entrada.

—Hola —me dice.

—Hola, qué bien que hayas podido venir. ¿Qué te parece?

—Te está quedando muy bien, y el local está muy bien ubicado.

—Realmente, al estar en el mismo hotel, no podría estar mejor. Si algún cliente exigente que venga presencialmente quiere ver el hotel, puedo enseñarle en el momento uno de la cadena.

—¿Los otros locales son como este?

—Hay dos más. Uno es más o menos como este, y el que tengo justo al lado es más grande: tiene el doble de metros cuadrados. He hablado con Claudia y me dará una respuesta de si lo puedes ver y alquilar cuando lo hable con el señor Ponte.

—Muchas gracias. Me gusta la zona.

—Y el precio no es problema, ¿verdad?

El negocio de Pol es muy rentable y, aunque no lo aparente, su cuenta bancaria tiene muchos ceros.

—No, puedo pagar lo que me pida si me gusta.

Noto que está intentando decirme algo, pero le cuesta.

—Cris, una cosa: siento no haber avisado con lo de Nerea, pero te prometo que no sabía que la agencia donde empezaba a trabajar sería la tuya. ¿Cuántas hay en ese pueblo?, ¿cuatro?

—Tranquilo, te creo. Las casualidades de la vida.

—¿Os habéis presentado?

—La verdad es que como compañera, pero en ningún momento me ha comentado que era tu novia. Pero sé que sabe quién soy.

—¿Por qué lo dices?

—Por diferentes comentarios que ha hecho. Si yo sé quién es por las fotos que me has mandado, ella también lo sabe por las que le habrás enseñado.

—A lo mejor no. Esta noche, cuando se lo comente, nos vamos a reír.

—Déjalo, no le des más importancia.

Por suerte, el repartidor llega con los ordenadores y cambiamos de tema.

Sin darnos cuenta, son más de las tres. Pol ha comprobado que todos los ordenadores funcionen y que se puedan conectar a la red. Ahora falta instalar el *software*, pero yo me estoy muriendo de hambre, como avisan mis tripas.

—¿Pol, no tienes hambre?

—Ya oigo que tú sí, así que paramos y seguimos por la tarde. ¿Tienes que marcharte tú?

—No, ya he avisado a Nico y no me ha puesto ningún problema. Mientras tú instalabas los ordenadores, he cerrado dos viajes con unos clientes en mi portátil.

—Vamos, después continuamos. ¿Dónde me llevarás?

—Hay un japonés muy de moda a la vuelta de la esquina que te va a encantar.

Veo cómo arruga la nariz. Sé que odia el *sushi*; no le gusta nada.

—Es broma, tonto. Te llevaré a un restaurante de esos que te gustan con comida *healthy* y *bowls* de ensalada. Si finalmente vienes a trabajar aquí, necesitarás un sitio donde comer lo que te guste.

Justo cuando nos sentamos en la mesa, le suena el teléfono. Cómo no, es Nerea.

—*Hola, cariñito, no me has llamado hoy para preguntar cómo me ha ido el primer día.*

—Perdona, estoy liado instalando unos ordenadores.

—*Siempre tan trabajador. ¿Has comido?*

—Justo ahora me siento a la mesa. Comemos algo rápido y continúo.

—*¿Comemos?*

No sé si se ha dado cuenta, pero yo estoy escuchando toda la conversación, porque no veas cómo grita la novia de mi amigo.

Cuando la oigo preguntar «¿comemos?», niego con la cabeza. Espero que no le diga que está conmigo, pero el muy inocente va y se lo cuenta.

—Estoy con Cris, ayudándola en su nueva agencia.

—*No me habías dicho nada.*

—Me ha avisado esta mañana que llegaban, y hoy tenía un hueco.

—*Ya le diré a Nico que no va a venir esta tarde tampoco.*

¿Ves?, sabía que me ha reconocido al igual que yo a ella. Esta tía no es trigo limpio y, aunque Pol no sea para mí, no puede estar con una como esa. Pero ya es mayorcito para ver dónde se mete.

—¿Pero tú sabías que era Cristina cuando os han presentado?

Silencio en el otro lado del teléfono. Es que se pilla antes a un mentiroso que a un cojo.

—*No estaba segura, y ella no me ha dicho nada tampoco* —suelta ella a la defensiva.

Me da a mí que Pol está empezando a ver cómo es, aunque sea demasiado tarde para nosotros.

—Bueno, nos traen la comida. Hablamos después.

—*Un beso, amor.*

—Otro para ti. Hasta luego.

Se queda un momento callado después de colgar. Noto cómo mil pensamientos pasan por su cabeza y, si ahora metiera más leña al fuego, seguro que esta noche discutirían. Pero esta táctica ya la he probado antes y me ha ido fatal, así que creo que voy a probar otra. Voy a hacer lo contrario de lo que he hecho hasta ahora; por probar que no quede.

—Las dos sabíamos quién teníamos en frente. Ha sido una situación inesperada y repentina, y no hemos sabido actuar. Ya verás como trabajando juntas nos llevaremos bien.

Eso último lo he dicho cruzando los dedos de mis dos manos y los de los pies.

Veo que Pol busca mis manos a ver si he cruzado los dedos, pero soy gata vieja y tengo las manos debajo de la mesa. Ahora que ya he formulado mis palabras, las muestro sin que se vea lo que he hecho hace un segundo. Nos conocemos tanto que no sé si podré sobrevivir sin él ahora que he descubierto lo que siento.

Estamos empezando a degustar nuestras ensaladas cuando le vuelve a sonar el teléfono: Nerea otra vez. Miro el reloj, y solo hace quince minutos que lo ha llamado. Esta chica está mal de la cabeza.

—Hola, ¿ha pasado algo?

—*No, tranquilo. Solo llamo para preguntar qué tal ha ido la comida* —dice ella.

—Aún no he terminado el primer plato.

—*Como me has colgado porque os traían la comida...*

Dios mío de mi vida, le cronometra lo que tiene que tardar en comer. Yo sigo con mi comida y finjo que estoy revisando *mails* en mi móvil.

—Cuando termine, te mando un mensaje.

—*Envíame una foto de lo que comes.*

205

—Es una ensalada, Nerea.

—*Da igual. Mándamela, vaaaaa.*

—Cuelgo y te la mando. Hasta luego.

Veo que le manda la foto de la ensalada a medias, y seguimos con la comida. Yo hago como si nada. Con la cara de agobio que me lleva, ya estoy satisfecha.

Estamos pagando en la caja cuando le vuelve a sonar el móvil. Ni media hora ha pasado.

—*¿Ya habéis terminado? No me has dicho nada.*

—Cris está pagando, que invita ella.

—*Faltaría más, con todo lo que la estás ayudando...*

Pol resopla al teléfono, pero no le dice nada.

—*¿Te queda mucho?*

—Nerea, ¿quieres decir que en tu primer día no te llamarán la atención por estar tanto rato con llamadas personales?

—*No te preocupes; he dicho que era un cliente.*

Estoy flipando. No sé si le conviene a Nico tener una chica como ella en plantilla, pero ahora mismo yo ya tengo mis propios problemas.

—Si me llamas cada cinco minutos, tardaré más en terminar. Tú misma.

Silencio en el otro lado del teléfono.

Podría ir pasando para dejarle intimidad a Pol, pero no me da la gana. Este culebrón promete.

—*No te pongas así, cariñito, es que tengo muchas ganas de verte y estar contigo.*

—Sí, vale. Yo también.

—*Me vendrás a buscar para ir a cenar y te cuento cómo ha ido mi día, ¿vale?*

—Sobre las nueve intentaré pasar.

—*De acuerdo, un beso.*

—Otro para ti.

Por fin cuelga, y se sumerge en otro silencio con sus pensamientos. Suerte que, cuando llegamos a mi agencia, se pone a trabajar en lo que le gusta y le cambia la cara.

Son las siete y ya tiene el *software* instalado con sus cortafuegos y no sé qué más para la seguridad y que los datos de mis clientes cumplan la ley de protección de datos.

El móvil le ha sonado alguna vez más, pero no ha descolgado. No sé si era Nerea, pero, si lo era, esta noche va a tener movida.

Ahora falta que me enseñe el funcionamiento del programa. Pero miro la hora, y es tarde.

—Pol, vámonos ya. Otro día me enseñas cómo funciona, porque llegarás tarde a casa y a tu cena si no nos marchamos ya.

—No me gusta dejar mi faena a medias.

—No la dejas a medias, simplemente que no nos ha dado tiempo. La culpa ha sido mía por avisarte el mismo día. Buscamos un rato que te vaya bien y me lo explicas, y así tenemos la excusa de vernos, que últimamente no hay manera.

—Tienes razón. ¿Mañana?

—Mañana tengo que pasarme por la oficina, porque, si no, Nico me va a despedir antes de tiempo. Pero el miércoles agendo unas visitas rápidas y a las once puedo estar disponible. ¿Va bien?

Mira su agenda en el móvil.

—Miércoles a las once; anotado.

—Que vaya bien la cena. Hasta el miércoles, pues.

Nos despedimos con dos besos, como lo hacemos

siempre. Pero estos para mí han sido en un principio gloria celestial, para terminar siendo dos navajas que se me clavan por el daño que me provocan.

Él se dirige al *parking* del hotel; yo, a la joyería en busca del regalo para su cumpleaños.

Capítulo 14

El martes en la oficina es como imagino que será: fingiendo ser su amiga y enseñándole lo mejor que puedo nuestra manera de trabajar.

Esta mañana, al entrar, les ha contado a todas mis compañeras lo bien que se lo pasó anoche con su novio en una cena romántica a la luz de las velas para celebrar su primer día en la agencia. Levanta la voz lo suficiente para que la oiga, pero yo hago como si nada.

Tengo programadas dos visitas en la oficina con clientes de siempre a los que nosotros les organizamos las vacaciones. Y la he tenido pegada a mí toda la mañana, así que, llegada la hora de comer, me desmarco para poder estar un rato tranquila y poder descansar de su falsa amistad. Porque a mí no me la pega; ella está actuando al igual que yo lo hago.

Cuando ya he pedido mi comida, marco el número de Beth.

—*Hola, empresaria. ¿Cómo va todo?, ¿el fin de semana bien?*

—Los hoteles andaluces son una pasada, a la altura de los de toda la cadena.

—*Estoy deseando que llegue la despedida de María. Nos lo vamos a pasar genial.*

—Eso seguro, aunque no haya boy.

—*¿Cómo va tu agencia?, ¿has montado algo más? Tengo ganas de ir a verla.*

—Está quedando muy chula, aunque quede mal que lo diga yo. Ayer Pol montó los ordenadores.

—*¿Estás bien?*

—Claro. Tengo que volver a la normalidad con él, como antes: solo amigos. Bueno, como ha sido siempre antes de que me entrara esta tontería con él.

—*Cris, el jueves es día siete.*

—Y será un jueves como otro cualquiera.

—*¿No vas a ir?*

—Aún no lo sé. Depende de cómo me despierte o de cómo vaya mi día o… No lo sé.

—*¿Quieres que quedemos esta noche para cenar? Ven a casa.*

—No te digo que no. Cuando termine, voy, y traeré esos tocinillos de cielo de esa pastelería de Vila que tanto te gustan.

—*Ya se me hace la boca agua. ¿Sobre las nueve?*

—Nueve y media. Me quedaré hasta tarde para terminar unos presupuestos, que mañana tengo lío en Barcelona.

—*Perfecto, nos vemos esta noche.*

—Te adelanto que tengo una bomba que no sabéis. Ayer no tuve el valor de decíroslo, tenía que procesarlo, pero esta noche te cuento.

—*Pero no me dejes así, con esta intriga.*

—Tendrás que esperar hasta la noche. Se merece que te lo cuente en persona.

—*No quiero imaginarme qué será.*

—No lo intentes; la realidad siempre supera a la ficción.

—*Ya estoy deseando que llegue la noche.*

—Hasta luego.

Hablar con mis amigas siempre me da fuerzas, y juro que las necesito con esto que me está pasando.

Por la tarde la pongo al día con nuestra cartera de clientes. Los tengo ordenados alfabéticamente y por colores. Cada uno tiene adjuntados los viajes que ha realizado con nosotros y, dependiendo del color que tiene el portafolios, es más importante económicamente para la empresa.

—Mañana estaría bien que empezaras a enviar las ofertas de los viajes de esta temporada. Las tengo preparadas en esta carpeta.

Le muestro la carpeta en el ordenador que compartimos.

—Veo que eres muy organizada. No me lo esperaba.

—¿Qué te esperabas, pues? Si quieres hacer bien tu faena, tienes que destacar sobre los demás. Si no, hay mucha competencia y la gente se irá a otra agencia.

—Destacar ya sé que destacas, y tu cuerpo es un plus. Ya me ha explicado Pol cómo te camelas a todos los hombres que quieres.

—¿Qué insinúas? ¿Que mi cuerpo es mi mejor baza? Una cosa tienes que tener clara: el placer y los negocios no son buenos amigos, porque seguro que sale algo mal. Te aconsejo que los mantengas separados.

—Yo tengo a Pol y no necesito a nadie más, pero tú estás tan sola…

A esta me la cargo hoy mismo. No puedo aguantar ni un minuto más a su lado, porque juro que no respondo del daño que le pueda hacer…

Pero saco la mejor de mis sonrisas, sigo con mi papel de actriz y hago como si no la hubiera oído.

—Lo mejor será que empieces a mandar los correos ahora mismo. Mi cartera de clientes es muy amplia y te llevará varios días, ya que, aparte, tienes que atender a los clientes que entren en la agencia.

—Si yo te hago la faena, ¿qué harás tú?

Respira, Cristina, cuenta hasta mil y contesta.

—Voy a hablar con Nico de tus progresos tan sorprendentes para que esté tranquilo con mi marcha.

Su mirada escéptica me hace saber que no confía en mis palabras, pero hace bien.

Llamo a la puerta de Nico.

—Pasa, Cristina, ¿qué necesitas?

—Hablar un poco de la agenda. Siento que tenga que ausentarme de la agencia tantos días, pero no me esperaba que fuera tan complicado.

—Lo sé, y por eso te dije que lo que necesitaras.

—Te lo agradezco. Te juro que trabajo desde mi portátil y haciendo llamadas. El lunes cerré dos viajes de los gordos.

—Si lo he visto. Y sé que, mientras estés conmigo, trabajarás a tope para mi agencia. No lo dudo.

—Mañana tengo que volver a ir a Barcelona.

—No te preocupes; ya he visto que hoy has estado todo el día con Nerea. ¿Cómo la ves?

Ahora tengo un dilema. Nico es mi amigo y no quiero mentirle, pero también creo que con Nerea no soy objetiva, y tengo que darle una oportunidad en lo que a la faena se refiere. En lo otro, nada.

—Hoy le he mostrado toda nuestra cartera de clientes y le he enseñado cómo trabajamos. En estos días enviará los *mails* de temporada de primavera, y creo que se está adaptando bien, pero eso no quita que le tienes que echar un ojo. Ya sabes que, a veces, al principio la gente aparenta ser muy competente y luego te sorprende.

—No te preocupes, que cuando no estés seré yo quien la supervise.

—Me quedo más tranquila. De todas formas, yo puedo venir algún día cuando ya no trabaje aquí si me necesitas.

—No me digas eso, que no te dejo marchar.

Nos levantamos y nos fundimos en un abrazo de oso. Nico es como un tío para mí.

—Hoy voy a irme temprano, así que te encargas de cerrar tú.

—Claro. Tenía pensado quedarme un rato más para hacer unas llamadas y enviar presupuestos, ya que mañana no estaré. ¿Puedo quedarme en tu despacho? El mío me lo han ocupado.

—Por supuesto.

En casa de Beth y Dan

—No me vuelvas a dejar con la miel en los labios.

Beth se acerca a mí y me ofrece una copa de vino rosado.

—Me encanta crear expectación, como si no me conocieras —le digo.

—Pero a mí me tiene la cabeza loca con mil suposiciones. Creo que ha valorado hasta tu embarazo —se ríe Dan.

—No será verdad —respondo.

—A ver, Cris, ya sabes que mi mente tiene mucha imaginación. Y no me has dado ninguna pista.

—¡Pero si sabes de sobra que hace semanas que no cato hombre!

—¡Pero yo qué sé!

—Tranquila, te lo explico ahora. Porque, si no, veo que no me dejarás cenar en paz.

—Eso seguro —se ríe Dan.

Le explico quién es mi nueva compañera de trabajo y cómo sucedió todo, y están flipando.

—No puede ser. Esto te lo estás inventando.

—Qué más quisiera yo que todo esto fuera una pesadilla y que mañana me levantara y no fuera verdad.

—Esto lo pones en una peli y la gente se piensa que al guionista se le ha ido la olla —dice Beth, aún incrédula.

—Pues nada más lejos de la cruda realidad. Me ha costado dos días asimilarlo para poder expresarlo.

—¿Qué tal ha sido conocerla?

—Lo que me esperaba, multiplicado por tres. No me gusta, no es trigo limpio. Me va tirando puñales envenenados cada dos por tres, pero, claro, tampoco soy objetiva con ella.

—No serás objetiva, pero siempre has tenido un sexto sentido para calar a la gente.

—Esto me supera, pero he decidido cambiar mi estrategia.

—Miedo me das —dice Dan.

—No, para nada. Ya se ha acabado esto de dejarla mal y remarcar todo lo que no me gusta de ella, que no es poco.

Dan y Beth se ríen.

—Ahora diré «amén» a todo lo que haga o diga.

—No te veo capaz de hacer eso —me dice Beth.

—Me queda un mes en la agencia. Luego intentaré soportarla lo mínimo indispensable cuando me la cruce.

—Será complicado, ya que Pol y tú sois vecinos.

—Hace días que pienso en esto, y creo que tendré que buscarme un sitio donde vivir a partir de ahora. ¿Han alquilado tus padres la casa donde vivíais María y tú?

Lo he dicho así, un poco sin pensar, pero esa idea ya se me había pasado por la cabeza.

—La verdad es que no. Está toda amueblada y con la cocina preparada para ir a vivir, tal como la dejamos. Solo tendrías que llevar la ropa.

—¿Me la alquilarían a mí? —pregunto.

—No la han alquilado porque querían a alguien de confianza, y ¿quién mejor que tú?

—Me iría genial, y lo que tengo en mi habitación en un par de cajas grandes cabe.

—Bueno, tres cajas para la ropa y media para todo lo demás —dice Beth.

—¿Cuándo te mudas? —pregunta Dan.

Lo que ha empezado como un deseo en voz alta se ha convertido en una realidad a los tres segundos.

—Podría ser este fin de semana, sábado por la tarde, que seguro que Pol no está y así no ve cómo me marcho. Cuanto más tarde se entere de que me he ido, mejor.

—Te ayudamos con las cajas el sábado. ¿Sobre las cuatro? —pregunta él.

—Buena hora —le respondo.

—Tengo unas llaves aquí. Te las doy por si necesitas huir en algún momento.

—Lo dices por el jueves, ¿verdad?

—Por lo que pueda pasar.

—Si finalmente decido ir, a las ocho estaré allí. Y, si a las nueve no ha aparecido, me iré y nunca más volveremos a hablar de eso, ¿de acuerdo?

—Hecho.

Cuando llego a mi agencia antes de las once, Pol ya está allí esperándome.

—¿Por qué no me has avisado de que venías tan temprano? Quedamos a las once.

—Me he caído de la cama —me responde él.

—Con lo dormilón que tú eres.

—Entrar a Barcelona por la mañana es un horror. Prefiero ir antes y no pillar retenciones.

—En eso te doy la razón.

—¿Te ha contestado Claudia por lo del local?

—Todavía no.

—De acuerdo. Pues venga, que te enseño cómo funciona tu nuevo programa.

Pol es un genio de los ordenadores. Sus programas son muy fáciles de usar, muy intuitivos, y con unas prestaciones que no tiene la competencia. Aunque lo intentan imitar, él siempre va un paso por delante.

Antes de empezar con la faena, suena su teléfono. Esta llamada me la esperaba, ya que es justo la hora en que Nerea ha entrado a trabajar, porque tenía una visita a las nueve. Y ha visto que no estaba, así que no ha perdido el tiempo y lo llama.

Pol se aparta un poco para que no escuche lo que dice

ella, pero sus respuestas ya me dejan satisfecha. Porque le ha dicho que está en una reunión con un cliente importante, pero no le ha dicho que soy yo. Seguro que así no lo llama cada quince minutos, y no me equivoco.

Me llama Claudia cuando ya casi tengo el programa dominado, con mi libreta de apuntes hasta que lo aprenda del todo.

—*Buenos días, Cristina, al señor Ponte le parece bien alquilar un local a una empresa informática de renombre como la de tu amigo. Ahora faltará agendar un día para la visita.*

—Genial. Justamente lo tengo aquí, en la agencia, hoy porque me está instalando el *software*. ¿Qué día iría bien para la visita, que se lo digo?

—*En un rato te vuelvo a llamar y te confirmo.*

—Perfecto, hablamos luego.

Me pongo contenta enseguida por la buena noticia, aunque al segundo soy consciente de la realidad. Si finalmente alquila el local de al lado, volveremos a ser vecinos. No hay manera de poder alejarme de él.

—¿Qué pasa? Parecías contenta y, de repente, te has ofuscado —pregunta Pol.

—Buenas noticias: te han dado una visita para ver el local.

—¿Para cuándo?

—Después me llamará para confirmar día y hora.

—Genial, trabajaremos uno al lado del otro.

Silencio.

—¿No estás contenta? —me pregunta.

—Sí, claro —le respondo yo sin mucha convicción.

Cuando ya estamos recogiendo, llaman al timbre.

—Qué extraño; no espero a nadie —le digo a Pol.

Al abrir la puerta, me sorprendo al encontrarme con el señor Ponte delante.

—Buenos días, Cristina, vengo de visita. ¿Se puede?

—Por supuesto. Adelante, y así le puedo presentar al señor Borges.

Hago las presentaciones, y enseguida Roy se interesa por el programa que me acaba de instalar.

Pol le explica las bases y queda encantado con él, sobre todo con la parte de gestión de mi programa.

—Creo que deberíamos hablar de negocios, Pol. Me interesaría tu programa para mi cadena de hoteles.

—Este programa está diseñado exclusivamente para agencias. En el tema de hoteles, aunque parecido, tendría algunas variantes en el tema de gestión. Porque cada hotel tendría la gestión privada, para que después solo las personas autorizadas puedan ver la gestión global de toda la cadena.

—Me gusta cómo suena. Ahora mismo tengo un gestor única y exclusivamente para que me coordine los datos de todos los hoteles.

—Esto con mi programa se lo ahorraría.

—Venga, vamos a ver el local y después os invito a comer para hablar de negocios.

Finalmente, el día ha sido muy productivo para Pol. Ha conseguido un local estupendo y un contrato con la cadena de muchos ceros, pero lo mejor del día ha sido cuando, justo antes de sentarnos a la mesa, lo ha llamado Nerea y le ha dicho que seguía estando reunido y que ya la llamaría cuando terminara. Veo que va aprendiendo, mi chico.

Capítulo 15

Hoy es el día, señoras y señores. Cuando me vaya a dormir hoy, puede ser que sea el día más feliz de mi vida o el peor. Pero ya estoy concienciada de ello; me miento a mí misma.

He decidido, junto con mi almohada, ir a la cita a las ocho de la tarde. Si aparece, bien; y, si no, seguiremos adelante con la cabeza bien alta. Aunque con el corazón partío, como decía Alejandro Sanz, pero ya lo tengo ahora. O sea, que no será mucho peor.

La mañana en la oficina ha sido para olvidar.

Primero, he tenido que aguantar el primer grado de preguntas a las que me ha sometido Nerea. Y, como sabía que Pol no le había dicho nada, me he inventado falsas entrevistas con clientes para no meter mierda entre ellos. Es que soy demasiado buena.

Segundo, he tenido que seguir aguantando a la niñata esta anunciar que era el cumpleaños de su novio. Como si no lo supiera yo. Y que le iba a sorprender con una cena romántica y regalos geniales, y eso me recuerda que tengo que darle el mío a Pol.

Tercero… No ha habido tercero, porque al primer cliente que ha entrado por la puerta lo he cogido yo y no lo he soltado hasta que le he preparado las vacaciones de su vida. Y, sin querer, se ha hecho la hora de comer. Menos mal.

Cuando estoy saliendo por la puerta, me suena el teléfono: es Pol. ¿Qué querrá?

—Hola, justo estoy saliendo por la puerta, con todas mis compañeras —le apunto para que lo sepa.

—*Seré breve. Mi abuela ha organizado una comida por mi cumpleaños, y vendrán tus padres también. Me ha insistido para que te llame para que vengas, aunque ya le he dicho que estás trabajando.*

Miro el reloj. Me daría tiempo de ir, pero no me apetece mucho. Estoy nerviosa y no quiero verlo ahora; quiero verlo por la tarde.

—¿Quién es? —Oigo que pregunta Nerea a mi lado.

Silencio al otro lado de la línea.

—Es mi madre. Si no te importa, necesito un poco de espacio.

Ella arruga la nariz para puntualizar su desagrado, pero se aleja de mí.

—*¿Qué le digo a mi abuela?* —insiste Pol.

—No me da tiempo de ir.

Oigo ruidos al otro lado, y entonces es Pilar la que está al habla:

—*Hola, mi niña, ¿verdad que vas a venir? He hecho las albóndigas que os gustan tanto a ti y a Pol, así que no me puedes hacer el feo de no venir.*

No sé qué tiene esta mujer, que no le puedo decir que no.

—Venga, vale. En veinte minutos estoy allí.

Me cuelga sin dar oportunidad a Pol de contestar.

—Tu madre hace voz de mayor por teléfono.

Pego un salto del susto que me doy, pues tengo a Nerea pegada a mi espalda y no me había dado cuenta. Será cotilla la muy metomentodo; es una conversación privada. Si llega a ser Pol el que habla, lo hubiera reconocido.

—¿Sabes que es de mala educación escuchar conversaciones ajenas? Creo que tus padres te han educado lo suficientemente bien como para saberlo.

—Solo te venía a decir que vamos a comer todas al restaurante de enfrente, ¿vienes?

—Comeré algo rápido, que a las tres tengo una reunión con un proveedor.

Me voy sin decirle ni adiós, porque me irrita de tal manera que creo que me va a salir un sarpullido.

No sé por qué nos escondemos de ella. Parece como si estuviéramos haciendo algo malo, y la verdad es que hacer... no hacemos nada. Ya me gustaría a mí.

Cuando llego a casa de Pol, es él quien me abre la puerta.

—Que sepas que tu novia no sabe que estoy aquí, así que no metas la pata cuando estés con ella.

Paso rápido dentro de la casa, como si Nerea me estuviera siguiendo y me tuviera que esconder.

—Me esperaba un «felicidades», o por lo menos un «hola» —me contesta sin hacer caso de lo que le he dicho.

Pongo los ojos en blanco y me giro.

—Felicidades, tonto.

Pero lo tengo tan cerca que me doy de bruces con sus pectorales. Miro hacia arriba y recibo un «gracias» y dos besos sonoros y lentos, que me acaban de romper en mil trozos más mi debilitado corazón. Pero hago como si nada.

—No me seas sobón, que tú no eres así.

—A lo mejor ahora sí, y ahora no nos ve nadie; sabes que a mí no me gusta que me soben si hay público delante.

Me lo quedo mirando. Ahora mismo me lo comería entero, pero oímos de fondo a Pilar, que nos está llamando.

—Venga, chicos, que la comida se enfría.

He repetido de albóndigas dos veces, ya no me entra nada más. Me levanto para ayudar a recoger y me topo con Pilar en la cocina.

—Abuela, como siempre, tu comida está deliciosa.

—Menos mal que te he visto comer, porque te estás quedando en los huesos —me sermonea.

—Si yo como, pero esto es lo que tiene el madurar y hacerme mayor. El estrés me come por dentro —le digo.

—Tú no me engañas; esto es mal de amores.

Me la quedo mirando. Si ella supiera lo que siento por su nieto, estoy segura de que se alegraría. Lo que no le gustaría sería que no está correspondido.

Cuando levanto los ojos para enfrentarla, veo que me está mirando fijamente. Parece como si estuviera leyendo mis pensamientos, y solo faltaría eso.

—No todo está perdido. Lo último que debes perder es la esperanza, y sería muy tonto ese chico si te dejara escapar.

—Gracias por tus ánimos, pero creo que no tengo nada que hacer.

En ese momento entra Pol.

—¿De qué habláis aquí, a escondidas, vosotras dos?

—De lo tonto que eres, hijo mío —le dice ella, dándole una colleja cariñosa.

—Pero, abuela… ¿A qué viene eso?

—Es la pura verdad —le respondo yo.

—Anda, salid de la cocina los dos, que voy a preparar el pastel.

Con la excusa de que llego tarde a la faena, me salto el café y así evito el momento regalos. El mío se lo entregaré más tarde.

Salgo de la agencia un poco antes de la hora. Tengo el tiempo justo para ducharme, arreglarme y llegar puntual a la cita.

Vuelo por la carretera y, cuando entro en mi casa, subo las escaleras de tres en tres.

En tiempo récord estoy lista. Hago repaso mental por si me dejo algo, pero lo tengo todo. Cojo mi móvil, el bolso y la bolsita de la joyería con mi regalo.

Me acuerdo de que escogimos esta plaza porque es un pequeño mirador desde donde se ve gran parte del pueblo y se puede acceder desde diferentes caminos.

Son las ocho menos cinco. Llego temprano, por una vez.

Primero me quedo de pie al lado del árbol que está en el centro, pero, cuando llevo quince minutos esperando, me voy desinflando y busco un banco para no dejarme caer de rodillas al suelo y ponerme a llorar.

No se va a presentar.

Son las nueve menos cinco. Llevo una hora esperándole

225

y, aunque le dije a mis amigas que esperaría hasta las nueve, decido esperar unos minutos más por si le ha pasado algo. O por si ha encontrado tráfico, o por si... cualquier excusa que me pueda imaginar.

Noto un movimiento tras de mí, me giro con el corazón encogido... Pero nada. Ha sido solo mi imaginación, que me ha jugado una mala pasada; aquí no hay nadie más que yo.

Son las diez menos cinco, creo. Las lágrimas no me dejan ver bien el reloj.

Como puedo, envío un mensaje al grupo de mis amigas.

> No se ha presentado, pero tranquilas, que estoy bien.

Decido irme y poner en marcha mi plan B. Lo que sabía que pasaría desde el primer momento.

Llego a mi casa y hablo con mis padres. Los pobres se han quedado de piedra y, aunque les he pedido que me den un voto de confianza y ya se lo explicaré más adelante, me rompe el alma no decirles la verdad. Pero es que no estoy preparada para asumirlo.

Ellos, sin entender, me apoyan y esto es lo único que necesito.

Subo a mi habitación y saco de debajo de la cama mi primera maleta, preparada ayer por la noche con lo más imprescindible para pasar dos o tres días.

Cuando voy a salir por la puerta, veo la bolsa de la joyería encima de mi cama. ¿Qué hago con el regalo? ¿Qué hago con el cubo de ámbar con la entrada de cine momificada para siempre en su interior del día que firmamos nuestro acuerdo, que finalmente no hemos podido llevar a cabo? El regalo es suyo, solo él puede entender lo que significa, y decido ir a su habitación (que, como la mía, está siempre abierta) y lo dejo sobre su cama.

Regreso a mi cuarto. Por primera vez en años, cierro el pestillo de mi puerta de la terraza y salgo de lo que durante tantos años ha sido mi refugio.

Ahora mismo voy a empezar una nueva vida.

Cargo la maleta en mi coche y voy a la que será mi casa hasta que ordene un poco mi vida.

Abro la puerta con cautela. Veo luz dentro y, al momento, tres cabezas asoman por la puerta del comedor.

Mis amigas están aquí conmigo para darme su apoyo y su amor incondicional. Las quiero a rabiar, no sé qué haría sin ellas.

Las cuatro nos fundimos en un abrazo sin palabras, lleno de lágrimas, y nos quedamos así un buen rato.

Tres horas después, las despido a todas. Estoy bien, mejor dicho: lo estaré. No hay nada que el tiempo no cure o, si no, duela un poquito menos.

Cuando me tumbo en la cama, busco en mi móvil la canción que desde hace ya unas semanas pongo cada noche antes de irme a dormir. Prometo que hoy será la última vez que la escuche, pero ahora necesito regocijarme en mi dolor con la canción de Aitana *Vas a quedarte*.

Empiezan a sonar sus acordes y su letra, que parece estar escrita solo para mí.

Yo sé que fue por mí que acabó esta historia,
y queda en manos de mi memoria
que por las noches te pueda ver.
¿Por qué nunca admití estar enamorada?
Siempre lo supe y no dije nada.
Mi corazón se quiso esconder...

A unas cuantas calles de distancia, a esa misma hora, mientras yo escuchaba esta canción, Pol entraba en su habitación y se encontraba con un regalo. Sin una nota, sin saber de quién era.

Desenvuelve ese precioso regalo color atardecer y se encuentra con la entrada de esa película que les iba a cambiar la vida a los dos, pero que no ha podido ser.

Sale corriendo para entrar en la habitación de al lado, pero su sorpresa es mayúscula cuando la encuentra cerrada.

Entonces recuerda lo pasado unas horas antes. Cuando la ha visto acercarse a la plaza, su corazón casi se sale de su pecho por lo desbocado que iba, pero ha sido un cobarde y no se ha atrevido a salir de su escondite. Le ha faltado valor para afrontar lo que sin querer sabía desde que eran unos niños: está enamorado de ella desde siempre. Pero ahora no puede ser.

Capítulo 16

Lo primero que hago cuando entro a trabajar el viernes por la mañana es ir directamente al despacho de Nico para hablar con él, aunque me es imposible no escuchar a Nerea regocijarse en lo bien que se lo pasó anoche y la novia tan estupenda que es por lo que le había preparado a Pol.

—Buenos días, Nico, necesito hablar contigo.

—Adelante, pasa. No traes buena cara hoy.

—He dormido fatal esta noche.

—¿Te pasa algo? Hace días que te noto extraña; no eres tú misma.

—Por problemas personales, que ahora mismo no vienen al caso, me es imposible trabajar desde la oficina. Me falta espacio, han invadido mi mesa, y se me hace una montaña estar aquí.

—Pasa algo con Nerea, ¿verdad?

Hasta él se ha dado cuenta.

—No te lo voy a negar, pero te juro que lo he intentado. No te preocupes, que lo más importante se lo he enseñado, pero seguro que otra podrá hacerlo mejor que yo en estos momentos.

—Es un poco intensa, y contigo más.

—Eso no importa, es mi problema. Te prometo que no te voy a dejar colgado; trabajaré desde mi casa y no dejaré nada pendiente. Cuando me necesites, vendré sin falta, pero no puedo estar aquí.

—No sé qué pasa, pero lo respeto. Hace muchos años que nos conocemos y nunca te había visto así. Si lo prefieres, arreglamos los papeles y puedes dedicarte a tu agencia al cien por cien.

—No es por eso, de verdad. Si quieres, lo agilizamos, pero seguiré trabajando para ti hasta después del viaje a las Baleares. Con contrato o sin él, pero desde casa.

—¿Qué les digo a las chicas?

—Si no te importa, el lunes, cuando no vuelva, les dices que se me ha complicado lo de mi agencia y he tenido que acelerar mis planes. Yo ya me pondré en contacto y quedaré con ellas para despedirme en *petit comité*.

—¿Necesitas algo más?

—No, solo agradecerte lo que has hecho y estás haciendo por mí. Cada noche te enviaré un informe con los viajes y presupuestos que haya hecho durante el día, y lo hablamos con videollamadas. ¿Te parece?

—Me parece. Ahora empieza ya y vete a casa. Llamaré a Nerea para que me explique cómo lleva lo de la campaña de primavera, y así podrás coger las cosas de tu mesa sin que te moleste nadie.

—Gracias, por esto y por todo. Esta noche te paso el informe.

—El lunes hablamos.

Recojo discretamente las pocas cosas que me quedan en mi despacho, ahora invadido por las de ella, y me voy.

El sábado Dan y Beth me ayudan con mis cosas. Se hace

raro cuando ves que todo lo que tienes cabe en unas cuantas cajas, pero esto solo es el principio de algo que todavía no sé dónde me va a llevar.

El domingo, estoy disfrutando de una tarde de sofá en el comedor de mi casa cuando suena el timbre de la puerta. ¿Quién será?… ¿Beth, María o Laura?

—¿Quién es?

—Yo.

¿Qué hago?, ¿abro la puerta o cuelgo el telefonillo?

Tengo que afrontarlo tarde o temprano, pero pensaba que tardaría un poco más en tener que hacerlo.

Está subiendo por la escalera y estoy hecha un flan.

—Hola —le digo.

—¿Pensabas que no te iba a encontrar? —me dice.

—¿Qué te hace suponer que me estoy escondiendo?

—No decirme nada de que te vas, aprovechar que no estoy para sacar las cajas de tu casa, enterarme por tus padres dónde estás… ¿Te parece poco?

—Es mi vida y puedo hacer lo que quiera con ella.

—¿Sin contar conmigo?

—Estás ocupado, Pol. Tienes tu faena, tu novia y tu vida, así que déjame hacer la mía.

—¿Y en esta vida no pinto nada yo?

—Creo que ha quedado claro que no.

—Me estás echando de tu vida, ¿es eso? Soy tu mejor amigo.

—Y, como tal, debes respetar mi decisión de poner un poco de distancia entre nosotros. Últimamente nos hemos visto demasiado y prefiero que me des espacio. Respétalo.

—Yo te respeto lo que tú quieras, pero seguiré siendo tu mejor amigo.

Por favor, que deje de decir esas dos palabras: «mejor amigo». ¿No ve que me está haciendo daño? Porque yo ya no tengo suficiente con ser su amiga.

—Yo te quiero en mi vida, Cris, no puedo vivir sin ti.

—Pues yo ahora mismo no te quiero en ella. Eres mi amigo, sí, y seguirás siéndolo, pero te pido por favor que me des tiempo.

—¿Por qué?

—Si no sabes el porqué, esta es la respuesta. Ahora vete. Te prometo que un día volveré a llamarte para tomar un café juntos y retomar nuestra amistad.

—No es justo.

—Nadie nos dijo que la vida fuera justa. Por favor, vete.

Sin esperármelo, se acerca a mí y me da un pico en los labios, breve, intenso.

¿Por qué ha hecho esto? No lo sé, pero no puedo permitir que juegue conmigo.

Consigo abrir la puerta de la entrada y sacarlo momentáneamente de mi vida.

Al cerrar, resbalo por la parte trasera de la puerta, haciéndome un ovillo y tocándome con los dedos los labios, que hace un momento estaban unidos a los suyos.

Pasan los días y sigo sin tener noticias de él. Ha sido mi decisión, pero lo echo en falta, lo añoro.

Sé que algún día lo tendré que volver a ver, aunque sea cuando tenga un problema con el ordenador, pero hasta entonces lo evito.

Sé que queda con los chicos para salir en bici, pero mis amigas ya me avisan y así no coincido con él.

Esta mañana han quedado, pero él tiene una comida en casa de los padres de Nerea, y por eso hemos quedado para hacer el aperitivo en la bodega de Laura.

Estamos las chicas esperando en la terraza cuando llegan ellos. Sin querer, miro al grupo y Pol no está. Menos mal, aunque sé que me hubiera gustado verlo.

Se unen a nosotras con unas cervezas en las manos. No sé qué tiene el salir en bici, que después la primera ronda siempre suele ser cerveza.

Nos cuentan que se lo han pasado genial. Pol siempre los lleva por unas trialeras que les encantan.

—Pero hoy Pol se ha pegado una leche y lleva un corte en la ceja que casi necesita puntos, pero no ha querido ir al CAP de ninguna manera —nos cuenta Dan.

—¿Pero está bien? —pregunto yo.

—Sí, pero se ha mareado y casi cae redondo.

—Es que él no puede con la sangre —les informo.

—Nos hemos dado cuenta —dice Óscar.

—Mira, hablando del rey de Roma.

Me giro y veo entrar a Pol con Nerea del brazo. Martín les hace gestos con las manos para que se acerquen. Buf, qué pereza me da ahora mismo aguantar a esta.

Pol se acerca a mis amigas y empieza a repartir dos besos a cada una. En serio, él odia este formalismo de la sociedad; pero, claro, ahora me toca a mí y quedaría feo que me apartara. Así que dejo que me los dé.

—Cuánto tiempo —me susurra al oído.

Todo mi cuerpo reacciona a su voz y me odio por ello. Por eso no contesto.

Él se encarga de hacer las presentaciones y, como yo ya la conozco, simplemente la saludo con la cabeza. Y voy a pedir algo para beber, que mi copa de cava está seca.

—Espera, Cristina, que voy contigo —me dice Nerea.

Qué le voy a hacer, no puede vivir sin mí.

—Dos copas de cava, del mejor que tengas —pide ella.

—¿Pol te ha pedido cava?

—No hace falta. Yo sé lo que quiere y lo que le gusta.

—Una cerveza sin alcohol, por favor.

Cuando llegamos a la mesa, ella le planta la copa de cava en la mano de Pol. Él se la mira y la coge, evidentemente sin muchas ganas. Aprovecho un momento de distracción de Nerea, que está intentando caerle bien a mis amigas, cosa que dudo que consiga, y le hago el cambiazo de su copa por la cerveza.

—Gracias —me dice.

—¿Gracias por qué? ¿Y tu copa? —dice ella.

—Es demasiado temprano para beber, ya si eso en la comida.

—Me lo hubieras dicho —se indigna ella.

—Hubieras preguntado —le contesta él.

Mis amigas me miran y Laura, que está preciosa, hace el gesto con las manos de uno a cero.

Seguimos conversando y Nerea todo el rato intentando entrar en la conversación de todos, y no se le ocurre nada más que decirle a Laura:

—Felicidades por tu embarazo, ya se nota por lo gorda que te estás poniendo. ¿Estás de seis meses?

Se hace un silencio entre nosotros. Todos sabemos lo mal que está llevando la barriga y su aumento de peso, pero ni mucho menos está gorda, así que salto en su defensa por si nadie se atreve a pararle los pies.

—Nunca antes había estado tan guapa, con esa barriguita que casi ni se le nota.

—Yo no quería decir gorda en ese sentido, pero es evidente que se ve que está embarazada y...

—Déjalo, Nerea, no empeores las cosas. Ya les gustaría a todas ser una mamá tan guapa —le contesta Pol a Nerea.

—Gracias, Pol —le responde Laura.

Se nota que está desubicada y que no tiene a la gente engañada. Eso hace que meta la pata a cada rato.

Nerea se acerca a Pol para agarrarle del brazo, pero él se levanta de la silla, dejándola sin su consuelo.

—Voy a por otra ronda. ¿Quién quiere otra?

Todos los chicos se apuntan a una cerveza más.

Por el momento, Nerea se está quedando callada, cosa muy rara en ella. Supongo que es para no liarla más.

Cuando vuelve con las cervezas, sin querer se roza con una de las sombrillas decorativas de la terraza y me doy cuenta de que la herida le está empezando a sangrar otra vez. Malo, pero no digo nada para que no se asuste, y le pregunto a Laura dónde tiene el botiquín.

Cuando estoy a punto de llegar con un antiséptico y unas gasas, Nerea se pone a gritar.

—¡Estás sangrando, Pol! ¡Tu herida!

Instintivamente, él se lleva la mano a la herida y, cuando ve su mano teñida de rojo, veo cómo se pone blanco de golpe.

—Beth, por favor, déjame la silla para Pol.

Ella se levanta, rauda, y me da tiempo de acompañarlo para que se siente y no caiga redondo al suelo. Beth coge una servilleta y empieza a abanicarlo, y yo intento hacerle la cura.

—¡Para! Me haces daño.

—No me seas crío, que esto es un rasguño de nada.

—Me duele.

—Sana, sana, colita de rana. Si no sana hoy, sanará mañana.

Le soplo con cuidado la herida. Esta es la cancioncilla que nos cantaba Pilar cuando éramos pequeños y nos hacíamos daño.

Eso ha servido para desviar su atención y sacarle una sonrisa en su estado de bloqueo.

Menos mal, porque así puedo terminar la cura con la ayuda de Beth, y podemos seguir sin ningún desmayo en la terraza.

Miro sin querer a Laura y, con las manos, me señala: tres a cero.

Me río, porque juro que, si lo hubiera querido hacer aposta, no me sale tan bien.

—¿Dónde comemos hoy? —pregunta Dan.

—¿Encargamos paella? Tengo antojo —dice Laura, haciendo un puchero.

—Adjudicado; que sea una paella. Ahora llamo para encargarla. ¿Cuántos somos? ¿Os apuntáis, Pol?

—Qué lástima, no podemos. Mis padres nos han invitado a un restaurante que tiene muy buena crítica, y ya tendríamos que irnos. ¿Nos vamos, amor? —se regocija Nerea, a la que se le nota a la legua que quiere irse de aquí lo más rápido posible.

Su actitud pegajosa y sobona me molesta, y me extraña de Pol, pero ya sabemos que el amor todo lo puede. Pero no me pasa desapercibido cómo él se separa de ella para que corra el aire. A lo mejor son imaginaciones mías, pero así me siento mejor.

—Lástima, otra vez será —les digo yo.

Los chicos se despiden.

—Bueno, ahora ya hasta la despedida. Espero que no me la lieis mucho —le dice Martín.

—Lo justo e indispensable para que sea memorable —le responde Pol.

—¿Qué despedida? No me habías dicho nada —dice Nerea.

—Se me habrá pasado. Es el fin de semana que viene; y la boda, el seis de abril.

—El día seis, no puede ser. Tenemos otro compromiso.

—¿Cómo dices? Que yo sepa, ese día solo tengo una boda.

—Mis padres hoy te van a invitar a sus bodas de plata. No puedes faltar.

—Sintiéndolo mucho, yo no podré asistir.

Estamos todos mirando de un lado al otro como si fuera un partido de tenis.

—Es demasiado tarde para poder cambiar de día, aunque lo intentaré hablar con mis padres y así te puedo acompañar a la boda.

—En principio, la invitación es para uno, y no creo que a estas alturas puedan cambiar a los invitados de mesa. Con lo que te ha costado, ¿verdad, Martín? —dice Pol, pasándole la patata caliente a él.

Por suerte, él no está muy puesto en esto de las bodas, pero María sí, y lo ha pillado al instante.

—La verdad, Pol, es que me pondrías en un compromiso. Ahora la mesa de amigos es de ocho; era de seis, pero estaréis un poco más apretados y estaréis juntos. Si lo cambiamos, os tendré que sentar en la mesa de mis tíos, que alguno se ha quedado viudo y hay sitios libres.

—No, María, no podemos ahora a última hora hacerte esto. Lo dejamos como está y así salimos todos ganando: tú no cambias nada; y tus padres, Nerea, tampoco.

Nerea se ha quedado callada como nunca antes la había visto.

—Nos vamos, que, si no, llegaremos muy tarde. Adiós a todos —se despide Pol por los dos.

—A estos dos les doy menos de un mes. No se entera de nada esta Nerea. Si no llega a ser por ti, Cris, Pol se vuelve a caer desmayado. Y, cuando le ha dicho gorda a Laura, es que casi la pego —dice Óscar, muy enojado.

—Hoy la habéis pillado desprevenida, pero no os preocupéis, que la siguiente vez vendrá preparada. Me las conozco a las que son como ella y, cuando la volváis a ver, os parecerá la chica más perfecta del mundo. Porque, según ella, todo el mundo acaba adorándola —les informo yo.

—¡Uy! Qué pelusilla le tienes... —se mofa Martín.

—No te puedes hacer una idea —le respondo.

—Paella para siete, pues. Marchando cocina —se ríe Beth con el teléfono en la oreja.

Hoy me toca pasar por la oficina, pues tengo que presentar los presupuestos aceptados a Nico. Este mes ha sido de los buenos; hemos facturado un veinte por ciento más que el año anterior.

Me presento allí y todas mis compañeras se acercan a saludar. Menos una, eso está claro, pero yo no he empezado ninguna guerra.

—Te echo de menos, Cris, siempre me ayudas con los billetes de avión complicados.

—No te preocupes; Nico domina mucho más que yo. ¿No te acuerdas de esa vez que me equivoqué en un billete carísimo y, por faltar una semana para que cumpliera la clienta los dieciocho, tuvimos que asumir el coste del nuevo billete? Fue una cagada de las gordas.

—Esta semana por aquí ha habido alguna cagadita. No tan gorda, pero bueno. Le han tenido que llamar la atención a la nueva para que preste más atención a los extras en los presupuestos —me dice Merche en voz baja para que no la oiga.

—Es normal, dadle un poco de confianza.

—¿Ya le habéis dicho a Cristina que este mes, que nos ha dejado de un día para otro, ha sido uno de los meses que estamos facturando más?

—Qué bien, chicas, me alegro por vosotras. Las comisiones serán buenas.

—Y todo gracias a ti, Cris, que llevas facturado más del sesenta por ciento del total.

Nico sale en ese momento de su oficina para saludarme y salvarme de la lengua bífida de Nerea.

—Es que eres la mejor. Te extrañaremos, Cris.

—Tenéis mi teléfono, podéis llamarme siempre que me necesitéis.

—Ven, pasemos a mi despacho.

Yo y mi carpeta con los presupuestos nos encerramos en el despacho casi toda la mañana.

Voy cerrando etapas por un lado y abriendo nuevas por otro. Primero trabajaba desde mi casa nueva, pero, desde que tengo mi agencia casi lista, me paso los días en ella. Creo que, cuando monte una de las habitaciones en el *showroom*, me quedaré a dormir en ella.

Otra cosa, muy diferente, es la documentación. Aún me faltan muchos papeles y muchas firmas para poder abrir oficialmente, pero, como tengo tiempo hasta mayo, no quiero agobiarme de momento.

Lo que estoy viendo es que ya hay movimiento en el local de al lado; Pol finalmente será mi vecino de oficina. No sé cuándo abrirá definitivamente aquí, ya que lo de darme espacio lo está cumpliendo.

Tengo una reunión con Philip. Hemos quedado aquí y así le enseño mi nueva oficina.

Puntual como un reloj suizo, lo tengo llamando al timbre. Nos saludamos con tres besos y le encanta lo que ve.

—Creo que has acertado en aceptar la oferta de Roy. Con tu carisma, tendrás el éxito asegurado.

—Espero que tengas razón. Ahora mismo siento un poco de vértigo, pero con mucha ilusión.

—Esa es la actitud.

—¿Qué tal tu hotel en Las Vegas?

—Ayer firmé la venta de mi local en el puerto de Barcelona. Y mañana, junto con Roy, volamos a Las Vegas para firmar la compra del hotel.

—Tengo que buscar unos días para poder visitarlo.

—La semana del veintidós de abril estaré allí para conocer el hotel a fondo desde dentro. Me iría bien que vinieras conmigo.

—Espera un momento, que miro mi agenda.

Repaso mi agenda en papel, porque con el móvil no me aclaro y siempre llevo la mía clásica.

—… Este fin de semana, despedida; la siguiente, visita a los hoteles de la cadena en Madrid; la otra, boda; después, Islas Baleares; y la del veintidós… la tengo libre.

—Bloquea esa semana entera desde ya. Eres peor que el presidente del Gobierno; estás muy solicitada.

—Llevo un estrés encima que solo espero que no me haga caer enferma.

—Tú eres fuerte, pero supongo que te tienes que alimentar. Vamos, te invito a comer.

Vamos saliendo de la oficina.

—Con el saldo que debes tener en tu cuenta en estos momentos, como mínimo me invitas a un restaurante de una estrella Michelin.

—Tú te mereces todas las estrellas del cielo, Cris.

—Cómo sabes embaucar a las mujeres.

En este momento me encuentro de cara con Pol. Seguro que ha oído el piropo que me ha regalado Philip.

—Hola, Cris.

—Buenos días. ¿Ya estás instalado?

—Me falta poco. Supongo que, a finales de semana, ya estaremos cien por cien operativos.

—Me alegro. A mí me falta un papel de nueva empresa, que está tardando un poco.

—Dime qué te falta, que yo tengo contactos en el ayuntamiento. Si no, el trámite se te hará eterno —se añade a la conversación Philip.

—¿En serio? Me sería de gran ayuda. Ahora, comiendo, le pido a mi gestor que me mande los detalles.

—Eso está hecho.

—Por cierto, él es Pol, propietario de la empresa que cambiará el *software* de la cadena Ponte.

—Encantado, Pol. Roy me ha hablado de ti.

—Si no fuera por Philip, que me metió en la cabeza lo de montar mi propia agencia, no estaría aquí.

—Yo siempre te dije que tenías que hacerlo —me reprocha Pol.

—Bueno, sí, es verdad. Supongo que antes no estaba preparada, y ahora es el momento —le respondo.

Nos quedamos mirando por un segundo eterno. Sin quererlo, lo he dicho con doble sentido. Seguro que él no me ha entendido, pero noto como si nuestras almas, a través de nuestros ojos, no se pudieran mentir. Ellas sí saben lo mucho que nos queremos.

—Nos tenemos que ir, Cris.

—Sí, claro. Nos vemos, Pol.

—Adiós. Que vaya bien la comida.

Cuando estamos subiendo al coche de Philip, él me sorprende.

—¿Qué ha sido eso?

—¿El qué?

—El tonteo ese que acabo de ver. No me lo puedo creer; ¿Cristina siendo una gatita con un hombre en lugar de loba?

—¿Qué dices? Estás imaginándote todo.

—Y él está perdidamente loco por ti.

—Sí, claro. Por eso está con su novia, felizmente juntos.

—Créeme, he lidiado con muchos hombres celosos.

—Dejemos el tema, que me pongo más nerviosa.

—Nunca pensé que te vería en esta situación.

—Tú no has visto nada. Se me pasará en unos días y volveré a ser la de antes.

—Si este no sale bien, siempre puedes venir a llamar a mi puerta. Yo no te diré que no.

—Siempre tan caballero, pero te tomo la palabra. Un polvo sin compromiso es lo que me iría bien en estos momentos, pero por increíble que parezca, si no es con él, no me apetece.

—Te veo fatal.

—Muy mal, Philip, estoy muy mal.

Se ríe por verme en esta situación.

Capítulo 17

Estoy en el AVE dirección Madrid. Voy a conocer los dos hoteles que tiene la cadena en la capital.

Tengo el móvil en mi mano y repaso todas las fotos que tenemos de la despedida de la semana pasada. La verdad es que fue genial, nos lo pasamos muy bien. Ahora sé lo que es pasármelo bien sin que haya un hombre por medio, qué ironía.

El hotel era espectacular. Este estará en mi top cinco para la gente que quiera playa, exclusividad e intimidad, y no quiera coger el avión. O los que vengan de fuera de nuestras fronteras. Las cinco, María, Beth, Laura, Paula y yo, parecíamos de la *jet set* española. Allí nos encontramos con una cantante famosa, que no desvelaré para salvaguardar su intimidad.

En esta foto estamos las cinco con el albornoz negro justo antes de hacernos el masaje. Juro que nunca antes me había hecho un reflexopodal que me hubiera dejado como nueva. Incluso el hombre que me lo hacía me dijo:

—¿Conoce el reiki?

—*De oídas. Nunca me han hecho ninguna terapia de reiki.*

—*Le explico: nuestro cuerpo fluye por diferentes carreteras principales y secundarias a través de unos canales de energía, pero su cuerpo es como si fuera un camino de tierra con troncos en medio que no puede fluir, y esto se tiene que solucionar.*

Nunca me habían dicho nada parecido. Que estaba como un tren, sí; pero que mi cuerpo era un camino con troncos,

245

nunca. Total, que me hizo la sesión sin cobrarme de lo mal que vio que estaba. Y después me sentí bien, muy bien, ligera y como si fuera volando por la vida.

En esta estamos las cuatro con el biquini, excepto Laura, que se negó rotundamente a salir en la foto. Bajamos a la piscina solo para la foto. El agua esta ba helada y el sol no calentaba tanto como para tumbarnos en las hamacas sin ropa. Luego nos vestimos y, en la siguiente foto, estábamos en el bar de la piscina, tomando un cóctel sin alcohol por solidaridad con Laura. Y porque eran las diez de la mañana y no era plan de empezar tan temprano.

Fue un fin de semana para enmarcar, y creo que haré un álbum de fotos con ellas. Tenemos el grupo de WhatsApp lleno de momentos plasmados en ellas.

Cuando llego al hotel, todos saben quién soy. Claudia se encarga de allanarme el terreno y todos me ayudan en lo que necesite. Saben que conozco al señor Ponte también, y eso me hace ganar algunos puntos. Pero creo que, si no lo supieran, también me tratarían igual de bien, porque lo que caracteriza a estos hoteles es el trato exclusivo para hacerte sentir que tú eres el cliente más importante.

Se me pasan los dos días volando. Es que me quedaría a vivir en cualquiera de los hoteles de la cadena, pero quién no.

Esta semana sigo teniendo la agenda a tope, pero no de faena. Como la semana que viene tengo el viaje a Baleares y tendré que estar veinticuatro horas disponibles los cuatro días, esta me la tomo para mí. Tengo cita en la pelu, en el salón de belleza dos días; tengo hora para manicura y pedicura. Y algún día iré de compras a ver qué me puedo llevar a Las Vegas, porque necesito renovar un poco mi armario. Esta semana sí que me lo voy a pasar bien, para llegar a la boda y que la única que brille más que yo sea la novia.

He dejado el coche en mi plaza reservada del hotel. Prometo que no trabajaré, pero necesito ir descargando las bolsas de lo que me vaya comprando en algún sitio. Odio ir muy cargada.

No sé qué me voy a comprar, pero mi cuerpo me pide que entre en todas y cada una de las tiendas por las que paso por delante.

De momento me he comprado dos conjuntos de ropa interior, que no es por fardar, pero me quedan muy sexis. Uno es verde botella, precioso, y es el que me pondré para la boda para ir a juego con el color de mi vestido. También me he comprado un bolso dorado de mano, supermono, que puede llevar tira para colgar o no. Es rígido, con algo de pedrería en un lateral, y este me lo llevaré a Las Vegas también. Lo que pasa es que he visto unos zapatos que al vestido y al bolso también les quedarían perfectos. Ya tengo unos zapatos para la boda, pero es que estos son ideales, así que me los compro también. Hoy tengo la Visa que echa humo, estoy gastando mi comisión del viaje a Baleares antes de ir, pero es que lo necesito.

¿No os han dicho nunca que, cuando una mujer sufre mal de amores, su cuerpo responde con ganas de gastar cantidades ingentes de dinero? Pues ya lo sabéis.

Voy a tener que pasar por la agencia a descargar las bolsas, pues tengo los dedos morados de aguantar el peso de todas ellas.

Estoy delante de la puerta, buscando como puedo las llaves en mi bolso. Creo que tengo que dejar en el suelo alguna bolsa, o se me va a gangrenar la mano.

Oigo a mi espalda:

—Anda, ayúdala. ¿No ves que no puede?

Me giro y me encuentro a doña Pilar con Pol, justo a mi lado, y este me coge las bolsas, que llevo colgando, para que pueda abrir la puerta.

Por fin consigo abrirla y les invito a pasar.

—¡Qué sorpresa!, ¿de visita?

Me acerco y doy dos besos a Pilar. Pol y yo nos saludamos con la cabeza.

—Así se saludan dos amigos de toda la vida que hace días que no se ven...

Entonces Pol se acerca y me da dos besos, que, aunque breves, me saben a gloria.

—Pol me ha querido enseñar su nueva oficina, y casualidad de la vida, te hemos visto cuando nos íbamos. Esta mañana he tenido visita con el traumatólogo. Seguramente me operen el mes que viene.

—Se hace larga la espera cuando tiene dolor, ¿verdad? Aprovechando que está aquí, le enseño la mía. Lo tengo casi todo listo para la inauguración.

—Te ha quedado muy bonita. ¿Has visto la oficina de Pol?

—La verdad es que cuando solo eran cuatro paredes, ya que no hemos coincidido ningún día desde entonces.

—No me lo puedo creer, si trabajáis uno al lado del otro.

—Pero yo he estado trabajando desde casa, terminando presupuestos con mi otra agencia.

—Esto no puede ser. Ahora te la enseña Pol.

—Si puedes, te la enseño. Bueno, te la enseñamos.

Habla por primera vez desde que nos hemos visto.

Cuando entro, veo una sala llena de pequeños cubículos con diferentes despachos. Así rápido cuento diez ordenadores, y en un lateral, aprovechando la luz de los grandes ventanales, un despacho hecho de cristal. En el fondo dos puertas, que creo recordar que antes no estaban aquí.

—¿Cuántos trabajadores tienes ya?

—De momento tengo ocho, pero en breve tendré que contratar a alguno más, y tengo la instalación preparada para quince.

—Aún me acuerdo cuando empezaste solo en tu habitación a montar tu empresa, y ahora mírate: un gran empresario que triunfa en este complicado mundo. Estoy muy orgullosa de ti.

Nos quedamos mirando unos segundos eternos.

—Enséñale tu despacho.

—Pero si las paredes son de cristal; se ve desde aquí.

—No me seas rancio. Pasa, Cristina.

Abrimos la puerta, y lo primero en que se fijan mis ojos

es en el cubo de ámbar con la entrada de cine que tiene encima de su mesa. La usa de pisapapeles, creo, pero la tiene allí para verla todos los días.

La verdad, no me lo esperaba. No hemos hablado de mi regalo, y ahora tampoco lo haremos estando Pilar aquí, pero algo me remueve por dentro.

—Enséñale a Cristina lo que hacen los cristales.

—Abuela, que no es nada.

—Enséñaselo…

Pol aprieta un mando que tiene encima de la mesa y, de repente, los cristales se oscurecen y no se ve la oficina.

—¡Alá! Como el hotel ese donde estuvo Beth en París.

—Desde que me enseñaste el vídeo que te mando ella, siempre he querido ponerlo en mi casa. Y, como no la tengo, lo he instalado en mi oficina.

—Me encanta.

—También se ha instalado una habitación en el fondo. Esto no me gusta tanto, porque quiere decir que algún día no aparecerá por casa —se queja Pilar.

—Abuela, ya soy mayorcito para poder hacer lo que quiera.

—Sí, pero yo soy más mayor para decirte que no me gusta la idea.

Me río por los comentarios de la abuela. Me gusta la relación que tienen.

—¿Trabajas por la tarde? —me pregunta Pilar.

—Esta semana me la he tomado un poco de descanso, que, entre la boda y un viaje que tengo programado la semana que viene, no me da la vida.

—Ya se te nota. ¿Has comido?

—En un rato picaré algo, no se preocupe.

—De eso nada. Pol nos va a invitar a comer a las dos, ¿verdad?

—Cristina debe de estar ocupada, no la molestemos más.

—Tendrá que comer en algún momento, digo yo.

Pol y yo nos miramos. Supongo que lo hace porque yo le pedí espacio, así que me toca a mí decir si quiero tenerlo cerca o no.

—¿Qué le apetece comer, Pilar? Una hamburguesa, una *pizza*, un kebab…

—¿No hay ningún restaurante de menú como los de toda la vida?

Me río.

—Claro que sí. A una manzana hay un restaurante donde el menú es casero y muy rico.

—Pues a ese que vamos.

Ya en el restaurante…

—Qué lástima que no podré ver cómo vas vestida el día de la boda, como ya no vives en casa de tus padres.

—No se preocupe; ya le diré a Pol que le envíe una foto.

—Pero no es lo mismo.

—Abuela, no me seas niña pequeña —le recrimina Pol.

—¿De qué color es el vestido? —me pregunta.

Cojo el móvil y le enseño una foto que me hice el día que me lo compré, pero ya me encargo de que Pol no la vea.

—Estarás preciosa. Los hombres de la boda van a caer rendidos a tus pies.

—¡Abuela!

—¿Qué? No he dicho nada malo. Por cierto, nieto mío, ¿qué corbata vas a llevar?

—La única que tengo, la azul marino.

—No puede ser, esta la llevas a todos los pocos eventos a

los que vas. O sea, la misma en comuniones, bodas y entierros. Eso no puede ser.

—Qué más da, si a la que pueda me la voy a quitar.

—¿Sabes de alguna tienda donde vendan corbatas cerca de aquí, Cristina?

—Déjame pensar... A dos calles de aquí hay una tienda de trajes, y seguro que allí tienen corbatas.

—Nos acompañarás después de comer a comprarle una.

—No necesito ninguna.

—Los hombres no tienen ni idea, ¿verdad?

—Toda la razón; ni idea.

—Cuando os ponéis las dos en ese plan contra mí, me sacáis de mis casillas.

Ya en la tienda de trajes, el hombre que nos atiende solo hace caso de lo que le pide Pilar.

Él va sacando diferentes colecciones, pero ninguna le gusta a ella. Parece que busca una en concreto.

Al final se van ellos dos a la zona donde están todas y nos quedamos los dos solos.

—Siento la emboscada que sin querer te ha hecho mi abuela.

—No importa. Me encanta pasar rato con ella.

—Pero tú tenías tus planes.

—Me ha ido bien parar de gastar, me he pasado de mi presupuesto, así que al final tendré que darle las gracias a tu abuela.

—¿Cómo te va todo?

—Bien, los días se me pasan volando. Prácticamente la agencia ya está lista, con la ayuda de Philip se han agilizado los papeles, y en mayo ya podré dedicarme exclusivamente a ella.

—Mi oficina, al ser un traslado, ha sido más fácil. La semana que viene seguramente ya trabajaremos desde aquí. Podríamos quedar para desayunar algún día; tenemos que hablar y ponernos al día.

—Claro que quedaremos, pero la semana que viene estoy toda la semana en Baleares, y la siguiente me voy a Las Vegas.

—¿Las Vegas?

—Sí, me hace mucha ilusión. Philip me ha invitado al nuevo hotel que han comprado él y Roy, y quiere que lo conozca para poder recomendarlo.

—Te está ayudando mucho Philip. Se ve buen amigo.

—La verdad es que me está sorprendiendo cómo se ha involucrado en mi proyecto. Su ayuda ha sido fundamental para llevarlo a cabo.

—¿Solo sois amigos?

Su pregunta me deja un poco descolocada, porque no la entiendo.

Antes, hace unas semanas, esta pregunta me la habría tomado de otra manera, supongo, pero ahora me cabrea.

Él está con Nerea y yo no puedo tener amigos, o ¿si fuera algo más? ¿Qué pasa? Que yo no puedo tener novio...

Hace semanas que, con todo lo que me pasa, no he salido de fiesta ni me he pegado un buen revolcón con un hombre, y creo que ya va siendo hora de que vaya despertando a mi loba, que lleva dormida demasiados días.

Algo se enciende dentro de mí y no consigo descifrar si

es rabia o enfado, pero tengo que despertar de este atolondramiento y seguir mi vida.

—Claro, míranos a nosotros: solo amigos, pero nunca se sabe. Philip podría ser algo más.

Un silencio extraño se coloca entre nosotros, menos mal que viene Pilar.

—Ya he encontrado la corbata ideal.

Pilar trae un paquete envuelto para regalo.

—Pero, abuela, ni siquiera me la has enseñado.

—No hace falta, es un regalo que te hago. El día de la boda te la pones, y ya te haré yo el nudo, que los jóvenes de hoy en día no lo sabéis hacer.

—En eso le doy la razón. Yo siempre tengo que mirar un videotutorial para hacerlo —le respondo yo.

—Pues eso. No se hable más.

Los tres nos marchamos de la tienda sin abrir boca, porque, cuando Pilar dice «no se hable más», ya sabemos que no tenemos nada que hacer. Y, si parecía que entre nosotros había asomado una bandera blanca de tregua, con su comentario la acaba de romper.

Capítulo 18

Por fin ha llegado el día de la boda de María. Cuando nos anunció que se casaba, veíamos la fecha muy lejana, pero la vida corre demasiado deprisa y ya estamos aquí.

Esta noche se ha quedado a dormir en mi casa, para mantener la tradición de no dormir con el novio la noche antes. Que eso, según las abuelas, trae muy mala suerte.

Anoche vimos las dos una película de acción, ya que María no quiso arriesgarse con un drama para no ponerse a llorar y que al día siguiente tuviera la cara hinchada. Así que nos decidimos por la última de la saga de *Misión imposible*, que siempre es un placer tener a Tom Cruise en la pantalla. Y, cuando se terminó, las dos a dormir para estar estupendas para el día siguiente.

Son las nueve de la mañana y la peluquera ya la ha peinado. Lleva un semirrecogido para que el velo se le pueda aguantar perfectamente y, cuando empiece el baile, le quitaré cuatro horquillas que están colocadas estratégicamente para que después le caiga la melena ondulada por la espalda.

Ahora me toca a mí. Mi recogido lleva una trenza incorporada que me hace parecer más niña de lo que ya soy, y me he comprado un pequeño tocado a juego con el vestido que me hace parecer sofisticada, pero que estoy segura de que con el baile lo acabaré perdiendo. Pero me da igual, pues hoy voy a pasármelo bien.

A las diez en punto llegan Beth y Laura, ya peinadas y maquilladas, pero con los vestidos colgados dentro de unas bolsas para vestirnos a última hora. A los cinco minutos llega la familia de la novia y el fotógrafo para empezar a hacer las fotos. Luca comparte la faena de padrino junto al padre de María; ha venido con el ramo y, para cuando la novia esté vestida, le ha preparado un poema con el que seguro que se nos cae la lagrimita a todos.

Tener la casa tan llena de gente me encanta, y me va bien para no pensar en lo sola que me siento en estos momentos. Algún día espero ser yo la novia y estar tan enamorada de mi futuro marido como lo está María.

Es la hora. Vamos desfilando todos con diferentes coches hacia la cava de Martín, donde se oficiará la boda y nos deleitaremos con el banquete.

Como manda la tradición, la novia llega cinco minutos tarde. No quiero ni pensar lo nervioso que estará Martín en estos momentos.

Toda la familia va desfilando hacia la zona de la ceremonia, decorada con unos arcos repletos de flores blancas. Y, a petición de María, sus amigas estaremos con ella en el altar a modo de damas de honor. Lo que yo no había pensado es cómo vamos a ir hacia el altar. Veo a Dan y Óscar esperando a sus mujeres, ¿pero a mí? ¿Quién me va a llevar?

Detrás de ellos dos aparece Pol, vestido con su traje negro y corbata... del mismo verde que llevo yo el vestido. Sonrío; Pilar ha vuelto a hacer de las suyas y me encanta.

Levanto la vista para mirar los ojos de mi acompañante y lo encuentro delante de mí, mirándome fijamente. Nos perdemos en nuestros pensamientos, cada uno con el suyo, hasta que alguien carraspea detrás de nosotros. Tenemos que avanzar por el pasillo para llegar al altar, así que me ofrece el brazo para empezar el camino y me susurra al oído...

—Estás preciosa.

Un no sé qué recorre todo mi cuerpo. Su susurro ha activado la loba que hay en mí y quiero más. Necesito que me diga más cosas bonitas, que me toque y me bese como si fuera lo más precioso en su vida. «Pero, Cris, baja a la tierra. Esto no pasará».

La ceremonia es de cuento de hadas. Llena de momentos inolvidables hasta el momento del «ya puede besar a la novia», donde los amigos hemos empezado a tirarles pétalos de rosa blancos mientras pasan por el pasillo nupcial.

Los recién casados se van con los fotógrafos. Empieza el aperitivo y los muchos invitados se dirigen a los jardines, donde han instalado unas botas a modo de mesas altas improvisadas donde dejar los platos que van saliendo.

Los camareros nos sirven la primera copa de cava rosado al ir entrando en la zona del aperitivo, la primera de muchas, y no me doy cuenta de que alguien me aborda por detrás y me susurra al oído lo bonita que estoy.

Me giro y me alegro de ver a Pietro, el amigo de Luca.

Instintivamente nos besamos, como dos viejos amigos que han tenido una historia. Un beso en los labios con cariño y, por qué no, deseo, pues mi cuerpo reacciona después de tanto tiempo sin ese contacto tan íntimo.

Nos abrazamos y, después de separarnos, hablamos.

—Bella Cristina, estás espectacular.

—Qué adulador eres.

—No he podido quitarte los ojos de encima cuando estabas en el altar.

—He echado de menos tus piropos.

—¿Y a mí?, ¿no me has echado de menos?

—Sí, mucho.

Y sin querer nos damos un pico.

Es entonces cuando me doy cuenta de que no estamos solos. Todos nuestros amigos son testigos de nuestro encuentro, pero ellos ya saben que hemos tenido nuestra historia, menos Pol. Cuando deposito mis ojos en él, tiene una expresión extraña en la cara que no sé descifrar.

Beth y Laura también lo saludan, y empezamos todos una conversación amigable entre risas e historias que cuentan uno y otro.

Llega también el momento de las fotos. Cuando todos terminan, María nos lleva a un lado de la cava para hacernos fotos las cuatro y poder disfrutar de su felicidad. Martín sale en algunas de ellas, pero puedo asegurar que nunca antes la había visto tan radiante y feliz.

Cuando terminamos, los invitados ya han empezado a entrar en la carpa montada para el banquete. Los más rezagados miran en qué mesa se sientan, pero nosotras ya lo sabemos: la mesa de delante de los novios.

Lo que no había pensado hasta ahora era quién se sentaría a mi lado, cosa que me hace recordar que estoy perdiendo facultades. Y como si yo misma hubiera cambiado los nombres de los comensales, cosa que he hecho muchas veces para conseguir mis propósitos, hoy me la han jugado a mí. Mi silla, vacía, está justo entre Pol y Pietro. Qué dilema. Estaré sentada junto al hombre que quiero y que no puedo tener y, al otro lado, al que seguramente me acabaré tirando esta noche. Porque juro que de hoy no pasa; necesito sentir a un hombre dentro de mí con urgencia.

En un momento de la comida que Pol está hablando con Dan y Óscar, Pietro me empieza a hablar en voz baja:

—¿Qué historia tienes con Pol?

—¿Yo? Ninguna.

—¿Y por qué cada vez que hablo contigo o te hago un piropo me mira como si me quisiera matar?

—Anda, ¿pero qué dices? Eso son imaginaciones tuyas.

—Tú fíjate.

—Es mi mejor amigo, pero la cosa ahora ha cambiado desde que tiene novia.

—¿Y dónde está ella?

—Tenía otro compromiso.

—Pero hay una historia entre vosotros.

—No.

—¿Seguro?

—Tiene novia.

—¿Y si no la tuviera?

—La tiene.

Por suerte para mí, el fotógrafo hace acto de presencia en la mesa.

Es evidente las parejas que hay, pero, cuando llega a mí, el fotógrafo duda por un momento. Pero supongo que, al ver a Pol con la corbata del color de mi vestido, se confunde y nos pide a Pol y a mí...

—Júntense un poquito más.

Yo, que no me lo espero, noto cómo Pol me coge de la cintura, me arrima a él y no me suelta en esos cinco segundos que tarda el fotógrafo en hacer la foto. Me saben a gloria, pero pasa muy rápido.

Pietro, que se ha cogido como un desafío las miradas de Pol, ataca:

—Yo también quiero una foto con esta bella señorita.

Ahora es él el que me acerca a su lado y nos hacemos una foto con él dándome un beso en la mejilla.

Miro a mis amigas, que se están partiendo de la risa. Supongo que este momento ha sido cómico para ellas, pero yo lo estoy pasando fatal. Otras veces me ha pasado que dos hombres se han peleado por mí, pero nunca antes me había importado ninguno de los dos.

El momento pastel llega. Y, mientras los novios están cortando la enorme tarta, los camareros nos piden que nos juntemos un poco para poder poner dos cubiertos más en la mesa, ya que los novios a partir de ahora se sentarán con nosotros.

Bien, genial poder disfrutar de María y Martín. Los sitúan entre Pol y Beth, lo que hace que nosotros en concreto quedemos más juntos si cabe que antes. Y, cuando voy a mover la silla hacia Pietro, Pol me dice:

—No hace falta, hay espacio de sobra.

Y, como una tonta, no me muevo. Porque en el fondo quiero estar a su lado, junto a él, encima de él... De todas las formas posibles y lo más pegada a él que pueda. Soy muy tonta, lo sé, pero no lo puedo remediar.

Todo el mundo se lo está pasando en grande. Los más jóvenes movemos nuestros esqueletos en la pista de baile que han formado retirando algunas mesas, y yo bailo como si no hubiera un día después de este. Mañana ya descansaremos.

Las primeras que nos lanzamos a la pista somos las

chicas; nosotras no tenemos tantos reparos a la hora de bailar, pero los chicos no tardan mucho en unirse a nosotras. Y
no sé el rato que llevo bailando, pero mis pies me recuerdan
que mucho.

Aprovecho un momento en que todo el mundo está dis-
traído y los dos machos alfa que llevan toda la noche com-
pitiendo por mi atención me han dado una tregua, y me
escabullo para llenar mi copa y descansar un poco de mis
talones.

Por increíble que parezca, le he dicho al camarero que
me ponga un vaso con agua y que me lo adorne con hielo y
limón para que parezca un *gin-tonic*. Creo que por hoy ya he
bebido suficiente y necesito la cabeza clara para no cometer
una locura, porque te juro que no entiendo qué le pasa a Pol
esta noche. No para de estar pendiente de mí y, antes de que
necesite algo, ya lo tengo delante. No sé a qué juega, pero
me gusta y me molesta a partes iguales.

Detrás de la carpa, hay un espacio con césped y unos
bancos, que la gente aún no ha descubierto porque no hay
nadie. Así que sin manías me quito los tacones y ando por
la hierba descalza, sintiendo el alivio en mis pies.

Me siento en uno de los bancos. Desde aquí se oye la
música, pero no hace falta que baile; puedo descansar y pensar en lo que tengo que poner mañana en la maleta a las
Baleares. El pronóstico del tiempo es bueno, con sol todos
los días y temperaturas de 26 grados de máxima. Seguro que
los más atrevidos se dan un chapuzón en la playa.

Pensando en el viaje, no me doy cuenta de que alguien se
acerca hasta donde yo estoy.

—¿Qué haces aquí, tan sola?

Levanto la vista y me enfrento a los ojos de Pol.

—Los pies me están matando y he tenido que quitarme mis preciosos zapatos un rato.

Pol se sienta a mi lado, me coge uno de los pies y empieza a darles un masaje de esos que sabe que tanto me gustan.

Ahora mismo estoy en la gloria, pero no ha durado mucho.

—¿Quién es Pietro?

—Un amigo.

—Parece mucho más que eso.

—Tú ya sabes que tengo muchos amigos.

—Sí, claro que lo sé, pero es que este es muy pesado.

—¿Pero qué te pasa? Has estado toda la noche metiéndote con él sin razón.

—¿Sin razón? Te ha dicho tantas veces «bella» que creo que voy a vomitar.

—¿Perdona?, ¿es que acaso no consideras que lo sea?

Resopla.

—No te pongas así. Claro que lo eres, y hoy estás más guapa que nunca.

Me lo quedo mirando como si le hubieran salido dos cabezas. Su actitud conmigo no es la de siempre, y no me puedo callar.

—Entonces, ¿cuál es el problema?

Se agacha y se pone las manos en la cabeza.

—Odio pensar que habéis sido más que amigos.

—Y a ti qué más te da. Tú, más que nadie, sabes que tengo un pasado y lo hemos hablado muchas veces. Tú tienes el tuyo y te recuerdo que, hasta que conociste a Nerea, era igual de variado que el mío.

—Lo sé, no tengo derecho a reprocharte nada.

—Pues claro que no. Faltaría más.

262

Los dos nos quedamos en silencio un buen rato, cada uno con sus cosas en la cabeza. Y, cuando pensaba que la conversación se acabaría aquí, Pol me pregunta:

—¿Por qué fuiste a la plaza?

Primero no entiendo de qué me está hablando, pero al momento me viene la imagen de mí estando sola en la plaza de las Bodegas, esperando a que él apareciera.

—¿Tú cómo la sabes? No te presentaste.

—Yo estaba allí.

—Mentira. No te vi y te juro que estuve sentada allí sola, esperándote más de lo que hubiera debido.

—Yo llegué antes que tú y me escondí en una esquina.

Estoy en *shock*, no me salen las palabras.

—Di algo —me suplica Pol.

—¿Que diga algo? ¿Por qué estabas allí? ¿Por qué no saliste de tu escondite? ¿Por qué me dejaste sola cuando más te he necesitado? ¿Por qué tantas cosas...?

—No te sé dar una explicación. Estaba seguro de que no te presentarías y, al verte allí, sentada en el banco, me bloqueé.

—Si tan seguro estabas de que no iría, ¿qué hacías tú allí?

—Yo... Quería que vinieras.

—Perdona, Pol, pero no te entiendo. Querías que fuera, pero cuando voy, me dejas allí, sola, sentada más de dos horas, y no tienes lo que hay que tener para salir y dar la cara. Solo tenías que decirme que lo que pactamos siendo unos niños era una chiquillada y que no se cumpliría; simplemente decir que había sido un error.

—¡No puedo decir eso! —me dice Pol con los ojos brillantes, a punto de llorar.

—¿Cómo?

—Yo quería que vinieras, que estuvieras allí conmigo, y así cumplir lo que escribimos siendo unos niños.

Ahora sí que, si me pinchan, no me sacan ni gota. No estoy entendiendo nada. Me está diciendo que quería cumplir el pacto, pero, claro, quería… En pasado.

—No me lo demostraste ese día en la plaza, quedándote allí escondido.

—Lo sé, pero no tuve el valor de salir.

—¿Por qué?

—Por muchas cosas.

—¿Cuáles?

—No sé.

—Sí que sabes. Explícate.

—No estás preparada para mantener una relación solo conmigo. Sales todos los fines de semana, tienes muchos amigos… Y, si te corto las alas ahora, te aburrirás y me acabarás odiando.

—No me lo puedo creer. Esto no me está pasando a mí.

—¿El qué?

—Desde que me di cuenta de que sentía algo por ti, aunque alguna vez he salido, no he estado con nadie. Parezco una monja de clausura. Solo me he preocupado de mi agencia, acabar bien en la agencia de Nico y hacerlo bien contigo. No meter mierda entre tú y Nerea ha sido lo que me ha costado más, y ahora vas tú y me dices esto.

—¿Y cuándo te diste cuenta de que sentías algo por mí?

—Demasiado tarde, ya estabas con ella.

Se me acerca y estamos muy juntos. Me coge de los brazos y la distancia que separa nuestros labios cada vez es más pequeña, pero, como estoy haciendo desde que he madurado, no me dejo llevar.

Me aparto.

—¿Sigues estando con ella?

Silencio.

—¡Responde!

—Sí.

—Entonces, ¿a qué juegas?

—No podrías estar solo conmigo.

—¿Y tú? ¿Que has estado a punto de besarme? Eres tú el que quiere estar con las dos, eres tú el que no tienes las cosas claras y eres tú el que no está preparado, no yo.

Ahora mismo se me llevan los demonios, pero ¿quién se ha creído que soy? No confía en que lo que siento por él es verdad y que no me había pasado nunca. Hace meses que no estoy con nadie, ¿y cómo me lo paga? Desconfiando de mí. Parece mentira que al que tenga delante sea mi amigo de toda la vida, la persona que me conoce más que nadie, y que al parecer yo no conozco.

—Sabiendo que yo me presenté ese día para cumplir el pacto y tú estabas también allí, sigues estando con ella. Creo que el que no ha madurado y el que no quiere comprometerse eres tú y no yo. No te reconozco.

En ese momento aparece mi ángel salvador. Pietro sale de entre las sombras y me mira.

—¿Todo bien por aquí?

Pol resopla, y oigo cómo dice:

—Otra vez este pesado.

—Todo bien —le respondo.

—¿Necesitas algo, bella? María te busca; es el momento de lanzar el ramo y quiere que estés allí con ella.

Pol aprieta los dientes.

—Perfecto. Vamos a pasar por el trámite y luego necesito

que me saques a bailar. Ya he descansado demasiado y mi cuerpo me pide fiesta, de todo tipo.

—Eso está hecho. Te invito a una copa.

—¡Si hay barra libre! —le dice Pol.

—No tienes ni idea de cómo tratar a una dama —le responde Pietro.

—¿Y tú sí?

—Mira quién va a bailar con ella.

Me cojo del brazo de Pietro para ponerme los zapatos, y nos marchamos de allí antes de que monten una escena. No hace falta, pues Pol ya me ha dejado claro lo que piensa de mí.

Cuando aparezco por la pista de baile, ya tengo a todas las chicas casaderas en grupo con ganas de coger el ramo. Yo me pongo detrás de todo, a un lado, sin intención alguna de participar en esta tonta tradición. Como si que te cayera el ramo encima significara que te vas a casar la siguiente. Eso no se lo cree nadie que tenga dos dedos de frente. Que se lo entregue a Beth directamente, que será la próxima en pasar por el altar… Pero no me queda más remedio que colocarme allí, como buena amiga que soy.

No estoy mirando hacia María, estoy recordando todo lo que me ha dicho Pol, así que no veo que el ramo me golpea y cae directamente en mis manos.

No puede estar pasándome esto a mí.

Todas se giran para mirar dónde ha caído y me ven a mí sujetar este montón de flores, muy bonito, por cierto, como si sujetara una cosa llena de bichos. Yo no lo quiero.

María se acerca a mí enseguida.

—Serás la siguiente.

—Sal de tu cuento de hadas. Esto no va a pasar.

—No me seas rancia. El ramo te ha escogido a ti.

Todo el mundo me está mirando, incluido Pol, y ahora mismo no quiero ser el centro de atención.

María me abraza y la música vuelve a sonar.

A partir de ese momento, no me separo de Pietro ni para ir al baño. Bebemos (yo sigo con mi agua) y bailamos hasta que la boda se termina con una fuente de chocolate y churros.

Ha ido todo genial y, por suerte, nadie se ha dado cuenta de que por dentro estoy rota. No me esperaba esto de Pol, pero Pietro ha sido mi salvavidas por esta noche.

Llega el momento de irnos. Los que no han bebido desde la cena se reparten las llaves de los coches.

Pol se acerca a mí.

—Te llevo a casa.

Y yo, como no soy de piedra y, sabiendo lo que sé, no respondo de mis actos… me niego.

Voy hacia el coche de Luca. Me subo la primera en el asiento trasero y Pietro se sienta a mi lado.

Miro a Pol y se le nota en la cara lo enfadado que está, pero me da igual. ¿Verdad que piensa mal de mí?, pues vamos a darle razones.

Cuando llegamos al portal de mi casa, veo el coche de Pol aparcado en la esquina. Esta vez no se ha escondido tan bien, así que pongo en marcha a la loba que tengo dentro.

—Pietro, aún no has visto mi casa. ¿Subes y nos tomamos la última?

Paula, que está sentada en el copiloto y sabe de mi historia, se me queda mirando.

—La noche es joven, todavía no ha salido el sol, y no tengo sueño —le digo yo a modo de respuesta.

—Ya eres mayorcita para que te digan lo que tienes que hacer —me dice ella.

Así que nos despedimos y nos bajamos del coche.

Capítulo 19

Pietro, tan galán que es, me ofrece la mano para bajar del coche y ya no me la suelta hasta que entramos en mi casa, siendo yo totalmente consciente de que Pol me está observando.

Cuando llegamos arriba, Pietro me besa. Al principio, estoy tan desesperada y tan falta de cariño que le sigo el juego.

Nos besamos por toda la casa, hasta que lo guio a mi habitación. Nos tiramos encima de la cama y sus manos empiezan a recorrerme todo el cuerpo mientras me sigue besando con devoción.

Qué bien se siente cuando la persona que está contigo te hace sentir que en este instante eres la única que existe, aunque luego sea un momento fugaz.

Le quito la camisa de la manera que puedo con los botones, y él busca la cremallera para deshacerse de mi vestido. Los dos lo estamos esperando, nos deseamos, y yo lo necesito para no terminar loca perdida.

Seguimos con nuestro juego erótico. Ya hemos estado juntos y sabemos lo que nos gusta.

Lo estoy disfrutando, de verdad que me está gustando lo que está pasando... Pero cometo un error: Pol aparece en mis pensamientos y, sin querer, digo su nombre en voz alta.

Pietro para.

—¿Me has llamado Pol?

—Lo siento.

—Cris, ¿qué te pasa? No te reconozco.

—Ni yo a mí. Te lo juro.

—¿Quieres continuar?

—Por un lado sí, pero por otro me siento mal.

Pietro se mueve y se sienta en la cama.

—No quiero hacer nada que no queramos los dos. Cuéntame.

—Qué quieres que te diga… Me he enamorado.

—¿En serio? ¿De ese? No te merece.

—Lo sé, pero en esto del corazón está claro que no manda uno mismo. Cuando surge, no hay quien lo pare. El día que te pase a ti me entenderás, y quiero que me llames para contármelo.

—No creo que me pase.

—Yo tampoco lo creía, y mírame: no soy ni el reflejo en el espejo que era hace unos meses. Te juro que tengo muchas ganas de estar contigo, pero hasta que no me quite a Pol de aquí dentro —le digo, señalándome mi corazón malherido— no puedo estar con nadie.

—No te preocupes; somos amigos. ¿Quieres que me vaya?

—No, por favor. Quédate esta noche conmigo, no me dejes sola.

Unas lágrimas recorren mi rostro sin querer. Pietro me abraza y no sé en qué momento nos quedamos dormidos.

Al día siguiente me levanto sobre las once. Es temprano

para la hora en que nos acostamos ayer, pero no puedo dormir más. Tengo la cabeza llena de momentos de la boda y no me dejan dormir, así que me pongo con el desayuno. Que cuando se despierte el italiano, si no le doy de comer, me querrá comer a mí.

Suena el timbre. No tengo ni idea de quién será a estas horas, pero como sea un repartidor, me lo cargo, que va a despertar a Pietro.

—¿Quién es?

—Soy Pol, abre.

—¿Qué quieres?

—Hablar contigo.

—Pues yo no quiero.

—No me seas niña y ábreme.

Como no quiero que suba, me pongo una sudadera y bajo las escaleras para abrir la puerta principal. La abro, pero no lo dejo entrar, poniendo mi cuerpo en medio como barrera. Así que hablamos: él, desde la calle; y yo, desde dentro para que no me vean los vecinos con estas pintas.

—¿No me vas a dejar entrar?

—Mejor hablamos aquí. Ayer ya quedó bastante claro lo que piensas de mí.

—He venido a pedirte perdón. No me expresé bien, te dije cosas que no sentía en realidad.

—Dicen que los niños y los borrachos no mienten, pues creo que con las copas de más me dijiste lo que realmente piensas de mí.

—No me gusta que estemos así. Añoro nuestros martes, añoro que me cuentes tus cosas...

—Sí, claro. Para que ahora uses todo lo que sabes en mi contra.

—Ya te he dicho que lo siento.

—Pues no te perdono.

—Creo que tenemos que hablar.

—Sí, seguramente, pero ahora no me va bien.

—¿Sigue ese en tu casa?

—Ese tiene un nombre y es Pietro.

—¿Se ha quedado a dormir?

—No es asunto tuyo.

—Claro que lo es.

Levanto las cejas y me lo quedo mirando. Y le respondo con toda la frialdad que puedo, porque en el fondo me encanta verlo celoso.

—Creo que hoy no vienes a la comida en casa de Paula y Luca, donde estaremos todos (remarco lo de «todos»), porque has quedado con Nerea y sus padres. Dicho esto, no hay nada más que hablar.

Doy un paso hacia atrás y le cierro la puerta en las narices. En menos de cinco minutos, me ha puesto de los nervios. Y es que no lo entiendo, pero consigue sacar lo peor de mí.

Subo las escaleras y me encuentro a Pietro despierto.

—No he querido molestar, pero te juro que me ha faltado poco para bajar y hacerle una cara nueva a este amigo tuyo.

—Tranquilo, hoy ya no lo verás más.

—Menos mal. ¿Desayunamos?

—Sabía que tendrías hambre.

La comida en casa de Paula va genial, pero suerte que está

272

Pietro. Porque, si no, con tanta pareja superenamorada me cortaría las venas.

Aunque no quiera admitirlo, me gustaría que Pol estuviera aquí, disfrutando de la felicidad de María y Martín. En poco tiempo se ha integrado con ellos de una manera tan natural que no quiero que, porque no tengamos nada entre nosotros, deje de verlos. Y supongo que, si estuviera aquí, sabría que no está con Nerea; que está aquí, conmigo, aunque sea solo como amigo.

Me está entrando el bajón y no quiero que me vean así. Ellos están felices y celebrando, así que, cuando terminamos los cafés, yo me despido de todos. Tengo que hacer la maleta e irme al hotel del aeropuerto, y así nadie tendrá que llevarme mañana temprano.

Estoy en la habitación del hotel, repasando el itinerario del primer día. Creo que me he pasado con las excursiones y no les quedará tiempo libre hasta las seis de la tarde. A partir de esa hora, lo que quieran.

Suena mi teléfono: llamada en grupo de las chicas.

—*¡Hola! ¿Dónde estás?* —pregunta Beth.

—En el hotel del aeropuerto. ¿Por?

—*Casi mejor que no estés en casa* —dice María.

—*Sí, eso seguro* —confirma Laura.

—¿Qué ha pasado? Me estáis asustando.

—*Se ha liado una en casa de Paula...* —anuncia Beth.

—¿Cómo que se ha liado?, no entiendo.

—*Acaba de venir Pol* —dice Laura.

—Qué raro que haya ido, si tenía planes —les digo yo.

—*Ha venido preguntando por ti* —me dice María.

—¿Y...? —Estoy intrigada.

—*Antes de que nosotras pudiéramos abrir la boca, le ha contestado Pietro* —explica Laura.

Supongo que deben ver mi cara de sorpresa a través de la pantalla.

—¿Qué le ha dicho?

—*Se ha quedado a gusto el italiano. ¿Verdad, chicas?* —sigue Beth.

—*Verdad* —contestan las otras dos.

—¿Pero qué le ha dicho?

Estoy que no puedo con tanta intriga.

—*Ha empezado diciéndole que no pintaba nada en casa de Paula. Pol le ha dicho que pasase de él, que te estaba buscando. Luego, que te dejara en paz; y el otro, que él no era nadie para decirle lo que tenía que hacer. Y cada vez se estaban juntando más y han empezado a darse empujones. Y, si Martín y Luca no los paran, estoy segura de que acaban a tortazos* —narra Beth.

Me quedo sin palabras.

—¿Qué le está pasando a Pol? Él no es así —les digo.

—*Yo creo que, al tener a Pietro cerca rondándote, se ha dado cuenta de cosas* —suelta Laura.

—Se puede haber dado cuenta de la luna si sigue estando con Nerea —les digo.

—*Bueno, eso es fácil de solucionar* —dice María.

—No hay arreglo, chicas, ayer me dejó las cosas muy claras.

—*¿Qué te dijo?* —pregunta Beth.

—Que yo no sería capaz de serle fiel en una relación porque necesito estar con «mis amigos».

—*¡No!* —dicen las tres a la vez.

—*¡Será cabrito! Si llevas meses sin salir de fiesta únicamente porque te has dado cuenta de que lo quieres* —se queja Laura.

274

—Así me lo paga.

—*Que no vaya yo y le diga cuatro cosas y me una a Pietro* —salta María.

—Chicas, tranquilas, no quiero que os hagáis mala sangre. Pol se ha hecho amigo de vuestros amores y no quiero que pierdan su amistad. Lo mío poco a poco se me pasará.

—*No es justo. El ramo te ha escogido a ti* —lloriquea María.

—Quién sabe. A lo mejor conozco a alguien en Baleares esta semana y me olvido de Pol.

—*Ojalá. Mira que me cae muy bien Pol, pero no está haciendo las cosas bien* —se queja Beth.

—No os preocupéis; yo estoy bien dentro de lo que cabe. Ahora me espera una semana en las islas y otra en Las Vegas, así que no puedo pedir mucho más.

—*Es un buen plan para desconectar y desahogarte con uno de esos modelos que sueles conocer* —se ríe Laura.

—Gracias, aunque no estoy de humor… Pero no descarto nada.

—*Esa es la actitud* —me anima Beth.

—Hablamos, ¿vale? Aún tengo que repasar algunos de los itinerarios de la semana —les digo.

—*Buenas noches.*

—*Adiós.*

—*Manda fotos.*

Cuelgo y se hace el silencio en esta fría habitación de hotel.

Vuelvo con el último repaso al viaje y me suena el teléfono: es Pol.

Tengo un dilema ahora mismo; ¿lo cojo o no? Y, antes de que pueda decidirme, deja de sonar.

Mejor, ahora mismo no quiero hablar con él.

Vuelve a sonar y ahora sí que decido firmemente no contestar.

Necesito un poco de tranquilidad emocional, que estar subida en esta montaña rusa me está pasando factura.

A las seis de la mañana, ya tengo al grupo preparado y emocionado delante de mí. Por suerte, no ha habido ningún imprevisto de última hora y nadie se ha dormido.

Felipe, que está más guapo que nunca, me ayuda a repartir el dosier que les he preparado para que se lo puedan mirar en el avión y vean que vamos a aprovechar los días al máximo. Entre todas las excursiones, hay camufladas unas dinámicas de equipo en este viaje para que, aparte de ser una recompensa, sea un *team building* perfecto. El que más me gusta es la caza del tesoro, que mañana organizaré en la playa de delante del hotel.

Felipe y yo compartimos asientos en el avión y los demás están repartidos por toda la cabina. Observo cómo todos van mirando el plan que les he preparado, y en su cara veo que les gusta. Este viaje me vendrá genial para poder pasar página y, durante cuatro días, no pensar en lo patética que es mi vida amorosa en estos momentos, con lo que yo he sido.

Mientras estamos haciendo la visita a la fábrica de vidrio soplado que hay en la isla, suena mi teléfono. Es Pol.

No puedo ignorarlo mucho más, pues lleva desde

ayer intentando localizarme y yo no le cojo el teléfono. Finalmente, me separo del grupo mientras les hacen las explicaciones y demostraciones, y le contesto.

—Hola —le digo escuetamente.

—*Hola.*

Se hace un silencio y no tengo ganas de que esto se alargue mucho, ya que estoy trabajando.

—Estoy en medio de una visita. ¿Qué quieres?

—*Ayer fui a tu casa y no estabas.*

—He dormido en el hotel.

—*También te llamé y no me devolviste la llamada.*

—No tenía ganas de hablar contigo.

—*¿Y ahora sí?*

—Pol, estoy trabajando y no tengo tiempo para estas tonterías.

—*Tenemos que hablar.*

—Estamos hablando.

—*Por teléfono, no. Cara a cara.*

—Pues, como no cojas un avión y vengas a Baleares, lo tienes un poco crudo.

—*No voy a subirme a un avión.*

—Pues no vamos a hablar cara a cara.

—*¿Cuándo vuelves?*

—Si no hay nada nuevo, el jueves a última hora.

—*¿Cenamos?*

—Llegaré demasiado tarde.

Veo cómo el chico que les está haciendo la explicación a mi grupo ha terminado y pasan a la parte de fabricación, así que tengo que ir con ellos.

—Pol, ahora mismo no puedo atenderte. Ya te llamaré cuando pueda.

—*Perdona, pero llámame.*

—Ya hablaremos.

Y cuelgo la llamada, que me ha dejado una sensación rara por dentro. ¿Qué le pasa? Pero es que no tengo ganas de hablar con él; estoy dolida.

El viaje se me está pasando rapidísimo. Mañana es jueves, el último día, y todos quieren quedarse unos días más de lo bien que se lo están pasando. Pero, claro, no puede ser. Al menos conmigo no, porque estoy agotada.

Como cada día cuando les dejo su rato libre por la tarde para que hagan lo que quieran, me bajo a la playa y me siento en una tumbona a leer, o simplemente a mirar cómo las olas rompen en la orilla una y otra vez sin descanso.

Felipe se acerca y señala la hamaca libre a mi lado.

—¿Puedo? —me pregunta.

—Por supuesto.

—Vengo a felicitarte. Este viaje ha sido de diez y la gente ya está hablando de repetir para el año que viene, tanto si lo paga la empresa como si no.

—Me alegro. Como te conté, dejo la agencia donde estoy ahora para montar la mía. No sé si podría acompañaros yo, pero seguro que encontraría a un guía igual de competente si lo necesitas.

—Ya lo hablaremos, pero ya te digo que, como el balance sea como este año, lo repetiremos. Y me encantaría que fueras tú nuestra guía —me dice, mirándome con una intensidad que en otro momento hubiera hecho que se despertara la loba que tengo dentro.

—Esto de ser empresaria trae muchos quebraderos de cabeza, así que no te prometo que pueda ser yo.

—Mañana, cuando lleguemos a Barcelona, ya habrá terminado nuestro contrato y ya no estaremos trabajando juntos. Tenemos una cita pendiente; ¿cenamos? Te juro que todas las noches he estado a punto de llamar a tu puerta y romper el pacto, pero mañana ya te digo que no te me escapas.

Pero qué les pasa a todos los hombres con querer quedar conmigo mañana. ¿Una es que no puede estar soltera y simplemente disfrutar de la vida sin sexo? Aunque sea una norma autoimpuesta por mí sin sentido.

¿He pensado yo eso? No me reconozco, si el siguiente paso es encerrarme en un convento para ser monja...

Tengo que pensar algo rápido para que no se lo tome a mal. «Piensa, Cris, piensa...».

Se me acaba de ocurrir una idea, y así me libro de Felipe y de Pol a la vez. No vuelvo a casa mañana. Llamaré a Claudia y me quedaré en el hotel de la cadena en las islas.

—Me temo que lo tendremos que posponer una vez más, ya que mañana no viajo con vosotros. Me quedo en las islas a conocer más hoteles de los que promocionaré en mi agencia.

—Qué pena. Quería tenerte como postre.

Parece mentira que antes me encantaran estos comentarios y ahora los encuentre un poco fuera de lugar.

—Otro día.

Veo en su cara que no le ha gustado mi respuesta, pero ahora mismo es lo que siento.

—Me voy a cambiar para la cena. Nos vemos luego —
me dice, casi sin mirarme.

Aprovecho que se va para llamar a Claudia y que mi idea
de quedarme se haga realidad. Como no podía ser de otra
manera, me quedo en las islas tres días más, lo justo para
llegar a casa y preparar el cambio de maletas para irme directamente a Las Vegas. Ahora mismo, doy gracias a estos
viajes para poder tener mi mente ocupada.

Capítulo 20

Es viernes, estoy desayunando en la terraza del restaurante del hotel. La temperatura, aunque fresquita, es muy agradable, y tener el mar de fondo hace que este yogur con chía tenga un sabor especial.

Me he despertado temprano y he ido a caminar por la orilla. El grupo de la empresa de Felipe se ha portado genial, les ha encantado todo lo que les he preparado, pero estar aquí y ahora sola, disfrutando del silencio, es reparador.

Suena un mensaje en mi móvil: es Philip. Me invita a una fiesta privada esta noche. Le estoy escribiendo que no podré asistir, y al final opto por llamarlo.

—Buenos días —le digo al descolgar.

—*Contento de oírte.*

—Se me hace raro que estés despierto a estas horas. Siempre has sido un hombre de la noche.

—*Pero la vida te hace cambiar.*

—Dímelo a mí.

—*¿Vendrás esta noche? Será la despedida antes de marcharnos a Las Vegas. Creo que me quedaré allí unas semanas para controlar que todo funcione bien, y Roy está de acuerdo. Él viajará a media semana, ya que le ha surgido algo en uno de sus hoteles.*

—Iría, pero estoy en Mallorca. Me he quedado el fin de semana para desconectar de todo y de todos.

—*Eso me ha sonado a despecho.*

—Pues sí. La verdad es que un poco.

—*¿No va bien con ese chico que conocí ese día?*

—Va fatal; con decirte que me he quedado aquí para no volver a casa y verlo. Me irá bien estar en Las Vegas.

—*Sabes que puedes quedarte en el hotel los días que quieras.*

—Gracias, pero tengo que abrir mi agencia. Y la fecha será, si no pasa nada, a principios de mayo, porque tengo que empezar a facturar.

—*Ya sabes que puedes contar conmigo. Siempre me has organizado los viajes y vuelos.*

—Lo sé, y te lo agradezco.

—*¿Quién te lleva al aeropuerto el lunes?*

—No sé, cogeré un taxi.

—*Ni hablar. Voy el domingo a buscarte, duermes en mi casa y desde allí salimos.*

—Pues no me parece un mal plan. Así tengo excusa para no ver a alguien.

—*¿Cuándo llega tu vuelo?*

—A las seis de la tarde.

—*Te recojo, te llevo a casa, haces la maleta y nos vamos a mi casa. Mi chófer nos llevará el lunes.*

—Pues te juro que me haces un favor enorme.

—*No es ningún favor. Las noches solo en casa se me hacen eternas, no estoy acostumbrado, y tenerte a mi lado me da tranquilidad. Qué pena que no puedas venir hoy; será la despedida de la noche de Barcelona.*

—Seguro que no te faltará con quién celebrarlo. El domingo me cuentas.

—*Tú también tienes que explicarme. No te he visto nunca así.*

—Nunca he estado así, y no sé si quiero volver a estarlo. Se pasa fatal.

—*En Las Vegas lo verás de otro color; de hecho, de todos los colores.*

—Espero que sí. Nos vemos el domingo.

—*Yo te recojo.*

Ahora mismo la amistad de Philip es lo que necesito. Alguien que no me agobie con querer acostarse conmigo y que me dé su apoyo, pero mi tranquilidad dura poco... Pol.

Descuelgo el teléfono sin muchas ganas. Ahora mismo no me apetece hablar con él, pues se está poniendo muy pesado.

—*Buenos días, Cris, estoy en tu puerta y no me abres.*

—¿Cómo? Claro que no te abro, si no estoy.

—*¿Ya te has ido a Barcelona?*

—No, más bien no he vuelto. Me he quedado en las islas a conocer los hoteles de la cadena.

Silencio.

—*Habíamos quedado en hablar.*

—Que yo sepa, no quedé contigo. Eres tú el que últimamente da todo por hecho. Y estoy cansada, muy cansada, Pol. Eres mi amigo de siempre y, si quieres que todo vuelva a ser más o menos como antes, tienes que dejarme tiempo. Y ahora sí que va en serio. No quiero que me llames ni que te pongas en contacto conmigo hasta que yo no esté recuperada. Sabes lo que siento por ti y, si me quieres como amigo, lo respetarás.

—*Pero...*

—¡Basta! Quiero olvidarte y, si no paras de llamarme, no

puedo. Cuando lo haya conseguido, sé dónde encontrarte. Hasta entonces, necesito mi espacio y mi vida sin ti.

Silencio.

Sinceramente, esperaba que le costara un poco más hacerme caso. Esperaba que luchara un poco más para que nos viéramos una última vez, pero esto es lo que hay y me tengo que aguantar. Así me será más fácil sacarlo de mi corazón.

Por fin aterrizamos en el Aeropuerto Internacional Harry Reid de Las Vegas. Son las dos y cuarto de la tarde, pero, después de más de catorce horas de vuelo, necesito una siesta cuando lleguemos al hotel. Porque, con tantas cosas en la cabeza, no he podido pegar ojo.

He quedado con Philip en el *hall* del hotel. Mañana ya me lo enseñará mejor, que ahora vamos a vivir la noche. Su hotel está en el Strip de Las Vegas, en el centro de todo, donde están los mejores hoteles, casinos y salas de fiesta de la ciudad. Su hotel es uno de ellos. Ciudad del Pecado, allá vamos.

Cuando hemos llegado, era de día. Y, aunque espectacular, ahora que es de noche no hay color. Los miles de luces que adornan cada rincón de cada hotel, cada imitación de un monumento casi a tamaño real... Es, sin duda, una experiencia única para los sentidos.

Una limusina nos espera en la entrada. Es típica de las películas, donde dentro caben no sé cuántas personas. Entramos, aunque esta no tiene luces de neón ni jóvenes pasándoselo bien; esta es elegante y enorme por dentro.

—¿Dónde vamos? —pregunto.

—Ahora lo verás.

—Me gustaría pasear para ver todos los edificios desde cerca, y las fuentes del Bellagio y…

—Tranquila, que ahora lo veremos todo desde otro ángulo.

Me quedo intrigada, y llegamos al sitio en pocos minutos. Nos bajamos de la limusina para entrar en un hotel espectacular. Subimos al ascensor hasta la última planta y, al abrir la puerta de la azotea, un helicóptero nos espera.

Me he quedado sin palabras. Las vistas de Las Vegas desde el aire son, como poco, alucinantes. Lo ves todo desde arriba y te das cuenta de la magnitud del lugar.

—Esto es impresionante, Philip, gracias por todo.

—Yo no he hecho nada.

—Has hecho mucho. Me diste el empujón que me faltaba para dar el paso y montar mi agencia. Y, ahora que estoy en mis horas bajas, estás aquí, a mi lado, como un buen amigo.

—¿No es esto lo que se supone que hacen los amigos? No hago otra cosa que tú no harías por mí.

—Bueno, ofrecerte una *suite* en mi hotel de Las Vegas no podría, eso seguro. Organizarlo sí, eso sí que puedo.

—Eso son pequeños matices que ahora no cuentan. La intención es lo que vale.

—Gracias por estar.

—Para lo que me necesites. Lo sabes.

Cenamos en el restaurante de su hotel, y después nos

perdimos un rato por el casino, que tiene situado en un lateral del hotel.

En la entrada, cambio cincuenta dólares por fichas, pero Philip añade unas fichas más.

—Con esto no durarás ni cinco minutos —me dice.

—No tengo la intención de arruinarme la primera noche.

—Esto es Las Vegas, señorita, la Capital del Entretenimiento Mundial.

—Siempre he querido tirar de una de las palancas de las tragaperras.

—Pues venga. Mira allí todas las que tienes.

Aplaudo como una niña pequeña a la que acaban de dar un regalo, y me voy con mis fichas a una que está libre. Pongo una moneda y tiro de la palanca. Las cinco filas de dibujitos van rodando y rodando hasta que van parando de una en una y… Nada, no me ha tocado nada. ¿Pero qué esperaba?, ¿que empezaran a salir monedas del agujero que tiene debajo? Eso solo pasa en las películas, pero es que estar aquí es como si estuvieras en una.

Es martes y no sé nada de Pol. Tanto que tenía que hablar conmigo, que era importante, y ya ves: le dices que te deje en paz y te hace caso. ¿Desde cuándo los hombres hacen caso?

He quedado en media hora para desayunar y ver el hotel desde su organización interna, así que me doy una ducha rápida y bajo volando para no seguir pensando en él y tener la tentación de mirar sus redes sociales a ver qué está haciendo estos días.

El hotel está en la zona del Bellagio con sus espectaculares fuentes, en la misma calle Strip, y esto lo hace estar bien situado. Este elegante complejo ofrece amplias habitaciones y hermosas *suites* con balcón. De hecho, la mayoría de las habitaciones tienen terraza privada, por lo que es una buena opción para parejas, y tiene unas piscinas espectaculares que se transforman en discotecas por la noche. Y escucho cómo Philip me lo va contando todo con una ilusión renovada que hacía tiempo que no veía en él.

—Ya veo que lo del ocio nocturno no lo dejarás del todo —le digo.

—Cuando a Roy le ofrecieron este complejo, pensó en mí seguramente por esta razón. Aquí encontrarás entretenimiento a cualquier hora del día y, de momento, el de la noche, ya tengo pensados un par de cambios para que todavía sea mejor.

—Eso que me dijiste de quedarte unas semanas… Me parece a mí que será más que eso.

—Ahora mismo no lo sé. Tengo mis negocios en Barcelona, pero, si sale bien esto de Las Vegas, me veo aquí por una larga temporada.

—Te añoraré. Últimamente me has ayudado tanto que no puedo vivir sin ti.

—Sabes que puedes venir siempre que quieras. Una *suite* estará reservada para ti siempre.

—Pero no es lo mismo que tenerte cerca. Prométeme que, cuando viajes a Barcelona, me avisarás.

—Serás la primera en saberlo, porque tú me tramitarás los billetes.

—Y yo enviaré a Las Vegas a todo el mundo que quiera pasarlo bien y quiera perder cantidades ingentes de su dinero en tu casino. Al final, ayer, ¿cuánto nos gastamos?

—No quieras saberlo.

—Mejor no, tienes razón —le respondo.

—Esta zona de la piscina, el fin de semana se convierte en discoteca al aire libre.

—¿En serio? Qué pasada.

—Entre semana, es discoteca de día. Aquí la gente tiene gustos para todo.

—Es genial, Philip. Creo que Roy y tú habéis hecho una adquisición de lujo.

—En eso Roy tiene que formar al personal, porque dice que les falta un poco de saber tratar al cliente.

—Eso te lo explico yo, que he estado en varios hoteles de la cadena. La primera impresión en este tipo de hoteles, donde va gente de mucho dinero, es la que cuenta, y en eso Roy sabe cómo hacerlo. Es entrar en uno de sus hoteles y te da la impresión de que eres el único huésped, y eso ya te digo que gusta y mucho.

—En eso él tendrá que actuar.

—Por eso digo que os complementáis a la perfección en este hotel.

—Eso espero, Cris, porque tengo todo mi futuro invertido aquí.

—Estoy pensando en convencer a mis amigas de venir una semana de vacaciones este verano. Cuando llegue, se lo propongo.

—Eso sería estupendo.

—Aún no me he ido y ya tengo ganas de volver.

—Siempre que quieras, ya lo sabes.

—Gracias, significa mucho para mí.

Decido ir a la piscina mientras Philip tiene una reunión con el gerente del hotel que se encarga del casino. La temperatura es ideal; el móvil me marca veintinueve grados.

No puedo aguantar más y fisgoneo en las redes sociales a ver si encuentro qué está haciendo Pol en estos momentos. Veo que la última foto que tiene colgada es la de su abuela haciéndole el nudo de la corbata a juego con el color de mi vestido el día de la boda de María. Qué raro, ya que Nerea siempre cuelga fotos de los dos juntos, pero me da igual. La foto de Pilar y él es muy bonita; yo la enmarcaría y se la regalaría a su abuela.

No quiero hacerme mala sangre y dejo de fisgonear. Lo que sí hago es subir una foto de mis pies con el fondo de la piscina en la hamaca en la que estoy sentada. Son las doce del mediodía aquí, en Las Vegas, y las nueve de la noche en Barcelona. Mis amigas le dan un «me gusta» al instante y me hacen una videollamada.

—Hola, chicas, ¿qué tal todo por Barcelona? —les digo.

—*No tan bien como tú. ¡Qué envidia! Quién pudiera estar en esta piscina ahora mismo con los pies en remojo* —me dice Laura.

—*Yo no es por malmeter, pero también estoy en la piscina de mi hotel paradisíaco...* —suelta María, que está de luna de miel con Martín. Y nos enseña una panorámica de la piscina infinita con vistas al mar con la puesta de sol.

—*A ver, por favor, que a las que estamos trabajando se nos hace muy duro ver todo esto* —se queja Beth.

—Este verano tenemos que venir a Las Vegas todas juntas. En septiembre mejor que en agosto, que esto es el desierto y hace mucho calor —les digo.

—*Fijemos una fecha en la que nos vaya bien a todos. Hoy mismo, que necesito vacaciones ya* —vuelve a decir Beth.

—Eso está hecho. Buscaré fechas y vuelos, y os digo.

Todas aplauden a través de la pantalla.

—*¿Cómo estás?* —me pregunta Beth.

—No os voy a mentir. Estar aquí me alivia un poco el dolor que siento en el corazón, pero lo añoro. Siempre lo he tenido a mi lado en todo momento y, ahora que es cuando más lo necesito, no puede estar porque él es el motivo de mi dolor. Es complicado.

—*Tú solo tienes que ligarte a uno de esos guapetones ricachones que siempre van detrás de ti y olvidarlo* —dice Laura.

—Lo he intentado, os lo juro. Ocasiones he tenido y las he rechazado, pues no estoy de humor.

—*Tranquila, que las cosas, cuando tengan que ser, serán. Ahora os dejo, que tengo la farmacia llena, y encima estoy de guardia. Cuídate. Cris. Y tú, María, a ver si mandas más fotos.*

—Lo haré, te lo prometo —digo.

—*Yo intentaré hacer menos selfies de los dos juntos y que Martín me haga alguna sola* —dice riendo.

—*Nos vemos a la vuelta de las dos* —dice Laura.

Suerte que las tengo a ellas; si no, todo este proceso se me haría más duro todavía.

Recibo un mensaje de Philip: cenamos a las ocho en el Bellagio, y quedamos en el *hall*. Tengo toda la tarde para mí sola, así que abro el libro que llevo paseando desde las Baleares y decido sumergirme en su historia. Así las horas se me pasarán volando.

Llego con cinco minutos de retraso a la cita, ya que no podía dejar de leer, y casi se me pasa la hora. Philip está hablando por teléfono; mejor, que así no se da cuenta de mi retraso.

—Hola, estás preciosa.

—Gracias. Se agradece que te digan cosas bonitas cuando estás de bajón.

—Estaba hablando con Roy. Mañana sobre esta hora estará aquí.

—Me gustará veros trabajando en equipo. Los dos sois para mí unos grandes profesionales.

—Gracias, y así tendrás más horas libres de mi compañía.

—Eso sí que no me gusta, pero me las apañaré. Haré turismo. Me gustaría ir a Fremont Street y ver su espectáculo de luces.

—Podría estar bien, yo todavía no he ido, pero no me gusta que te muevas sola por la ciudad.

—Philip, soy yo, Cris. Estoy acostumbrada a viajar y a moverme sola.

Antes de entrar en el restaurante, nos deleitamos con el espectáculo de agua, luces y sonido que se produce en las fuentes del Bellagio Hotel. Increíble que el agua pueda subir a esa altura y tan bien sincronizada con la música; un *show* digno de ver.

Nos sentamos en una mesa privilegiada con vistas al

lago. La sala en sí no es muy grande y se nota que está reservada para gente VIP, ya que hay más camareros que mesas.

Al entregarnos las cartas, nos sirven una bebida de bienvenida junto a unos aperitivos, cortesía de la casa. Bueno, cortesía relativa. Seguro que te lo cobran con la cuenta, pero el detalle me gusta.

—Aquí en Las Vegas todo es lujo, excesos y dinero.

—Por algo se ha ganado el sobrenombre de la Ciudad del Pecado.

Cojo el móvil y hago una búsqueda rápida.

—Mira qué apodos tiene Las Vegas: Ciudad del Entretenimiento Mundial, el Patio de Recreo de América, Capital Mundial del Matrimonio, Capital de las Segundas Oportunidades...

—Hablando de eso, ¿cómo estás?

—Sinceramente, mal.

—Se te nota en los ojos. No brillan como siempre.

—Ha sido duro madurar tan de golpe y darme cuenta de que estoy enamorada de mi mejor amigo y él no confía en mí. Eso último duele y mucho.

—¿Estás segura de eso?

—Por desgracia, sí.

—Pero todo se puede arreglar. El amor todo lo puede.

—Sí, claro, cuando los dos se quieren. Si solo es una de las partes, entonces va directo al fracaso.

—¿Por qué estás tan segura de eso?

—Aunque me ha dado señales contradictorias, cuando le he pedido que me deje espacio para olvidarlo, me lo ha dado sin rechistar, sin luchar por mí. Y eso a mí me ha decepcionado mucho.

—Aunque decepcionada, te veo muy enamorada de él.

—Pues claro que sí. Y sinceramente te digo: no sé si podré olvidarlo. Creo que siempre lo tendré en mi corazón y tendré que aprender a vivir con ello, pero no pasa nada. Me acostumbraré.

—Se me hace muy extraño verte sufrir por amor. Nunca pensé que te vería así.

—Yo tampoco quiero verme así. Antes era más feliz.

—¿Seguro?

—No, claro que no, pero sería mucho mejor si él estuviera a mi lado.

—A tu lado lo tendrás, ya que trabajaréis uno al lado del otro.

—No me lo recuerdes. ¿Cómo quieres que lo olvide así?

—Yo creo que mañana verás las cosas de manera diferente.

—Pues, si hay un Cupido en alguna parte, espero que te escuche y me mande a un sustituto para que pueda pasar página.

—Aquí en Las Vegas todo puede pasar. Los apodos que tiene la ciudad se los ha ganado a pulso.

—Sabes que siempre existe la excepción que confirma la regla, y esa soy yo.

—Tengo mis dudas.

—Muy misterioso estás tú hoy.

—Para nada. Simplemente estamos hablando.

Me paso el día de turista total por Las Vegas. Me encanta el lujo y el desparpajo que desprende la ciudad. Todo lo que te puedas imaginar puede ocurrir en esta ciudad, pero multiplicado por cien.

Philip me llama cada hora para saber si estoy bien. Se preocupa más él por mí que quien lo tendría que hacer, y eso me sigue demostrando que lo tengo todo perdido.

Capítulo 21

Llego a mi habitación cargada de bolsas; al estar deprimida, me da por comprar compulsivamente, y eso que me he contenido.

Saco como puedo la tarjeta que abre la puerta y...

Luz tenue...

Pétalos de rosa en el suelo...

Mi canción favorita de fondo...

Doy un paso atrás y compruebo que esta es mi habitación. Y sí que lo es, *suite* 3033, así que vuelvo a entrar. Y ahora lo veo: Pol está aquí.

No reacciono, no puedo. ¿Qué está haciendo él aquí? ¿Desde cuándo existe la teletransportación? Él en la vida cogería un avión, y menos un viaje de tantas horas. La imaginación me está jugando una mala pasada; me estoy volviendo loca y veo visiones.

—Hola.

En mi imaginación mis visiones hablan.

Sigo sin reaccionar.

Se acerca a mí, me coge las bolsas y cierra la puerta tras de mí.

En mi imaginación, Pol huele tan bien como siempre. Su perfume inunda mis fosas nasales, y esto creo que ya no me lo estoy imaginando. Esto es real.

Pol está aquí.

—¿Qué estás haciendo tú aquí?

—Te dije que teníamos que hablar.

—Y yo te dije que necesitaba tiempo para olvidarte.

—No quiero dártelo.

—Pues me hubieras enviado un mensaje. No hacía falta que vinieras ni que montaras este numerito en mi habitación.

—Perdóname por ser un imbécil.

—Últimamente te has ganado este apodo a pulso.

—Lo sé, y por eso estoy aquí: para que sepas lo arrepentido que estoy de haberte hecho tanto daño.

—Sigo pensando que, para unas disculpas, no hacía falta que hubieras cogido un avión. Aún estoy flipando.

—No podía aguantar un día más sin verte.

Mi cara debe ser un poema. Mi cabeza no para de darme vueltas, y aún no estoy cien por cien segura de que esto que estoy viviendo no sea fruto de mi imaginación.

—¿No podías aguantar?

—No.

—Pues ya me has visto.

—No tengo bastante con solo verte.

—Pol, ¿qué estás haciendo? No juegues conmigo, por favor. Lo estoy pasando mal y tú no me estás ayudando.

—No quiero ayudarte a olvidarme. Quiero que me quieras.

Estoy alucinando en colores; el vuelo le ha hecho trizas el cerebro.

—Aquí hay algún capítulo que me he perdido. ¿Y Nerea?

—Ya no estoy con ella.

Mi yo interior está bailando de alegría, pero no lo reflejo en mi cara, pues aún no tengo claro qué quiere de mí.

—¿Desde cuándo?

—El día después de la boda. Bueno, hacía días que la cosa no iba bien. Desde el día de mi cumpleaños, que te vi en la plaza esperándome y pensé que teníamos una oportunidad. Pero me entró el miedo y la cagué.

—La cagaste, sí, y mucho.

—Quería contártelo. Fui a casa de Paula, pero ya no estabas; fui a tu casa, y tampoco. El viaje a las islas lo alargaste para no verme, y luego Las Vegas. Tenía miedo de que te quedaras más tiempo o que me olvidaras de verdad, y no puedo permitírmelo.

Ahora es cuando me despierto de este sueño y todo ha sido fruto de mi imaginación.

Pero no. Pol se acerca, me acaricia y noto que su contacto es real.

—Di algo, por favor.

—Pellízcame para que vea que esto es real.

—Claro que es real. Estoy aquí, he volado diez mil kilómetros para llegar hasta ti.

—No exageres, que son solo quince horas. ¿No me merezco yo esto?

—Esto y mucho más, pero te juro que me han parecido mil horas. Y a Roy seguro que más, porque al pobre le he dado tal viaje que no querrá verme en mucho tiempo.

—¿Habéis viajado juntos?

—Por desgracia para él, sí.

—No pensaba verte subir a un avión en la vida.

—Me haces perder la cabeza.

—¿Y todo lo que me dijiste en la boda? Me hiciste mucho daño. ¿Cómo no puedes confiar en mí?

—Lo siento. Siento mis palabras, estaba celoso. Pietro

me sacó de mis casillas, y saber que habías estado con él no mejoró mi estado. Yo no tenía derecho a nada; tú estás soltera y puedes hacer lo que quieras.

—Claro que podía, pero, aunque no debería ni te importa, te digo que desde que me di cuenta de que te quiero no he estado con nadie más.

Me mira, extrañado. Supongo que está pensando en Pietro.

—Esa noche durmió en mi casa como amigo, nada más. No pasó nada.

—Estos días sin saber de ti han sido una tortura.

—¿Y te crees que yo lo he pasado bien pensando que no te costaba nada darme tiempo para que te olvidase?

Se acerca más y me abraza. Me aprieta entre sus brazos y yo me dejo abrazar. Me dejo mimar por sus caricias y me pierdo, sintiendo cada fibra de nuestros cuerpos rozarse como nunca antes nos habíamos atrevido.

Nunca antes un abrazo me había llenado de tanto sentimiento ni de tanto placer al sentir cada parte de nuestros cuerpos tocarse.

Permanecemos así un largo tiempo, pero mi cuerpo arde de repente. Tengo un calor interno que me sube desde mi entrepierna, y lo tengo que aliviar de alguna manera. No me puedo reprimir, necesito más.

Nos separamos levemente y nos miramos a los ojos. Nunca había visto a Pol mirarme así; los ojos los tiene más oscuros y su respiración está entrecortada. Supongo que igual que la mía.

Después de esta mirada tan llena de intención, su mano acaricia mi cara como si tocara una muñeca de porcelana muy valiosa. Y finalmente nuestros labios se rozan en un intento de beso tímido, pero cargado de sensaciones, que no sé muy bien cómo gestionar.

Siguiendo al primer beso, vienen los demás. Y, con tanto sentimiento de por medio, me entra el pánico. Me cuesta respirar, y Pol lo nota.

—¿Qué te pasa?

—¡Para!, para un momento.

Él se separa un poco de mí, pero sin soltarme. Ahora lo que veo en sus ojos es miedo y eso no puedo permitirlo, pero tengo que hablar con él.

—Prométeme una cosa, Pol.

—Lo que tú quieras.

—¡Hablo en serio!

—Yo también.

—Si esto no sale bien, seguiremos siendo amigos.

—Claro que saldrá bien.

—Tú prométeme que, si después de estar juntos esta noche la chispa no salta o no estás seguro de si nos hemos equivocado, nuestra amistad no se verá afectada.

—Te lo prometo.

—Estos meses sin tu amistad han sido muy duros.

—Para mí también lo han sido, pero no solo estos meses. Los últimos años lo han sido, pero ¿no te das cuenta de que yo he estado enamorado de ti desde que tengo uso de razón? Te quiero.

—Venga, no exageres.

—Eres tú la que no se ha dado cuenta hasta hace unos meses.

Me ha dejado sin palabras, pero ha servido para despejar mi cabeza del miedo que tengo a perderlo.

Ahora sí que no hay nada que me pueda parar, ahora mi

yo salvaje sale a la superficie con ganas de probar cómo sabe el amor de mi vida. Y ataco sus labios de una manera salvaje y ardiente, como nunca antes había sentido.

Casi nos caemos por mi intensidad, pero Pol me sujeta y evita así la caída. Baja las manos de mi cara a mi culo, e instintivamente salto para que pueda cogerme en volandas. Lo que siento en estos momentos no puede compararse a nada, absolutamente nada de lo que he sentido hasta ahora.

Son tan intensos nuestros besos que tenemos que parar para coger aire, mirarnos a los ojos para asegurarnos de que lo que está pasando es verdad y seguir besándonos con devoción.

Me apoya en la pared y ahora soy consciente de su abultada entrepierna, que se me clava en mi zona más erógena. Solo su simple roce casi hace que me corra de placer en sus brazos. Notarlo tan excitado como yo eleva mis sensaciones al infinito, y la ropa que llevamos ya empieza a sobrar.

Tengo las manos libres y empiezo a desabrocharle la camisa, y aparece su torso desnudo, en tensión por el esfuerzo de sujetarme a horcajadas encima de él. Me quito el top que llevo y él, como puede, baja sus labios a mis pechos para acariciarlos con su lengua por encima de mi sujetador. Me deshago por dentro de lo que me hace sentir.

Lo necesito dentro de mí urgentemente, pero el simple roce de sus labios en cualquier parte de mi piel me eleva a un estado de placer como nunca antes había experimentado.

—Dime que esto no es un sueño —me susurra Pol.

—No estoy muy segura. Cuando te he visto, te juro que he pensado que estaba loca y estaba viendo visiones.

Nos reímos con ganas.

—Eres preciosa.

—Y tú estás cañón.

Nos volvemos a reír, sin parar de tocarnos en ningún momento. No sé cómo hemos llegado aquí, pero estamos encima de la enorme cama del hotel. Con tanta excitación casi nos caemos un par de veces; suerte que Pol me sujeta en el último momento para evitar la caída.

Aún llevamos la ropa puesta, no podemos parar ni un segundo para quitárnosla, pero cada vez nos molesta más.

—¡Un segundo! Me molesta mi ropa, y la tuya más —le digo sin vergüenza.

Pol se tumba sobre la cama y pone sus brazos detrás de la cabeza para que pueda quitarle los pantalones. Está tan sexi en esta postura que me lo comería entero, pero me aguanto las ganas y lo desnudo lentamente, torturándolo con solo mis caricias.

Cuando termino con él y hago la intención de sacarme el sujetador, él detiene mis manos. Con un giro se coloca encima de mí y me dice:

—Ahora es mi turno.

—Toda tuya.

Mis palabras hacen su efecto y su miembro palpita bruscamente ahora que lo he dejado libre. No puedo contenerme y lo acaricio suavemente, masajeándolo para llenarlo de placer.

Sin pensarlo, le doy un beso a su abultado miembro y, después de un gemido que me pone a cien, se separa un poco.

—Mi amor, mi aguante tiene un límite y ya hace rato que lo he sobrepasado.

—Vuelve a repetir lo que has dicho.

—Mi amor.

—Qué bien suena...

Nos besamos nuevamente, ahora sin telas de por medio. Su boca busca la mía de una manera intensa y salvaje. Él estará al límite, pero yo hace rato que también estoy a punto de explotar de placer.

Nuestra necesidad se ha convertido en urgencia, y esa urgencia se traduce en su verga dentro de mí, hasta el fondo. Y nos quedamos quietos para sentirnos uno dentro del otro.

—Mmmm, qué placer.

Suspiro en un gemido. Oír su voz mientras la tengo dentro me excita sobremanera.

—Ahora no pares y dame más.

—Tus deseos son órdenes para mí.

A partir de ese momento, todos los colores del arcoíris y todas las estrellas del firmamento van apareciendo por mi mente con explosiones de placer, gemidos y visiones de Pol mirándome con esos ojos llenos de deseo. Que hacen que llegue al clímax con él dentro de mí. Y grito, grito de placer al notar tanto y sentir que él se vacía dentro de mí. La sensación de que por fin he encontrado a mi mitad perfecta la tengo ahora mismo, y esto es nuevo para mí.

De momento es el primer asalto, pero estoy agotada como si lleváramos unos cuantos.

—Me has dejado exhausta.

—Yo no estoy para tirar muchos cohetes. Déjame unos minutos y después volvemos a repetir.

—Creo que necesito diez minutos para cerrar los ojos y luego ya veremos. ¿Te han dado habitación?

La cara de Pol es para reírse; está entre enfadado e incrédulo.

—¿Me estás echando? ¿En serio no podré pasar la noche contigo?

—Me conoces bien y sabes que no comparto cama con nadie.

—Eso es mentira. Cuando estaba en Madrid, me enviaste foto con ese y me dijiste que pasaríais la noche juntos.

—No pasó nada esa noche, y mucho menos pasé la noche con él.

—¿Por qué me mentiste?

—No soy celosa, pero, cuando vi tu foto con Nerea, algo se me removió por dentro y me lo inventé.

Coge un cojín de la cama y empieza a atacarme. Yo cojo otro y la guerra de plumas está asegurada. Nos reímos y jugamos como si tuviéramos diez años, pero ¿qué esperaba? Es mi amigo de siempre.

Una cosa lleva a la otra y, sin darnos cuenta, ya volvemos a estar enredados. El cansancio ha desaparecido de golpe para volver a querernos y amarnos entre caricias y orgasmos.

Después de este último, nos hemos quedado abrazados. Y, cuando estaba a punto de dormirme, me despiertan sus tripas hambrientas.

—Caray, chico, ¿qué tienes aquí dentro?

—Desde esta mañana en el desayuno del aeropuerto, no como nada.

—¿Pero cómo puede ser?

—En el avión, ni pensarlo, pues solo faltaría que le hubiera vomitado a Roy. Y, cuando hemos llegado, me he puesto a preparar todo esto, así que comer no entraba en mis planes.

—Pero, a ver, me van a acusar de matarte de hambre. Seguro que aquí, en Estados Unidos, esto es delito.

—Vas a ser una viuda muy guapa.

—Anda, calla y no digas tonterías. Suerte que aquí el servicio de habitaciones funciona las veinticuatro horas.

—Menos mal, por estas te vas a salvar.

Llaman a la puerta y el camarero deja en la entrada todo el carrito lleno de platos. Pol se ha pasado pidiendo comida.

—Aquí hay comida para una semana.

—Eso es lo que pretendo; que no salgamos de la habitación en siete días.

—Sí, hombre. Philip vendrá a rescatarme.

—¿Seguro que quieres ser rescatada?

—Pensándolo mejor... No, ya está bien que hayas pedido todo esto.

Cenamos los dos y, una vez que hemos terminado, tampoco han quedado muchas sobras para mañana.

—¿Te ha quedado claro ya? —me pregunta.

—¿Claro el qué?

—Si ha saltado la chispa o no.

—Bueno..., tengo mis dudas —le digo, haciéndome la remolona.

—Ahora te voy a quitar cualquier resquicio de duda que te pueda quedar.

Me levanto corriendo hacia la sala donde está la cama, pero no llego a tiempo. Él me pilla antes y me levanta como si no pesara nada. Me acurruca entre sus brazos y me besa.

—Ahora en serio; ¿tienes alguna duda?

—Ninguna —le digo, entre risas, mientras me hace cosquillas.

—¿Seguro?

—Lo nuestro no ha sido una chispa. Ha sido un volcán en erupción.

—¿Cómo dices? ¿En erección? La que tengo yo ahora mismo.

Miro hacia abajo y no miente. Vuelve a estar preparado para otro asalto, y yo encantada de que lo esté, porque vuelvo a estar empapada.

—Se nos va a hacer de día —le digo, juguetona.

—No lo dudes.

Capítulo 22

—Mira quién ha bajado a cenar, saliendo de la habitación.

Philip nos mira con sorna al decir esto y, siendo fiel a mí misma, me da igual.

—Teníamos muchos años atrasados que recuperar —le respondo.

—Me alegro de que haya valido la pena el viaje, Pol, que ayer no lo tenías claro del todo —dice Roy, mirando a Pol.

—Nada claro. Siento el mal rato que te causé ayer.

—Olvídalo, el amor todo lo vale.

—Qué exagerados sois, si solo fue un vuelo transatlántico.

—Aún me duele la mano. Creo que ni mi mujer en el día del parto me la apretó tanto.

Yo me río, y Pol no sabe dónde esconderse de la vergüenza.

—Te pagaré unas sesiones de fisio, que seguro que las necesitas.

—Me lo apunto, pero ya será para mañana, ya que esta noche tenemos una reunión con los del Club Casino. Todos los mandamases de Las Vegas están convocados, y nosotros ahora somos unos de ellos.

—No os preocupéis por nosotros. Nos apañaremos —les digo.

—No lo dudo, pero, si os apetece, tengo dos entradas para ver a Celine Dion en el Coliseo.

—No puede ser. Antes de viajar, busqué entradas para estos días y estaban agotadas —le digo yo.

—Las entradas normales, sí, pero las reservadas llevan vuestro nombre.

—No me lo puedo creer. ¿Te apetece, Pol?

—Cómo puedo negarte esto; es Celine Dion.

—Es que es maravilloso estar en Las Vegas, y no sé si quiero irme.

—Explícales a tus padres y a tus amigas lo que acabas de decir —me recuerda Pol.

—Tienes razón, pero prométeme que una vez al año vendremos una semanita.

—¿Sabes bien dónde te metes, Pol?, ni veinticuatro horas juntos y ya te hace prometer cosas —nos dice Philip, y Roy se ríe.

—Si son como estas, ningún problema, aunque sea volar en avión. Ella lo vale.

—Si no me conociera, de acuerdo, pero ya sabe qué pie calzo.

Me acerco a Pol y le doy un cariñoso beso en la mejilla. No negaré que aún se me hace extraño tenerlo así, como mi pareja, después de tantos años como amigo. Pero el cambio es infinitamente mejor, pues jamás había sido tan feliz.

El concierto, espectacular. Llego a la habitación con el subidón y la emoción de haber visto a Celine en directo, y no defrauda.

—Ahora mismo no tengo ni gota de sueño; tengo ganas

de pasármelo bien. ¿Qué te parece si bajamos un rato al casino del hotel?

—Había pensado en otra manera de pasárnoslo bien…

—¿Ah, sí? Ahora mismo no se me ocurre nada.

Pol se acerca a mí con esa mirada que descubrí ayer y que a partir de hoy es mi favorita: la del deseo que siente por mí.

Me hace cosquillas donde sabe que no puedo aguantarme, y me besa entre risas y arrumacos. Lo que ha empezado como un juego se ha convertido en unos segundos en la explosión de sensaciones que me hace sentir cuando me toca.

Nos miramos a los ojos: yo me pierdo en la profundidad de su mirada; y él, en la mía. No podemos dejar de observarnos y vamos avanzando en nuestro deseo sin quitarnos la vista de encima, para no perdernos detalle.

Sentirlo dentro de mí, con sus ojos mirándome fijamente, es una sensación nueva. Me excita de tal manera que casi estoy a punto de llegar al final, pero no quiero que se acabe. Sé que habrá más, pero hacer el amor como lo estamos haciendo ahora me llena el alma por completo.

Seguimos unidos, sin prisas, rozándonos las fibras más sensibles de nuestro cuerpo y esquivando el clímax para que no llegue el final. No hay lujuria ni desesperación, solo el amor que sentimos el uno por el otro, y no necesitamos más.

Nos hemos vuelto a saltar el desayuno y, por la hora que es, tenemos que bajar al comedor de las comidas, aunque sea una ligera.

—Tenemos que hablar —me dice Pol, todo serio.

—Vale, hablemos, pero ¿por qué ese tono?

—Lo siento, no era mi intención, pero es importante.

—No me asustes.

—Nos faltan cosas por concretar de nuestro pacto.

Por un momento me quedo descolocada. ¿Qué pacto?, pero enseguida vienen a mi mente las cuatro líneas que escribimos siendo unos críos.

—El primero que no cumplió el pacto fuiste tú por no presentarte.

—Técnicamente, estaba.

—Sí, claro. A lo mejor tendríamos que haber especificado que las dos partes fueran conscientes de que la otra estaba presente. Lo siento, un error de forma a la hora de redactar.

—Por eso saco yo el tema, porque fue mi culpa ese punto y ahora quiero hacerlo bien del todo.

—Vale, pero ya está. Estamos juntos.

—No.

—¿Cómo que no? Estás poniéndome nerviosa.

—Tenemos que fijar la fecha de nuestra boda.

—¿Estás hablando en serio?

—Totalmente.

—¿Para qué tanta prisa? No me voy a escapar.

—Por si acaso.

—Estás de coña, ¿verdad?

Pol se levanta de la mesa y se arrodilla delante de mí con una cajita de terciopelo granate en sus manos...

La abre y reluce el anillo de pedida de su abuela, que siempre me ha gustado tanto.

—Cásate conmigo, Cris. Eres el amor de mi vida y solo tú puedes llevar este anillo.

Hago que me lo pienso, porque la respuesta está clara, pero no quiero perderme la cara de susto que acaba de poner.

—Sí, quiero. Claro que quiero.

El restaurante, que está siendo testigo de la declaración de Pol, aplaude al completo.

—Vaya tela, la que has organizado.

Me pone el anillo en el dedo y me va perfecto.

Estoy abrumada con todo lo que me está pasando, y aún no tengo ni idea de lo que me va a venir.

—Ahora tenemos que escoger una fecha —insiste.

—Tengo la agenda arriba en la habitación. Luego miramos fechas.

—No me sirve.

—A ver, ya te he dicho que no voy a cambiar de opinión.

—No me entiendes; no quiero volver a casa y que estemos separados. Quiero todo contigo.

—¿Qué quieres decir con eso?

—Cásate hoy conmigo, aquí, en Las Vegas.

—¡Estás loco!

—Por ti.

—¿Y nuestras familias?

—Ya nos casaremos otra vez en casa.

—¿Me lo puedo pensar?

—No.

—¿Perdona?

—¿Me quieres?

—Claro que te quiero.

—Pues entonces hagámoslo.

—No sé qué decirte. Me gusta la idea, claro, pero…

—¿Qué necesitas?

—Nada, la verdad, simplemente a ti —le respondo con un beso.

Roy y Philip acaban de entrar al comedor.

—¿Qué nos han dicho?, ¿que hay boda a la vista?

Orgullosa, les enseño el anillo que acaba de ponerme en mi dedo de pedida.

—Felicidades, espero que estemos invitados.

—Yo creo que más que eso. Seréis nuestros padrinos, nos casamos hoy.

—¿Cómo? —dice Roy.

—Pues lo que oís. Buscaremos una capilla de esas, estilo Elvis, que tenga un hueco y listos —les informa Pol.

—No habláis en serio —se pronuncia Philip.

—Totalmente en serio —les confirmo yo.

—Terminemos de comer y vamos a ver a Vivian —me dice Philip.

—¿Quién es? —pregunto yo.

—La estilista de nuestra tienda exclusiva de moda.

—¿La que está en la zona de *shopping*? No me he fijado bien.

—Esa misma, tuve una entrevista con ella ayer y seguro que tiene el vestido perfecto para ti.

—Menos mal, no me veo casándome con un trozo de tul de plástico barato.

—Pues yo me pondré una peluca al estilo Elvis —me dice Pol.

—Estás de broma, ¿no? A ver si nos entendemos. Me caso contigo, pero con unos mínimos protocolos, así que prohibida la peluca de Elvis.

—¿Y una guitarra?

—¿Pero desde cuándo te gusta Elvis a ti?

—Es solo para ver la cara que ponías; yo, con casarme contigo, me da igual el lugar y la ropa que llevemos.

—Menos mal, porque el mío lo tendrás que pagar tú, que con lo mal que me lo has hecho pasar, tengo la cuenta tiritando.

—El vestido te lo regalo yo —anuncia Philip—. Soy el padrino.

—Yo también soy el padrino; me encargo del ramo de flores.

Me levanto de la silla y los abrazo.

—Sois los mejores padrinos que podría tener.

Después de la comida vamos directamente con Vivian. Entramos.

—No me habías dicho que era tan guapa.

—Ni me he fijado.

Me lo quedo mirando por un segundo y noto apuro en su cara.

—Uy, uy, uy, ¿hay algo que no me hayas contado?

—Nada, todo son imaginaciones tuyas.

Al vernos entrar, Vivian se acerca a nosotros y nos pregunta en un perfecto español.

—¿En qué los puedo ayudar, señor Philip?

—Philip a secas, por favor. Necesitamos el mejor vestido que tengas para Cristina, que se nos casa.

—Enhorabuena, Cristina. Entonces pasemos al reservado del fondo; allí tenemos nuestra zona para novias.

—¿Tenéis vestidos de novia?

—Esto es Las Vegas. Todo puede pasar, y le aseguro que pasa.

—No me hables de usted, por favor, si tenemos casi la misma edad.

—Como guste. ¿Dónde se van a casar?

—La verdad es que ha sido todo muy precipitado y nos casamos, pero no sabemos dónde.

—Si no es mucho entrometerme, tengo un contacto en la Graceland Wedding Chapel y podría intentar conseguirles un hueco para la boda.

—Eso sería genial, ¿pero no es esta capilla donde se casa la gente vestida de Elvis?

—Eso es lo típico, pero hoy en día los jóvenes no conocen a Elvis y las temáticas son muy variadas.

—Me gustaría algo más clásico.

—¿Alguna preferencia de hora?

Empiezo a contar horas y finalmente decido.

—Sobre las doce de la noche estaría bien, y así puedo hacer videollamada a mis amigas.

—Denme solo unos minutos, ahora vuelvo.

Vivian se aleja para llamar y yo me giro hacia Philip.

—Muy resolutiva está Vivian.

—Sí, ya veo que se implica en su trabajo.

—Y muy guapa.

—Te repito que ni me había fijado.

—Ella sí que se ha fijado en lo guapo que eres.

—¿Lo dices en serio?

—Aquí hay tema fijo.

—Ahora estoy aquí por negocios y no puedo distraerme. Esto tiene que salir bien.

—Pero si te mueves como pez en el agua, parece que hayas nacido para esto. Te va a ir genial.

—Eso espero. Ya vuelve, así que ni una palabra, Cris, que te conozco.

Hago el gesto de la cremallera en mi boca, pero no se ha fijado en que he cruzado los dedos de mi mano derecha. Ya veremos si no pongo un poco de leña al fuego; soy Cristina.

—Reservado. Tienen hora a las doce.

—¡Genial! Muchas gracias, Vivian.

Miro el reloj. Es un poco tarde en España, pero de todas formas lo hago: envío un mensaje a mis amigas.

> **Cris:**
> Mañana a las 9:00 en punto, hora española, os hago una videollamada.

> **Cris:**
> ES IMPORTANTE.

—Ahora vamos a mirar vestidos.

—¿Qué estilo le gusta más?

—La verdad es que no lo sé, ya que nunca había pensado que me casaría hasta hace muy poco.

—Para empezar, le traeré diferentes modelos para ir descartando.

—De acuerdo. ¿Y ese que está en el maniquí puede ser?

—Magnífica elección. Pase al probador. Philip, ¿te traemos algo para beber mientras esperas? ¿Una copa de cava?

—Un café solo estaría bien, que con tantas prisas ni café hemos hecho.

—Esto es más importante —le digo.

—Por supuesto.

Ha sido como en las películas. Me he puesto el vestido que he visto en el maniquí y, por arte de magia, he sabido que era ese. Me encanta y encima tienen mi talla, por lo que no puedo estar más de suerte.

Vivian ha sido una gran ayuda y es la única mujer que conozco aquí en Las Vegas, así que me atrevo a pedirle una cosa y así empiezo mi plan con Philip.

—Vivian, perdona, que no te conozco y no quiero ser entrometida. Pero, ¿tienes novio?

—Eso del amor no va conmigo. Después de muchas decepciones, al final he optado por dejar el amor a un lado.

—¿Tienes planes para hoy a las doce de la noche?

—La verdad es que no. Mañana trabajo.

—Te invito a mi boda. Necesito una amiga en ella, que, si no, me sentiré muy sola entre tanto hombre.

—¿Lo dice en serio?

—Muy en serio.

Salimos fuera del probador, donde me espera Philip, y le hago partícipe de la noticia:

—Vivian es la tercera invitada a la boda. Necesito un toque femenino.

Los dos se miran discretamente. Yo creo que lo que necesitan es conocerse fuera del entorno laboral y, después, ya se verá.

—A las once nos estará esperando una limusina en la entrada.

—¿Me ayudarás con el vestido, Vivian?

—Por supuesto, y ahora te acompaño al salón de belleza para que te dejen más estupenda si cabe.

—Veo que ya no me necesitas aquí, te dejo en buenas manos, así que voy a trabajar un rato antes de la boda.

—Perfecto, nos vemos allí. Dile a Pol que hasta las once no me busque, que tengo faena en arreglarme.

—Yo se lo digo. Adiós, señoritas.

Las puertas del ascensor se abren y salgo al encuentro de mi amor.

Son las once de la noche, pero hay mucho movimiento de gente a estas horas, ya que Las Vegas nunca duerme. Noto cómo todo el mundo se gira para mirarme, pero me da igual. Yo solo quiero ver la cara de mi amor cuando se gire y me vea con sus ojos.

No me defrauda. Su mirada, enamorada y brillante, hace que cualquier atisbo de duda que se me haya podido aparecer se disipe al instante, pues aquí es donde quiero estar y con quien quiero estar.

—No puedo creerme que esta novia tan increíblemente guapa quiera casarse conmigo —me dice Pol, dándome un tímido beso en los labios.

De fondo se escucha un...

—¡Cásate conmigo, preciosa!

Alguien en el *hall*, no sé quién, lo ha dicho. Y a estas que Pol responde:

—Llegas tarde, amigo. Ella se casa conmigo.

Un estallido de gritos y aplausos inunda el espacio.

—¿Vosotros no sabéis hacer las cosas discretamente, verdad? —nos dice Philip.

Yo encojo mis hombros y levanto mis manos en señal de no tener la culpa de nada.

—Anda, vamos. Que, si no, no llegamos a la capilla.

Los cinco nos metemos en la limusina, que es enorme y blanca por fuera.

Vivian todavía no ha abierto la boca. La pobre está abrumada por tener a sus dos jefes en este espacio, pero estoy segura de que, después de un par de copas, se soltará y conocerán a la chica que he estado conociendo esta tarde y que es fantástica.

Llegamos con quince minutos de adelanto. Dentro hay una pareja que se acaba de casar, y los siguientes somos nosotros. Doce menos cinco, hora de la llamada. Mientras, Vivian va a hablar con alguien.

Me coloco en primer plano delante del móvil y... Descuelgan.

—¡Buenos días, hora española! —las saludo.

—*¿Qué pasa con tanta intriga?* —se queja Laura.

—*¡Hola! ¿Qué hora es en Las Vegas?* —me dice Beth, que veo que está trabajando.

—*Estás muy guapa. ¿Vas de fiesta? ¿Te has ligado a un ricachón de Las Vegas?* —me pregunta María.

—Vais a flipar. Philip, por favor, hazme un primer plano donde se me vea el vestido.

Le paso el teléfono, y oigo cómo dicen todas:

—*¿Qué? ¿Philip?*

—*¡No puede ser!*

—*¡Ay, mi madre, se ha vuelto loca!*

—*Cristina, no hagas nada de lo que después puedas arrepentirte* —me dice Beth.

—Os juro que nunca he estado más segura de algo. De hecho, llevo toda la vida esperando este momento.

Ellas no entienden nada.

Ahora entra en el plano Pol, guapísimo, vestido de novio.

—Hola, chicas. No está loca, no, se casa conmigo. ¿Podéis creer la suerte que tengo?

Martín, que está con María al teléfono, es el único que dice algo.

—*Bienvenido al club de los casados*.

—Bueno, aún me tiene que dar el «sí, quiero» —dice Pol.

—Serás tonto, mal vamos a empezar, pues claro que te voy a dar el sí.

Vivian se acerca; tenemos que entrar.

—Vamos tarde. A ver si el cura este no nos casa, porque ya llegan los de la boda de después. La llamada era para que estuvierais en este momento tan importante de alguna manera.

Unos aplausos se oyen desde el otro lado del teléfono.

Entramos en la capilla, decorada para la ocasión. Vivian me coloca el vestido y, en el altar, está a mi lado a modo de dama de honor, sujetándome el ramo de flores y sin quitarle los ojos de encima a Philip. Aquí surge hoy algo como que me llamo Cristina.

La boda es rápida, pero lo único que queremos Pol y yo es el «sí, quiero», porque la boda verdadera ya la tendremos en casa.

Ya fuera de la capilla para que los siguientes puedan hacer lo mismo, me despido de mis amigas.

—Poco os lo pensabais que os llamaba para asistir a una boda, a mi boda.

—*Como siempre, nunca nos dejas indiferentes* —se ríe Laura.

—*Felicidades a los dos. Ya verás cuando llegue a casa y se lo cuente a Dan.*

—*Menos mal que te has dado cuenta del tesoro que tenías al lado* —le dice María a Pol.

—Os lo juro que yo siempre lo he sabido —se defiende él.

Un «oh» general se oye desde el móvil.

—Ahora os dejo, chicas. Vamos a por la fiesta, y luego mi noche de bodas.

—*¡Vivan los novios!*

—*Que se besen, que se besen...* —dice Beth.

Nos fundimos en un beso lleno de sentimiento, hasta que no nos queda más remedio que separarnos porque tenemos público. Ojalá estuviéramos en la *suite* del hotel, pero no pasa nada, pues luego recuperamos.

—Adiós, chicas, nos vemos a la vuelta.

—*¡Adiós!*

—*¡Felicidades!*

Epílogo

Al llegar a casa

Lo primero que hacemos al aterrizar en el aeropuerto es ir a visitar a nuestras familias. La verdad es que mis padres están acostumbrados a mis locuras, pero los de Pol, aunque los quiero como mi segunda familia, no sé cómo van a reaccionar.

Así que primero vamos a mi casa y hablo con ellos. No se lo esperaban para nada; al contrario, se pensaban que nos habíamos distanciado al yo haberme ido a vivir sola. Aunque a mi madre saber la noticia la ha alegrado sobremanera.

Después de una casa, toca la otra. Llamamos a la puerta y nos abre la puerta Pilar, que veo cómo directamente desvía su mirada a mi dedo y comprueba que su anillo de pedida reluce en mi mano.

Una amplia sonrisa se dibuja en su cara y recibo un abrazo cargado de cariño. En este momento sobran las palabras, ya que ella se había dado cuenta mucho antes que nosotros mismos de lo que sentíamos el uno por el otro.

Los padres de Pol se quedan más descolocados. Siempre me han visto como una hija más, pero no literalmente, aunque se alegran mucho. La madre de Pol no termina de acostumbrarse y nos bombardea a preguntas, que no sabemos mucho cómo responder.

Mis padres están ahora aquí, y estamos todos celebrando la noticia.

Les explicamos que vamos a vivir juntos desde hoy en la casa que he alquilado. Pol sube a hacer un poco de maleta y yo le acompaño. Sobre todo necesita llevarse su ordenador, que es parte importante de su vida, y poco a poco ya iremos vaciando nuestras habitaciones para empezar una nueva vida juntos.

Oímos cómo hablan entre ellos; no dan crédito a lo que acabamos de explicarles. Suerte que Pilar es nuestra defensora y les tranquiliza, asegurándoles que no es una locura más de las mías, sino que es un sentimiento que hace mucho que tenemos, pero que hasta ahora no nos habíamos dado cuenta.

A ellos, con razón, les asusta que sea una locura transitoria, un calentón pasajero. Casarnos en Las Vegas, irnos a vivir juntos hoy mismo... Y la verdad es que en el fondo los entiendo, pero locura sería si no lo hiciéramos. No puedo vivir ni un minuto más alejada de Pol.

Siento que la vida ahora es como tiene que ser y que todos los pasos que he dado en ella han sido el camino que me ha llevado a estar aquí y ahora, en este momento.

Después de una larga despedida, por fin estamos los dos en casa. ¡Qué fuerte suena eso!

Aunque vamos cargados de cajas, maletas y fiambreras de comida de Pilar, antes de entrar por la puerta, Pol lo deja todo y me coge en brazos para entrar por la puerta de esta guisa. A mí no me van para nada estas chorradas, pero me encanta que lo haya hecho. Estoy de un moñas que no me reconozco.

Colocamos todo donde toca: sus maletas, en la habitación grande que compartiremos; su ordenador, en el despacho, que tendremos que ampliar; y su cepillo de dientes, en mi cuarto de baño. Bueno, perdón, nuestro cuarto de baño. Y, aunque es una tontería, nunca he compartido esta intimidad con nadie.

Primero me asusta un poco, pues por un momento he sentido cómo invadía mi espacio. Mira qué tontería, por un cepillo de dientes. Pero al segundo, a lo mejor han pasado dos o tres, se me ha pasado y me encanta ver los cepillos uno al lado del otro.

Pol me conoce, y supongo que se ha dado cuenta de algo.

—¿Estás bien? ¿No dices nada? —me pregunta.

—Son muchos cambios de golpe.

—Por eso. Si hay algo de lo que hago o digo que no te parece bien, dímelo.

—Claro que te lo diría, pero está todo perfecto.

—¿Seguro?

—Aunque todo esto está pasando un poco deprisa, es lo que quiero. Te lo prometo, pero entiéndeme. Es un cambio de cero a cien, que no me lo esperaba y al que necesito acostumbrarme.

—Por eso te lo digo. Te conozco y no quiero que te agobies.

—Una cosa tengo segura. Aunque me cueste al principio, hay algo que tengo muy claro. Quiero despertarme cada día a tu lado y que, cuando abra los ojos, lo primero que vea sean los tuyos.

No hay tiempo de deshacer más maletas. Lo que deshacemos en un abrir y cerrar de ojos es nuestra cama, en nuestra habitación.

Las prendas de ropa salen volando y damos rienda suelta a nuestro deseo, el que sentimos el uno por el otro de una manera que yo no sabía que podía existir. Porque sexo hemos tenido mucho, los dos, pero hacer el amor con la persona a la que quieres no tiene punto de comparación, ni se le acerca.

Un año después

Estoy dentro del coche, vestida de novia, con mi padre sentado al lado. Después de aguantar mucho a nuestras familias, que querían asistir a nuestra boda, por fin ha llegado el día.

Nosotros teníamos muy claro que sería hoy, el mismo día, un año después. Pero a ellos se les ha hecho muy largo, y a nosotros muy corto. Os prometo que llevo un año de luna de miel. Trabajando, claro, pero viviendo feliz mi día a día.

Reflexionando en este coche, hago balance del primer año junto a Pol, que no ha podido ser mejor. Mi agencia se está posicionando en el difícil mundo del turismo de lujo. En unos meses abriré una sucursal en Madrid con el mismo formato que tengo en esta, y no descarto abrir alguna más el año que viene.

La relación entre Pol y yo es idílica. Y, aunque me cuesta un poco subirle a un avión, ya le ha perdido el miedo y lo tolera bastante mejor. De hecho, en unas horas volaremos a Las Vegas para rememorar nuestro comienzo.

Ya hemos llegado. Mis amigas me esperan en la entrada; están guapísimas las cuatro. Pero la pequeña Alma, la hija de Laura, nos tiene el corazón robado a todos nosotros y brilla con luz propia.

Vamos allá, mi marido me espera.

El convite lo celebramos en el hotel de Roy en Barcelona, y no podría estar mejor organizado. Todos los del hotel me conocen y han puesto todos sus esfuerzos para que quede todo perfecto, y así ha sido.

Es hora del primer baile, y Pol y yo hemos preparado una coreografía con la canción del inicio de la película de *La boda de mi mejor amigo*. No podía ser otra.

Paramos un momento de bailar, porque los pies me están matando. Ya no aguanto más y, aparte, han sacado el carro con los dulces y las chuches. Necesito reponer hidratos de carbono para continuar la fiesta.

Sin darnos cuenta, nos hemos sentado mis amigas con sus respectivos en una mesa. Alma está dormida en el carro, es que es un sol, y entre dulces estamos comentando nuestro viaje.

¡Ah! ¿Que no os lo había dicho? A Las Vegas nos vamos los ocho de luna de miel. Llevamos todo un año programándolo para que puedan venir todos.

—¿Laura, cómo llevas lo de dejar a Alma una semana? —le pregunto a ella.

—Un poco mal, la verdad, pero Silvia está encantada y Edurne se ha pedido fiesta cuatro días para ayudarla. O sea, que no puede estar en mejores manos.

—Va a ser genial. Ya veréis como os encantará la ciudad, y el hotel es espectacular —les anuncio.

—Tenemos que ir con cuidado en los casinos, que se nos puede ir la olla todos juntos —dice la precavida de Beth.

—En eso te doy la razón. Marcaros un tope, porque yo la primera noche no os puedo asegurar lo que me gasté. Pero estaba en modo «todo me da igual», y os aseguro que fue mucho dinero —les digo yo, recordando la primera noche en Las Vegas.

—Qué ganas tengo. Desde nuestra luna de miel, no hemos podido escaparnos. Y la verdad es que nos apetece muchísimo, ¿verdad, Martín? —nos dice María.

—Verdad, verdad —responde él.

—Será el primer viaje que hagamos todos juntos —dice Beth.

—Y espero que sea el primero de muchos.

Cinco años después

La foto que estamos haciendo será para enmarcarla, como las que tenemos de cada año.

Desde que fuimos a Las Vegas y fue un éxito, allí mismo decidimos que cada año nos reservaríamos una semana para pasarla todos juntos. Al principio fueron destinos exóticos, pero desde este año creo que lo de la casa rural con piscina es muy buena opción, ya que la familia aumenta y ya somos doce.

Laura y Óscar son padres de Alma y Gorka.

Beth y María vinieron de la Ciudad del Pecado embarazadas las dos, y los niños se llevan tres días: Marc y Mateo.

Y ahora falto yo, que no hemos podido viajar en avión porque tengo una barriga de siete meses con la pequeña Arlet dentro.

Pero esto de quedarnos cerca y no movernos para descansar en buena compañía cada vez lo valoro más, y Pol está encantado con lo de no volar tanto.

Estamos juntas desde hace muchos años, y espero que siga siendo así para siempre. Ojalá nuestros hijos e hijas sean buenos amigos, porque lo que hemos vivido nosotras es lo mejor que se puede desear: una amistad verdadera y para siempre.

Agradecimientos

Echo la vista atrás, y en estos cuatro años, en los que se han ido publicando las cuatro novelas de la serie, tengo mucho que agradecer.

En primer lugar, a Teresa, mi editora, y a Grupo Ediciones Kiwi por darme la oportunidad de que mis historias vieran la luz del sol al publicarlas.

A mis lectores, ya que sin vosotros esto no hubiera podido existir de ninguna manera.

Gracias a mi pueblo, Sant Sadurní d'Anoia, por ser el protagonista de fondo de mis historias y a sus habitantes por haber acogido estas historias de una manera tan especial. Desde la gente que me para en el supermercado para decirme que por culpa de mis historias se van a dormir tarde, hasta Isabel y Elena de la librería, que tratan a mis novelas con tanto cariño.

A Gloria Bricollé de la biblioteca, que tanto me ayuda en las presentaciones de mis libros.

Y no podía faltar Cristina, mi amiga. Que tenía tantas ganas de que saliera esta novela, creo que casi más que yo, y me ha apoyado en esta aventura desde que se lo dije un día en una comida. Y la rabia que le dio saber que Cris sería la última de las protagonistas.

Mi familia tiene un lugar especial en todos los agradecimientos. Sin su apoyo, no podría dedicarme a esto que es escribir y que tanto me gusta.

Gracias a todos.